『日本書紀』受容史研究

◆国学における方法

渡邉 卓
Watanabe Takashi

笠間書院

『日本書紀』受容史研究——国学における方法

目次

序論　―本書の視点と構成―

一　研究史と訓読

上代文献はいずれもが漢字によって表記されている。漢字で表記されているといっても、純粋漢文、和化漢文、万葉仮名のように多様な表記形式を持っており、今日には『古事記』『日本書紀』のような散文や『万葉集』のような韻文などが伝わる。また、同じく漢字（漢語）で表記されても、記述される内容は自国のことを日本語（和〈倭〉語）で記しているため、上代文献は渡来した文字を利用して自国言語を表記したといえる。この和語と漢語の関係について、西條勉氏が、

和語が漢字で書きえた前提には、漢文を訓読すること、つまり漢語をみずからのことばで訓むという営みがあった。《和語を―漢字で―書く》ことと《漢文を―和語で―訓む》ことは、いわば表裏一体の関係にあるといえよう。*1

と指摘するように、漢語と和語の関係は書くことと訓《よ》むことによって密接に関わっている。上代文献は漢字で

書かれたものでありながら、和文（倭文）として理解されてきた。この和文として理解されるための行為が「訓読」といわれるものである。上代文献にとって「訓読」は中国語を訓むためではなく、日本語を理解するための方法だったと考えられる。漢語を和語として理解させる方法が「訓読」だったのである。

「訓読」が行われることで、上代文献は「和語」として理解されてきた。和語のありようは、上代文献にあらわれる万葉仮名や訓注によって、その働きを確認することができる。しかし、万葉仮名や訓注だけが必ずしも和語の性質を示すものではなく、今日において確認できないものもあろう。そのため、文献に含まれるであろう和語のすべてを理解することは困難であり、現在では訓読することが難しい本文もみられる。そのような場合に重要な役割を占めるのが、文献発生以来の研究史である。今日までの上代文学研究史を繙くと、韻文では『万葉集』、散文では『古事記』が中心であり、『古事記』研究は、本居宣長の『古事記伝』を契機として隆盛する。しかし、宣長以前は『古事記』よりも『日本書紀』の方が盛んに研究が行われていたことは研究史からも明白である。日本古典文学大系『日本書紀』の解説「四　研究・受容の沿革」は、『古事記』と『日本書紀』とを比較して次のように述べている。[*2]

きわめて近似した性格を持つ典籍として相前後して著作されながら、記紀両書の成立後の運命には、大きな違いがあった。というのは、古事記が久しい間ほとんど後人の注目を引かず、十八世紀に入り、本居宣長がその価値を力説するにいたるまで、古典として重視されなかった（中略）のに対し、日本書紀は、成立直後から講書が開始され、その後も常に古典として重んぜられてきて、古写本にも八世紀にさかのぼるものをはじめとし、古事記のそれに比べてはるかにその数が多いのである。

『日本書紀』は、『古事記』とほぼ同時代に成立しながらも、研究の状況は近世にいたるまで全く異なっており、その転機は宣長にあったといえる。また、今日残る古写本の数の多さからも、文献としての『日本書紀』の需要性や必要性の高さが窺われる。

奈良時代に成立した『日本書紀』は六国史の初めに位置づけられるとともに、『古事記』とは異なり純粋漢文で書かれているため、最も長い訓読の歴史を有している。その訓読史は、先人たちの研究の歴史としても捉えることができよう。しかし『日本書紀』の訓読は、漢籍の訓読と同様に扱って良いものなのであろうか。訓読について、津田左右吉氏は次のように考えている。[*3]

いはゆる漢文に訓點をつけ、日本語脈になほしてそれをよむといふことは、異民族のことばで書かれた文章のとりあつかひかたとしては、どこにも例の無い、我が國だけの、しきたりであり、またからいふしかたでは、ほんとうの漢文の意義がわかりかねるのであるが、これは、はじめから、漢文をよむよみかたとして考へだされたのではなく、日本語をシナ文字で寫し日本語の文章をシナ文字で書くことから導かれたものであらう、といふことを、かつて考へたことがある。

津田氏のこの指摘は示唆に富むものである。漢文を訓むのが訓読ではなく、日本語を中国語で表記するために用いられた方法だとするのである。そのように考えると、『日本書紀』訓読は漢語を和語へ変換する活動としてみることができる。

『日本書紀』は、奏上された翌年の養老五年（七二一）には、「講筵」が朝廷内における公的な行事として開かれている。その後、『釈日本紀』開題やその他の史書によって弘仁・承和・元慶・延喜・承平・康保年間においても「講筵」が開かれていることが知られる。講筵においては、『日本書紀』の訓みが解説され、その記録は「日本書紀私記」としてまとめられた。したがって「日本書紀私記」は『日本書紀』の訓読資料でもあり、講筵および「日本書紀私記」は、『日本書紀』の和語を明らかにしようとした活動としてみることができる。

　また講筵の博士を務めたのは、大学寮の紀伝道・明経道の人物であった。紀伝道・明経道は漢籍を扱うことに長けており、『日本書紀』の講義には漢籍の解釈学が持ち込まれたといえる。持ち込まれた方法は、いわゆる訓詁学であり、講筵では訓詁学を通して『日本書紀』の訓みが講義されることによって、『日本書紀』は解釈されていったのである。それと同時に、朝廷で講筵が行われることは、『日本書紀』がより権威ある文献として位置づけられていくことも示している。また「日本書紀私記」は、後に成立する『釈日本紀』などに引用されており、『日本書紀』注釈書の嚆矢として位置づけられてきた。『釈日本紀』には散逸した「日本書紀私記」が逸文として記録されており、当時の記録を知る上でも『釈日本紀』の役割は大きい。その『釈日本紀』には次のような問答がみられる。*4

　私記曰、可レ為二我國之惣名一歟、而大八洲之専一也、是為二何国一哉

　答、代々講書之時、不レ見二此問答一、但先師相傳云、此今大倭國也

　この『釈日本紀』の問答は、「日本書紀私記」の記述に基づく問に対し、代々の講筵の記録をみたが、この問題は出ていなかったと述べている。この問答から『釈日本紀』成立の時点では、それまでの講筵の記録が参照できる状況にあり、また記録が後世に伝えられていたことがわかる。講筵から「日本書紀私記」へ、そして『釈日本紀』へと注釈の歴史はつながっているのである。『釈日本紀』の、巻一「注音」や巻十六から二十二の「秘訓」

といった巻構成から明らかなように、同書には『日本書紀』を正しく訓読しようとする作業成果が収められている。そもそも訓読作業そのものが漢語で書かれた典籍を注釈し、その解釈を行う行為である。奏上してまもなく講筵が行われた『日本書紀』は、当時であっても注釈なしでは理解できない文献であったともいえる。正しく典籍を理解しようとする行為は、注釈書だけに見られる活動ではなく、古写本に見られるような「訓点」や「傍書」といった訓点資料もその範疇に入る。『日本書紀』注釈は講筵を出発点としており、それに続く注釈書と訓点資料はそれぞれ独立しているものではなく相互関係にあるといえる。

中世に入り『日本書紀』注釈書が編まれるようになったが、これは卜部《うらべ》（吉田）家に拠るところが大きい。卜部家の注釈には「日本書紀抄」と称される神代巻の注釈が多く存在する。この「～抄」という注釈書は一般的に「抄物」と呼ばれ、主に室町時代から江戸時代にかけて成立した。「抄物」による注釈の対象は、主に漢籍や仏典であり国書は少ない。そのため、今日に残されている「抄物」も、国書に関するものは一部に過ぎない。『日本書紀』の『～抄』とされる注釈書は、近世においても著されるが、その注釈方法は中世に始まったものと認められる。

卜部家による『日本書紀』の「抄物」は、それまでの注釈から逸脱した形式ではなく、「日本書紀私記」『日本書紀纂疏』『釈日本紀』などの延長線上に位置づけることができる。しかし、「抄物」は五山禅僧と関わりが深く、実際に禅僧によって編まれたものが多く残されている。よって「日本書紀抄」にも五山文学の影響を指摘しなくてはなるまい。五山禅僧が用いた方法論が『日本書紀』研究に取り入れられ、後世にも継承され注釈書として展開していったと考えられる。すなわち、五山禅僧や博士家の学者の手によって作成された「抄物」は、卜部家（吉田）の学問と出会うことによって、『日本書紀』の注釈方法として取り込まれたのである。講筵や「日本書紀私記」においては、訓読行為そのものが本文（漢文）を解釈することであったが、中世へ移行し訓読方法も整備されると、

「～抄」の発生によって新たな注釈活動が行われたのである。「抄物」の発生は五山文学にあり、典籍を正しく理解しようとする試みが基となって、中世の注釈活動が展開していったのである。五山禅僧は詩文作成のために故事成語を学ぶことを要し、そのためには中国の詩文を正確に理解する必要性があった。そこで用いられた方法論は、大陸からもたらされた注釈学や考証学であり、この方法論が卜部家によって『日本書紀』注釈にも用いられたのである。こうして『日本書紀』は中世においても研究が継続されたのである。

二　国学と文献学

中世から近世に移っても、注釈方法は継承されている。近世において国学者達が用いた方法論は、彼らが新たに作り出したものではなく、それまでの流れを汲んでいるとみるべきである。中近世間の学問史的区別は難しく諸説あるが、『日本書紀』研究に視点を置く場合、主体の違いというものが挙げられる。すなわち、中世は神道家によって研究が支えられていたが、近世にはその主体が国学者に移っている。

「国学」という用語は、「近世国学」を意味するという考え方もある。この考えに基づくと近世初期に発生した国学は、主として都市町人の間に成長し発展した学問で、やがて近代の夜明けを迎えると、いくつかの新しい学問に分化、または外来の「西欧近代諸学」の中に吸収された学問と見ることができる。「国学」といえばこのような一定の概念を持ち合わせているようであるが、必ずしも明確な概念のもとに使用されているわけではなく、そもそもどの時期に発生したのかも正確には明らかにされてはいないのである。また時には人物を限定し、契沖、荷田春満、賀茂真淵、本居宣長、平田篤胤らを中心に確立された学問を指すこともあり、またこれらの人物を祖とする学派を「国学」と称する場合もある。狭義の国学は、『日本書紀』『古事記』『万葉集』『律令』といった古代文献に基づき、日本の古代文化や文学を明らかにしようとするものである一方で、広義の国学は、神道、歴史、有職故実、官職、文学など日本の諸学問全般を指すと考えられる。「国学」とは、概念が規定されている用語のようであるが、その範囲は様々であり限定されていない学問といえる。

国学の祖に位置づけられる荷田春満は、その著書とされる『創倭学校啓（創学校啓）』において、

古語不《レハ》レ通則古義不レ明焉、古義不《レハ》レ明則古学不レ復焉
（古語を通ぜざれば則ち古義明らかならず。古義明らかならざれば則ち古学復せず）

と述べ、[*5]「古語」を正しく理解することを第一とし、正確なる文献による正しい語釈を必要とした。また、国学を大成したとされる本居宣長は『うひ山ぶみ』で古学について「古学とは、すべて後世の説にかかはらず、何事も、古書によりて、その本を考へ、上代の事を、つまびらかに明らむる学問也」と述べ、[*6]文献による学問の道を示している。これらの主張は、彼らの学問が実証的な文献に基づく方法であったことを物語っている。

国学の概念規定が行われたのは近代になってからのことであった。芳賀矢一は、国学とドイツ文献学のいうところは同じであるとして、国学は文献学であると規定した。芳賀がドイツ留学で得たものは、ベエクのドイツ上古文化学としての文献学であった。芳賀は明治三十五年（一九〇二）八月に帰国し、翌年に國學院の同窓会で「国学とは何ぞや」という講演を行い、そこで次のように述べている。[*7]

国学は日本といふことを基礎としてやらなければならぬものである。国学とは、国語・国文に基礎を置いて、すべての学科を研究して行くべきものである。国学は西洋の文献学と均しいものである。

芳賀がドイツで出会ったフィロロギー（文献学）は古代文化を対象としており、それは国学も古代文化を対象としていることから、両者を均しいものと捉えている。内野吾郎氏も芳賀の説に影響を受け、[*8]

近世国学は〈古道〉を対象とし〈文献学〉を方法とする学であり、いわば〈文献学的古道学〉である。

と近世国学を文献学と関係づけて規定している。国学には方法としての文献学があり、本質的には古代を追求しようとする働きが見られる。文献学的方法は、古典を研究するにあたり先ず古典成立時の原典を追求する本文批判である。そして本文を確定した上で、注釈を行い文献に描かれた内容を理解しようとする方法である。これはいずれの国学者にも共通することであり、今日の注釈活動においても用いられている。

ドイツ文献学によって概念が規定された「国学」であったが、その方法論はこの概念規定以前から行われており、芳賀によって新たな国学観がうまれたわけではない。芳賀が提唱する以前より、文献学的方法は実践されてきたのである。また国学を文献学として捉えた場合、文献学による上代文学の研究は、近世が始まりとはいえず、中世以前まで溯ることができる。『万葉集』研究においてはそれが顕著で、平安後期には、顕昭がそれに近い方法を用いており、鎌倉時代の仙覚も文証と道理という点を述べている。[*9]また近世に入り契沖なども文献学的方法を実践していたことは周知の通りである。このように文献学による研究方法は、近世以前から行われ、近世に入り国学者の登場によって、さらにその裾野を広げ定着していったのである。

そもそも文献学という用語も、立場の違いから見解が分かれるところではある。文献学について佐佐木信綱氏は以下のように定義している。[*10]

文献学といふは、文献を研究し、かつ文献によつて研究する学問である。文献の成立、移動と、その本文とを精査し、かつ文献にあらはれたところを以て、民族の精神生活の特色を明らかにする学問である。

これに加え佐佐木氏は、文献を研究する「文献の批評」と、文献によって研究する「文献の解釈」とに文献学を大別している。さらに「文献の批評」は「書史的研究」と「本文批評的研究」に、「文献の解釈」は「註釈的研究」と「精神生活を明らかにする」ものとに分けられるとした。この二分類四項目の文献学は、古来より日本において実践され、国学者たちがとった方法と重なっている。やはり「国学」を文献学と捉えることに異論は無かろう。

では、『日本書紀』研究において文献学的方法の出発点はどこまで遡れるのであろうか。研究史上からみれば、「文献の批評」と「文献の解釈」は『日本書紀』成立直後から行われてきたものであり、さらには『日本書紀』成立そのものが大陸に対して日本の「精神生活を明らかにする」行為であることから、文献学的方法は『日本書紀』成立と共にあったといえよう。『日本書紀』研究は講筵にはじまり、卜部家や五山禅僧などによって支えられ、近世の国学者たちも盛んに行ってきた。『日本書紀』を文献学的方法によって研究することとは、文献が成立した時代の社会や文化に関する情報を読み解くことになる。このように考えると、学問としての「国学」発生以前から文献学的研究は日本においてなされていたといえよう。学問としての「国学」の発生は近世にあるかもしれないが、明治時代に芳賀が提唱したことで「国学」に文献学の概念が当てはめられたにすぎず、「国学」自体のとった研究方法論と目的は『日本書紀』成立と同時にまで溯ることができるといえよう。換言すれば、文献に用いられる言語・文字を手がかりとして『日本書紀』に描かれる世界を明らかにすることで、日本の特質を見いだそうとしたのである。この研究の歴史が、今日まで継続されてきたのである。『日本書紀』研究史は文献学的方法の歴史ともなり、当時の日本を明らかにしようとした歴史ともなり得るのである。

しかし、このように考えた場合に注意せねばならないことは、『日本書紀』研究史を検討する際には、より文献学に厳密にならなければならないということである。それは、日本のことを理解しようとするための『日本書紀』研究という研究史が存在する一方で、その研究成果から『日本書紀』を思想（イデオロギー）に利用した歴史もあるからである。研究の方法論のみ継承するのであればよいが、それぞれの『日本書紀』観まで無批判に受容することはできない。方法論と思想は切り離し、研究対象の『日本書紀』とその研究成果とを区別して考えねばならない。卜部神道を確立したとされる卜部兼倶などは、神道を伝授するにあたり、神典としての『日本書紀』を曲解し、新たな方向性へ導くような教授を行っている。この『日本書紀』、とりわけ神話部分を利用することは、幕末や近代でも行われていたことである。だからこそ『日本書紀』を研究する際には、文献に即した上で諸研究を参照して行わなくてはならないのである。これまでの『日本書紀』研究には、研究の方法論ではなくこういった思想面のみが注視されることによって、正当な評価を受けてこなかった歴史があることは否めない。上代散文研究の中心が宣長以降に『古事記』に変わってしまったことにもよるが、中世の研究はもちろん、国学者による『日本書紀』研究もあまり日の目をみていない。ときには、現代の学問水準からみた場合に、一部の正当性を欠くがために全否定されてきた研究もある。しかし、それらの研究を文献学としてみることが可能であるならば、再評価はなされるべきである。なかでも神道との関係で論じられることの多かった中世から、方法論が定着するようになった近世への過渡期における研究を再検証する必要性があろう。それによって、研究方法そのものと時代性による学問の展開を捉え直したい。

そのためには、まず国学の祖に位置づけられる、荷田春満の研究を文献学的立場から考察する必要がある。荷田春満の研究には卜部家の影響が認められるが、『日本書紀』研究においては独自の説を多く含む。春満の『日本書紀』研究は、その思想や神道観の上に成立しており、一見すると文学あるいは文献学の立場から論じることは困難なようにもみられる。だが、春満が後の真淵や宣長に連なることを鑑みると、文献学の立場からの研究は必要であり、文学研究に帰依する部分も大きい。春満が近世において、『日本書紀』という文献をどのように捉え、また解釈を加えていったかは、その著述や解釈のあらわれでもある『日本書紀』の訓読文を手がかりにすることで明らかにできよう。特に訓読は『日本書紀』本文が同じであっても解釈が異なれば、如実に訓みに反映される。また訓読姿勢は時代性や人物によっても異なるため、訓読活動の動機や方法もあわせて検証しなくてはなるまい。例えば、古訓を重んじるのであれば復古的要素があると考えられ、また新たな訓読が生まれている場合は、新たな文脈の解釈としてみることができる。

三　国学と儒学

国学が展開した近世期は、儒学が隆盛の時代であった。江戸幕府は儒学を奨励し、幕府の正学と位置づけており、諸藩においても武士教育の根本思想となっていた。この思想はおよそ武士階級に限られたものであったが、中世に発展した和歌和文の学問の流れは裾野まで広まっていた。武士ではなく僧である契沖や社家の荷田春満などから国書の研究が始まったのも、こういった要因があったのであろう。しかし、内野吾郎氏は近世国学の源流として、

第一に、近世的な町人文化の所産であり、第二に、西欧的な自由討究の精神の影響である。第三には、活版

印刷などによる文芸の普及発達であり、第四には、家康の文教政策による儒教的教養の普及である。こうした基盤の上に、中世以来の歌学を中心とした〈訓詁の学〉が、新しい角度から見直され、再検討されることになった。これが〈近世国学の源流〉となった。

と社会的影響を指摘している。[*11] また、内野氏の指摘にもあるように儒教と国学とを切り離して考えるわけにはいかないであろう。国学と儒学は学問方法論によって明確に区別することはできず、儒学においても国学と同じように文献学的方法は用いられている。そのため儒学の方法論も、国学と同様に文献学として理解できる部分が多い。この国学と儒学の文献学的方法について西郷信綱氏は次のように述べている。[*12]

文献学的方法は単に国学の分野においてだけでなく、儒教の領域でもほぼ同じ姿で成熟していた。すなわちそれは多少とも、当時の学問における一つの時代的傾向であったことを知りうる。そうだとするとこれは、何らかの歴史の必然に貫ぬかれた現象であったと見なければならない。

この指摘のように、国学と儒学を分けて考えるのではなく、同時代の文献学として、国学者と儒学者の活動を見ていかなくてはならないであろう。これまでの研究史では、真淵や宣長の儒学に対する否定的な態度から、儒学と国学とが相反する対立した概念として捉えられることが多かった。しかし、近世国学の概論書である、村田春海『和学大概』の冒頭部には次のようにある。[*13]

和学（筆者注、国学と同義と考える）といふ事、いにしへは別に一家の学ならず、皆儒生のかね通じたりしことなり。弘仁・承和のころより、代々禁廷にて、日本紀を講ぜられしことありしに、皆其時の宿儒博達の人に任ぜられし事あり。別に和学を専業とせし人ありしといふことも見えず。中世 堀河院の御時、大江匡房卿の和学得業生問答といへるものあるをみれば、和学といふ名目はさるころよりやいひはじめし事ならむ。此匡房卿のころまでは、猶いにしへをうしなはざる事も有しを、それより後世、干戈常に動て源平の乱うちつゞきたるより此かた、和漢ともに学問の道皆すたれて、これを復興する人もなく、たゞ漸々におとろへきたりしを、近世文明のころに至て、一条禅閤絶倫の才学おはせしかば、古人の誤をもよく考正し、其著述の書数十部に及べり。此公をこそ、和学再興の人とはいふべけれ。

このように春海は、漢学から和学（国学）が発生していると指摘し、『日本書紀』の講筵からはじまる和学（国学）が中世には成立していたと述べている。すなわち、本来は儒学と国学は密接な立場にあり、対立する概念ではなく影響関係にあったといえる。対立という概念自体が、近代の研究史、あるいは自説を際立たせようとした国学者によって作り出されたものではないだろうか。賀茂真淵や本居宣長による排儒論などを根拠として丸山真男氏[*14]や吉川幸次郎氏[*15]を始めとした多くの先行研究が国学者は儒学者の研究方法に影響を受けたと指摘する。だが、儒学が隆盛の時代に、国学との影響関係があったのは当然のことであり、儒学を抜きに当時の国学を考えることは正しい国学の理解とはならないであろう。

真淵、宣長以前の荷田春満も例外ではなく、儒学の影響が認められる。三宅清氏は、春満の学説に漢学の古学（堀川学）の影響があることや、春満の著書に「～童子問」と名づけられたものがあることから、堀川学派を密かに模したものであろうと論じた。[*16] また太田青丘氏は、春満の甥の在満がその著『彗星私辨附録』において「仁斎先生…」と述べていることを指摘し、これが荷田家における伊藤仁斎ならびにその古書考証の態度に対する畏敬しているものであるとする。[*17] さらに村岡典嗣氏は春満の『創学校啓』と荻生徂徠の『辨名』下の本文が類似していることを指摘し、徂徠学の春満への影響を認めている。[*18] 春満には仁斎と徂徠の影響が考えられるが、特に徂徠は同時代の人間であり、時代による影響関係があったと考えられる。そこには単に儒学や国学といって分けることのできない、類似した学問の手法が共に備わっていたからではないだろうか。今日、我々は「国学」と「儒学」を区別して概念規定しているが、儒学が隆盛の時代にあって、春満自身が自らの学問を「国学」と明確に意識してはいなかったはずである。また徂徠の学問は、陽明学や朱子学といった「儒学」の枠組みの中に位置づけられるものの、「徂徠学」「徂徠学派」といわれるように、これまでの儒学とは一線を画していたといえる。春満と徂徠が互いに生きた、元禄・享保期という近世の成熟した時代は、学問においても改革の時を迎えており、まさに二人の学問的手法は、偶然の一致であるというよりも、当時の学知がもたらしたものであるといえよう。具体的にいうならば中国王朝の明時代に起こった古文辞学を受けたものであり、儒学の研究方法を持ち込んだともいえる。

明の古文辞学は、秦漢の文、盛唐の詩を徹底的に模倣する擬古主義の文学運動を展開した。徂徠はこの文学上の主張を語学習得の手段に転用したといえる。さらに、六経を正しく読解して、「先王の道」を明らかにすることにつとめたとされる。春満も『万葉集』や『日本書紀』といった上代文献に立ち帰ること(復古)により、古道を明らかにしようと考えていたのである。つまり徂徠と春満は「擬古」或いは「復古」という立場の中から「道」を明らかにしようとしていたのであり、これは中世までの単なる訓詁注釈の学問を克服しながら、文献の中から「道」を考える学問への転換とも考えられる。このように儒学や国学の概念にとらわれない、大陸の学問と日本古来の学問を融合した方法論が、当時の日本には認められるのである。

四　国学と国文学

近世におこったとされる「国学」は明治期まで連綿と続き体系化されたことで、近世特有の学問ではなくなった。また国学者の学統に限定される学問でもなく、知識人らによって幅広く研究される学問となった。しかし、そもそも「国学」という用語自体は、平田派の国学者たちによって用いられたものである。それ以前の荷田春満の『創倭学校啓（創学校啓）』には「国学」という用語はみられず、はじめは「倭学」とされていた。また先に引用した村田春海の『和学大概』でも「和学」の語が用いられている。つまり「国学」という語を新たに用いることは、「和学」を「国学」という思想として特化させる行為だったのである。そのため、時として「国学」は学問としての性格よりも、思想面が強調され、イデオロギー的なものとして解釈される場合がある。春海が指摘するように、和学のはじめを『日本書紀』の講筵とするのであれば、上代には既に「国学」めいたものが存在していたということになり、「国学」は決して近世以降に限定されたものではなくなる。芳賀が『国学とは日本といふことを基礎として』考えていたように、対外的に編纂された『日本書紀』成立から「国学」が存在していたとみることも可能であろう。以上のことから、「国学」は長い研究史を有するキーワードとして捉えることができる。そのため、文献研究として「国学」が上代から果たしてきた役割や業績、あるいはその論理性などを整理し正当な評価を与えることは、まさに国文学研究史となろう。また当然のことながら、国文学自体が文献を根拠とせざるを得ない学問であることから、国学と国文学は密接に関わっているといえる。

明治期以降には、国学に含まれていた学問は細分化されていったが、古典研究については国文学として展開していった。先の引用にて芳賀が規定するように、「国学とは、国語・国文に基礎を置いて」おり、明治以降は国文学の分野において国学的研究の一部分が担われ、「国学」という用語や概念が消滅するわけではなかった。また近代に至っては、柳田国男や折口信夫らが民俗学の立場から「新国学」という概念を提示し、新たな国学観も提唱された。折口信夫の研究は民俗学に特化していたが、古典文学を軽んずることはなかった。彼が求めたものは、それまでの国学と同様に日本の特質を明らかにするための古代研究であった。そのため折口は「国学者」と称される場合がある。折口と同時代に活躍した武田祐吉も、折口と同様に古典語の分析を通して『古事記』『日本書紀』『万葉集』に浸透している民族意識の探求につとめた。武田には正面から「国学」を扱った論考は無いが、『古事記研究』の序説で、

> 國學は現在の眞實を明にせむが爲にのみ過去を研究對象とするものである。古典を研究するのも現在に於いて存在してゐる古典の意義を明にするのである。（中略）國學とは要するに日本の學問である。日本が日本であつてその他では無いことを明にする學問である。

と述べている。[*19] 折口と武田はともに國學院大學の教授を務めたことでも知られるが、二人は國學院のみならず、近代人文学の形成において学問を牽引する役割を担った。近代の人文学形成において「国学」の概念は存在し続けており、その研究方法は継続されているのである。いわば今日の学問は、上代から近代までの学問の継承と蓄積の上に成り立っており、国文学も例外ではないのである。

五　本書の構成

本書は、「国学」という学問において、『日本書紀』がどのよう研究されたかを論じるものである。本書における「国学」とは、近世において規定された思想的イデオロギーを含むものではなく、中華文明に対して自国を意識した学問であると定義し、大陸の学問が上代文献の研究に与えた影響を考察する。『日本書紀』の国学における研究史を再検討し、学史・方法論史上に位置づけることが本書の最大の目的である。これは『日本書紀』研究史に「国学」の研究方法を位置づける作業も兼ねている。

第一章「国学における『日本書紀』研究」では、『日本書紀』成立から近世の研究史を通して、国学的なものとその方法論を考察する。

第一節「上代文献の訓読と『日本書紀』研究」では、『日本書紀』が漢文体で書かれていることから、和語と漢語の関係を訓読という観点から考察し、『日本書紀』講筵に用いられた博士家の方法論から訓読のあり方を考察する。『日本書紀』の訓読のあり方や研究史を通して中華文明と日本の関係を述べる。

第二節「注釈史と「日本書紀抄」の成立」では、『日本書紀』の注釈活動のなかで「日本書紀抄」に着目し、書名にある「抄」から注釈の性質と成立を検証する。また、「日本書紀抄」が発生するまでの『日本書紀』研究史と、「日本書紀抄」が研究史に与えた影響を周辺学問の五山文学や国学との関係から論じ、注釈史上に「日本書紀抄」を位置づける。

第三節「「日本書紀抄」にみる注釈の継承と展開」は、中世の神道家である吉田兼倶、清原宣賢、吉田兼右らの関係から「日本書紀抄」〈後抄本〉の注釈方法について検討し、その特性の一端を明らかにする。また同時に卜部（吉田）家における『日本書紀』研究のあり方と、その活用法について論じる。

第二章「荷田春満の『日本書紀』研究」では、国学の祖に位置づけられる荷田春満の研究活動を通して、近世に『日本書紀』研究がどのようになされていたかを考察する。

第一節「荷田春満の『日本書紀』研究と卜部家」では、荷田春満の『日本書紀』研究を中世からの研究史上に位置づける作業を行う。春満の学問には卜部神道などの影響が認められているが、これまでの『日本書紀』研究では詳細に指摘されていないため、卜部家との関わりを検証し、春満の説と卜部家との説の関わりを論じる。

第二節「青年期における荷田春満の『日本書紀』研究―東丸神社蔵『神代聞書』翻刻を通して―」では、東羽倉家の資料の調査・整理で明らかとなった『神代聞書』の本文から、春満の青年期の神代巻解釈を検討し、前節に続き春満の『日本書紀』研究の出発点を論じる。

第三節「荷田春満の「仮名日本紀」」では、第二節同様に東羽倉家の資料より明らかとなった荷田春満の『仮名日本紀』の調査・分析を通して、春満の訓読態度や『日本書紀』研究方法の一端を示す。

第四節「荷田春満自筆「漢字仮名交じり本」の位置づけ」では、第三節で明らかとなった荷田春満の「仮名日本紀」のうち、春満自筆の「漢字仮名交じり本」が「仮名日本紀」の諸本系統の中でどのように位置づけられるのかを論じ、春満の『日本書紀』研究の形成過程と学問の影響について論じる。

第五節「荷田春満と賀茂真淵の『日本書紀』研究」では、近世において『日本書紀』がどのように訓読されていたかを検証するため、春満と真淵の研究姿勢を考察する。そして、それぞれの『日本書紀』訓読を比較し、『日本書紀』解釈における相違点を明らかにする。

第三章「近代における『日本書紀』研究」では、近代国文学において学問を牽引したとされる武田祐吉と折口信夫の『日本書紀』研究を検証する。

第一節「武田祐吉の『日本書紀』研究」では、新出資料を用いながら武田の学問形成の過程を辿り、どのような過程で上代文学研究へ波及していったかを検証する。そして武田の『日本書紀』研究の態度を論じる。

第二節「折口信夫の「日本紀の会」と『日本書紀』研究」では、折口信夫が主催した「日本紀の会」を通して、折口の『日本書紀』に対する講義方針や研究態度を検証する。それにより、折口による『日本書紀』研究の一部を明らかにし、折口の学説が他に与えた影響についても考える。

以上の論考から、上代から近代の『日本書紀』受容史を「国学」の視点から通観する。また、文献学として「国学」を捉える立場から、それぞれの研究方法についても時代に則しながら、どこからどのようにもたらされたかを論じたい。本書において『日本書紀』研究史を見直し、国学や国学者が果たしてきた業績を再検討することは、『日本書紀』研究史の再構築へもつながるであろう。言い換えれば、国文学研究の方法論を遡ることにより、今日の学問の進展を考えるものである。

註

1 西條勉「〈〜（之）時〉の構文と、その文体的位相」（『古事記の文字法』、平成十年、笠間書院、二二―三頁）。
2 日本古典文学大系『日本書紀』上・解説「四　研究・受容の沿革」（家永三郎執筆担当、昭和四十二年、岩波書店、五三頁）。
3 津田左右吉「漢文の日本語よみ」（『津田左右吉全集』第二十一巻、昭和四十年、岩波書店、四七九頁）。
4 引用は、尊経閣善本影印集成『釈日本紀』（平成十六年、八木書店）に拠る。
5 引用は、『新編荷田春満全集』第十二巻（平成二十二年、おうふう、二二―二三頁）に拠る。なお、書き下しは筆者に拠る。
6 引用は『本居宣長全集』第一巻（昭和四十三年、筑摩書房、一五頁）に拠る。
7 この筆記は、『國學院雜誌』第十巻第二号（明治三十七年一・二月号）に掲載された。引用は『芳賀矢一選集』第一巻（昭和五十七年、國學院大學、一六四頁）に拠る。
8 内野吾郎「国学の本質と二大学統の分流」（『文芸学史の方法』、昭和四十九年、桜楓社、五〇頁）。
9 小川靖彦「道理と文證」（『万葉集研究』第二十三集、平成十一年、塙書房。後に『萬葉学史の研究』、平成十九年、おうふうに再録）などに詳しい。
10 佐佐木信綱『國文學の文獻學的研究』（昭和十年、岩波書店、六頁）。

11 内野吾郎「近世国学の形成と宋儒の影響　試論」（『文芸学史の方法』、昭和四十九年、桜楓社、五五頁）。
12 西郷信綱『国学の批判』（昭和四十年、未来社、一四頁）。
13 引用は日本思想大系『近世神道　前期国学』（昭和四十七年、岩波書店、四四八頁）に拠る。
14 丸山眞男『日本政治思想史研究』（昭和二十七年、東京大学出版会）。
15 吉川幸次郎『仁斎・徂徠・宣長』（昭和五十年、岩波書店）。
16 三宅清『荷田春満』（昭和十五年、国民精神文化研究所、五七九頁）。
17 太田青丘『日本歌学と中国詩学』（昭和三十三年、弘文堂、二三二頁）。
18 村岡典嗣『本居宣長』（明治四十四年、警醒社書店、四二七頁）。
19 武田祐吉『古事記研究帝紀攷』（昭和十九年、青磁社、三五頁）。

第一章　近世国学までの『日本書紀』研究史

第一節　上代文献の訓読と『日本書紀』研究

一　はじめに

上代文献は全て漢字で表記されている。漢字を使用して文を記すということは、日本が当時の中国を中心とした漢字文化圏に属していることを示している。ただし、上代文献は純粋な「漢文体」だけではなく、和化漢文体あるいは変体漢文体と呼ばれるもの、また漢字で表記されていても和文体の文献も存在する。この漢語（中国語）と和語（日本語）との関係は、漢語を和語に改めたとも、和語を漢語で表記したともいえる。この漢語と和語との関係について、西條勉氏は、

和語が漢字で書きえた前提には、漢文を訓読すること、つまり漢語をみずからのことばで訓むという営みがあった。《和語を―漢字で―書く》ことと《漢文を―和語で―訓む》ことは、いわば表裏一体の関係にあるといえよう。

と指摘するように、*1 漢語と和語は書くことと訓むことによって密接に関わっている。上代文献は漢字で書かれ

たものでありながら、和文として理解されてきたのである。この和文として理解する行為が「訓読」であるといえよう。特に『日本書紀』は「日本」を冠している書名からも明らかなように、対外的に書かれた文献であり、国の正史として編纂された。その内容および漢文体による表記は、漢語と和語が「訓読」という作業によって繋がっていることを示している。そこで本稿では、『日本書紀』の訓読や研究史を通して、漢語と和語の関係、あるいは中華文明と日本文明の関係を考え、後の近世国学への繋がりを考えることとする。

二　『日本書紀』の訓読とその方法

奈良時代において文字を用いるということは、すなわち漢字・漢文を書くということであり、漢文は一種の共通語として位置づけられる。また漢字・漢文を書くという習慣は、当時の中国を中心とした東アジアの漢字文化圏に日本が属するということを意味した。一方で中国から伝来した書物は漢語で記されており、それを理解する際もやはり漢字を用いなければ共通認識は不可能だったであろう。当時の日本において、文字による言語の流通は漢語なしでは成立しなかったのである。そして、その文字が「漢語」としても「和語」としても通用したことによって日本独自の作品が生み出されたのである。それが『古事記』『日本書紀』『万葉集』などの上代文献である。これらの作品は、いずれもが漢字で記されているが、厳密には表記形式がそれぞれ異なっている。しかしこれらの作品は国内で成立した以上、書き手側は読み手が日本語で訓むことを前提としていたはずであり、日本語として理解できた文献として捉えるべきではないだろうか。

『日本書紀』を考察する前に、まず『古事記』に目を向けることとする。『古事記』の表記形式はあくまでも「和文」ではなく和化漢文体、あるいは変体漢文体である。太安万侶は「序」において、次のように記している。*2

於レ焉、惜二舊辞之誤忤一、正二先紀之謬錯一、以二和銅四年九月十八日一、詔二臣安萬侶一、撰二録稗田阿礼所レ誦之勅語舊辞一以獻上者、謹随二詔旨一、子細採摭。然、上古之時、言意並朴、敷レ文構レ句、於レ字即難。已因レ訓述者、詞不レ逮心。全以レ音連者、事趣更長。是以、今、或一句之中、交二用音訓一、或一事之内、全以レ訓録。即、辞理叵レ見、以レ注明、意況易レ解、更非レ注。亦、於レ姓日下謂二玖沙訶一、於レ名帯字、謂二多羅斯一、如レ此之類、随レ本不レ改。

（傍点は筆者による）

はじめに「上古の時は、言と意《こころ》と並《とも》に朴《すなほ》にして、文を敷き句を構ふること、字に於《お》ては即ち難《かた》し」と表記の困難を語り、『古事記』では、音と訓とを交えて用いる方法（交用音訓）と全て訓を用いる方法（全以訓録）の二つを定めたのである。これは中華文明の漢字と自国の訓をもって記述するということである。また「以レ注明」とし、理解が届かないものについては、注を以て明らかにするとしている。この注に当たるもののつが「訓注」とされるものであり、『古事記』には訓注が四十四箇所みられる。訓注は読み手が本文の内容を間違うことなく理解するために設けられた注である。つまり訓注＝理解としてみることができよう。

この訓注は、『日本書紀』にも同様に見られる。『古事記』よりも巻数が多い『日本書紀』の訓注は、全巻で三一四箇所に及ぶ。『日本書紀』の訓注の多くは「可美、此云于麻時」のように「〇〇、此云△△」という形で本文の語句に万葉仮名を当てて訓みを示すものである。『日本書紀』の訓注については、はやくは河村秀根が『書紀集解』のなかで「按二秦‐唐翻‐一譯シテ梵‐語一ヲ此云二某‐某一ト例」と指摘するように、漢訳仏典にある注と同様の性質を持ち、「〇〇は△△という意味である」と示す働きをしている。*3 そのため『日本書紀』の訓注も本文を正確に理解するために施されたものとして見て良いであろう。

訓注の成立については、訓注に用いられている万葉仮名が、歌謡の万葉仮名と同一であることから、[*4]訓注は『日本書紀』成立時には本文に組み込まれていたといえる。これについて西條勉氏は、[*5]

訓注は本文が書かれるのと同時に添付されたことが確認できるのであるが、このことは、書紀本文が、訓注に記されているような和語を漢語に翻訳して書かれている事実をも示している。これが書紀の文章の成り立ちであって、要するに書紀は和語を漢語に翻訳し、中国語の音でも十分に読めるかたちになっているわけである。

として、和語を漢語に翻訳して成立したのが『日本書紀』であるとする。したがって、訓注は日本人が訓むことを前提として組み込まれたのである。[*6]つまり、『日本書紀』は漢文体で編纂されつつも、和語としての理解も目指した文献であり、『日本書紀』は対内外のどちらの理解も可能であることが求められた文献であったのである。また、訓注によって漢語を解説する行為は、『日本書紀』の読み手を日本人に設定していた証ともなる。これは、万葉仮名で書かれた歌謡が『日本書紀』にもあることからも明らかであり、和語を漢語に翻訳することの困難さが、訓注や歌謡のかたちであらわれているのである。『日本書紀』における訓読とは、漢語を読むための訓読ではなく、和語を表記するための訓読であったといえよう。

漢語を用いながらも訓読することを必要とした『日本書紀』は、和語を漢語で表記したと見るのが自然であろう。漢文体のなかに和語を取り入れているということは、『日本書紀』の編纂は中華文明に対して独自の文化をもつ国であると主張しているとも考えられる。『日本書紀』が中古、中世の文献や古典作品にも引用されていることは知られているが、『日本書紀』を和文として捉えていたからこそ、古典に引用しやすかったのではないだろうか。『日本書紀』を訓読することは、漢字の伝来、『日本書紀』の編纂や訓注から考えても、『日本書紀』の編纂者の意に背くものではないだろう。

三　『日本書紀』講筵と「日本書紀私記」の成立

今日、訓読された『日本書紀』がどのようなものであったかを知るには、写本などの諸本に頼らざるを得ない。だが奈良末期から平安初期の書写とされる『日本書紀』の諸本（佐佐木本・猪熊本・四天王寺本・田中本）には訓点が施されていないため、奈良期の訓点は今日では知り得ず、最も古い訓点は、平安期書写とされる岩崎本から認められる。その他にも訓点を有している写本としては図書寮本などが挙げられるが、いずれも『日本書紀』成立よりやや時代が下った写本に付された訓点を頼りにするしかないのが実状である。あくまでこれらの写本に付された訓は平安期のものであり、仮に明らかに奈良期の訓とは異なる平安期の訓みがあれば、それら諸本の訓点も改めなければならず、完全な奈良期の訓みはできないのである。『日本書紀』に限らず、奈良期の古訓点の資料がほとんど現存していないのは、訓読記入の手法が当時考案されていなかったからであろうとする見方が支配的であるが、これに関してはよくわかっていない。

『日本書紀』に含まれる漢語をどのように訓んだのかを判断することは難しく、今日でけそれらを文献から実証することはできない。しかし、『日本書紀』の訓みについては、平安初期から中期にかけて、朝廷の公式な行事として「講筵」が何度も開かれており、その記録が「日本書紀私記」として残されている。『日本書紀』は、対外的な意識と同時に、自国の正史を編纂するという意図があったため、講筵は『日本書紀』を内外に周知させようとした運動とも捉えられる。そのためにも、『日本書紀』編纂当初から訓読が必要とされたのである。『日本書紀』の講筵については、『釈日本紀』開題の「康保二年外記勘申」によって知られ、『日本後紀』などの史書による記録からも開催が確認できる。『釈日本紀』によると奈良時代の養老五（七二一）年にも講筵が行われていたとされるが、*7 この講筵は、前年に完成した『日本書紀』の披露が目的であって、読み解くことは為されていなかったようである。また、養老年間の講筵は『釈日本紀』のなかにも「養老云〜」といったかたちで残されており、『本朝書籍目録』にも養老五年の『私記』が記されている。*8 『本朝書籍目録』には、

養老五年私記
弘仁四年私記　三巻　多朝臣人長撰
承和六年私記　菅野朝臣高平撰
元慶二年私記　善淵愛成撰
延喜四年私記　藤原春海撰
承平六年私記　矢田部公望撰
康保二年私記　橘朝臣仲遠撰
日本紀私記　三巻

とあり、それぞれの講筵ごとの「日本書紀私記」と他の三巻の「日本紀私記」があったとされる。今日に伝わる「日本書紀私記」はわずか四種（甲本・乙本・丙本・丁本）であり、『日本書紀』古写本には単に「私記」として引用されている説も多く、また諸文献に引用されている「日本書紀私記」も上記年次のいずれかに由来するものと思われるが、今日では特定することは極めて難しい。また「甲本」には「今案依二養老五年私記一作之」という注

郵便はがき

料金受取人払郵便

神田支店
承認

3455

差出有効期間
平成25年2月
6日まで

101-8791

504

東京都千代田区猿楽町2 2-3

笠間書院 営業部 行

■ 注文書 ■

◎お近くに書店がない場合はこのハガキをご利用下さい。送料380円にてお送りいたします。

書名　　　冊数

書名　　　冊数

書名　　　冊数

お名前

ご住所　〒

お電話

読　者　は　が　き

●これからのより良い本作りのためにご感想・ご希望などお聞かせ下さい。
●また小社刊行物の資料請求にお使い下さい。

この本の書名＿＿＿＿＿＿＿＿＿＿＿＿＿＿＿＿＿＿＿＿＿＿＿＿＿＿

はがきのご感想は、お名前をのぞき新聞広告や帯などでご紹介させていただくことがあります。ご了承ください。

■本書を何でお知りになりましたか（複数回答可）

1. 書店で見て　2. 広告を見て（媒体名　　　　　　　　　　　　　　）
3. 雑誌で見て（媒体名　　　　　　　　　　　　）
4. インターネットで見て（サイト名　　　　　　　　　　）
5. 小社目録等で見て　6. 知人から聞いて　7. その他（　　　　　　　　　　　　　）

■小社PR誌『リポート笠間』（年1回刊・無料）をお送りしますか

はい　・　いいえ

◎上記にはいとお答えいただいた方のみご記入下さい。

お名前

ご住所　〒

お電話

ご提供いただいた情報は、個人情報を含まない統計的な資料を作成するためにのみ利用させていただきます。個人情報はその目的以外では利用いたしません。

記がみられるものの、これは実際の養老年間の記録ではなく、後世になって著されたものである。ただし、養老年間の「日本書紀私記」は部分的には残されているとみられている。大野晋氏は日本古典文学大系『日本書紀』の解説（三　訓読）において、次のように述べている。

日本書紀の古写本には、ヲコト点や、片仮名あるいは万葉仮名による訓読を示すものが少なくないが、その間にあって、訓注に「養老」または「養老説」と付記するのが点々と存在する。また、『釈日本紀』の中にも「養老説」なるものがある。（筆者注、用例省略）

これらはすべて奈良時代の古語として自然である。この中で片仮名に書き改められているものは別として、万葉仮名で書かれている訓注は、上代特殊仮名遣に関係あるところが、すべて奈良時代の例に合う。

このように、『釈日本紀』の用例から、養老年間に講筵が開催された可能性を言及している。次に大野氏は、兼夏本『日本書紀』にある「弘仁」の文字を付した訓注と「日本書紀私記」の比較を通して、「いわゆる『弘仁私記』は、単に弘仁時代に至ってはじめて行った訓釈だけを筆記した著作ではなく、奈良時代に文字化されていた訓注を包摂したものと解釈される」と結論づけた。大野氏が指摘するように、奈良期には『日本書紀』の講筵が行われており、それは奈良期に訓読研究が始まっていたことを意味しよう。そして、この訓読研究は『日本書紀』研究として捉えてもよいであろう。

四　紀伝道・明経道と『日本書紀』研究

『日本書紀』成立の翌年から行われていた講筵は、現存する「日本書紀私記」の内容からみて、基本的には訓読作業であった。現存する「日本書紀私記」（丁本）と『釈日本紀』巻一開題には次のような問答がある。*9

問。考㆓讀此書㆒。将以㆓何書㆒備㆓其調度㆒哉。
答。師説。先代舊事本紀。上宮記。古事記。大倭本紀。假名日本紀等是也。

ここには『日本書紀』を読む際にどのような書物を参考とすればよいかが挙げられており、講筵における訓読作業が、他書との比較において進められたことを示唆する。つまり、講筵における『日本書紀』は、漢文を和語として翻訳するのではなく、漢語を他文献との比較などにより解釈して訓を定めていたことになる。こういった講筵は、約三十年間隔で開催され、開講から終講までに数年を要している。承平年間に行われた講筵などは、天慶の動乱のため一時中断しており、終講までに実に七年を要している。養老五年の講筵以外で、史書に記録されるものは次の六回である。（〈　〉内は出典）

弘仁三年（八一二）六月二日から同四年まで〈『日本後紀』〉
承和六年（八三九）六月一日から同十一年六月十五日まで〈『続日本後紀』〉
元慶二年（八七八）二月二十五日から同五年六月二十九日まで〈『日本三代実録』〉

延喜四年（九〇四）八月二十一日から同六年十月二十二日まで〈『日本略記』〉
承平六年（九三六）十二月八日から天慶六年（九四三）九月まで〈『日本略記』〉
康保二年（九六五）八月から終講は不明〈『日本略記』〉

これらの記録によると、弘仁の講筵では多人長《おおのひとなが》が、承和の講筵では古事を知る者として菅野高年が講者となっているが、元慶になると講筵の組織、形式とも整ってきたようである。講筵の中心的存在の「博士」、研究者をまとめる「都講」、復習し研究結果を確実にする「尚復」などの役を決めて読み解きをすすめた。元慶では明経助教の善淵愛成《よしぶちのちかなり》を博士とし、延喜では文章博士の藤原春海《ふじわらのはるみ》が、承平には紀伝学生出身の矢田部公望《やたべのきんもち》が、康保の際には文章生出身の橘仲遠《たちばなのなかとお》が博士を務めたとされる。これら博士はみな大学寮の紀伝道と明経道の人物である。紀伝道は、主に中国史を教えた歴史学科であり、明経道は儒学を教えた学科である。初期の『日本書紀』研究と位置づけられる講筵に、これらの人物が関わっていたということは、『日本書紀』が漢文体で書かれていたことと関連して講筵が大学の学問圏内において展開されたことを示す。と見て良いであろう。このことは、講筵に大陸の方法論が用いられていたことを意味するのではないだろうか。

この講筵の博士については、本居宣長も『玉かつま』三ノ巻に「神の御ふみをとける世々のさま」として指摘している。[*10]

神御典《カミノミフミ》を説《トク》事、むかしは紀傳道の儒者の職《ワザ》にて、そのとける書、弘仁より代々の、日本紀私記これ也、そはいづれも、たゞ漢學の餘力《チカラノアマリ》をもて考へたるのみにして、神御典《カミノミフミ》をもはら學びたるものにあらざるが故に、古《ヘ》の意詞《ココロコトバ》にくらく、すべてうひ〳〵しく淺はかにて、もとより道の旨趣《オモムキ》も、いかなるさまとも説《トキ》たることなく、たゞ文によりて、あるべきまゝにいへるばかり也、然れども皇朝のむかしの儒者は、すべてから國のやうに、己が殊にたてたる心はなかりし故に、神の御ふみをとくとても、漢意にときまげたる、わたくし説《ゴト》もをさ〳〵見えず、儒意《ジュゴコロ》によれる強説《しひごと》もなくて、やすらかにはありしを、（以下略）

一見すると、漢意の排除をした宣長らしく儒者の行為を否定しているようにも見えるが、その儒者による「日本書紀私記」の訓みは評価している。宣長が紀伝道の研究を評価するに至ったのも、「日本書紀私記」の訓読やその方法が宣長と共通するところがあったからではないだろうか。この点について太田晶二郎氏は、「日本書紀私記」の方法は、近世国学に通じることを指摘している。*11

私記日本紀學の一面を訓詁學と言ふのは形容だけではなく、事實漢唐訓詁學の感化圏内に位置し、その衣鉢を傳へて然かあるものと見ることは寧ろ當然であらう。さすれば、一方次期の空理・傳會は漢唐學に對蹠的なる宋學氣學の直接間接又多かれ少なかれの影響を蒙つてゐるものとして對照されて來る。更に國學の發達に亦、今度は理學の反動で起つた復古派の影響が辯解できぬとすれば、その私記に對して類似を呈して來る所以の幾分かは此の關係に存するともなし得よう。

このように、太田氏は「日本書紀私記」の方が近世国学と通じることを指摘するとともに、「日本書紀私記」の訓読を漢唐訓詁学からつながるものであるとする。漢文に翻訳された和語を解釈する行為は、訓詁学に連なるものであり、紀伝道・明経道の人間が講筵で博士を務めることにより、訓詁学が『日本書紀』研究に持ち込まれたのであろう。

五　「日本書紀私記」と近世国学

『日本書紀』講筵で博士を務めた紀伝道・明経道の者たちは平安期に移ると、官職の世襲が起こるようになり、学科（道）ごとに博士となる氏族が一定するようになっていった。紀伝道における世襲氏族は菅原氏、大江氏が代表的である。菅原家は、漢籍訓読の訓点法（乎古止点）を採用し、他氏他道にも影響を及ぼし、大江家も同様に訓読作業を継承した。『日本書紀』の古写本にも「乎古止点」が確認でき、写本の一部には「江家～」として大江家の訓読が記されているものもある。この大江家の訓は大江匡房の訓であり、[*12]『日本書紀』の傍訓も博士家の訓読研究の成果として扱う必要があろう。大学寮の学問は、世襲されるようになり家の学問として定着し、そしてより専門化していったのである。明経道も、紀伝道よりもやや遅れるが特定の氏族が独占的に学問を行うようになっていった。

家学が定着することによって、『日本書紀』研究も特定の氏族に限られたものとなっていく。そのため文献の訓釈や訓読法は、相伝によって非公開（秘伝）とされることが多くなり、中世においては一部の人間たちの伝授によって解釈が受け継がれていくことになる。それは『日本書紀』も例外ではなかった。中世の『日本書紀』研究はト部家によって維持、展開されていたことが知られているが、伝播した『日本書紀』本文や解釈の多くは、ト部家の影響下にあるものであり、当時のト部家による『日本書紀』研究の大きさを物語っている。この影響は現代においても続いているといっても過言ではなく、今日我々が用いている『日本書紀』のテキスト類は、底本をト部家の諸本に拠るものがほとんどである。ト部家では書写活動とともに、注釈活動も行っており、その成果は『釈日本紀』としてまとめられた。『釈日本紀』には、それまでの「日本書紀私記」が逸文のような形で取り込まれており、講筵や「日本書紀私記」から連続する注釈書として位置づけられる。また『釈日本紀』には散逸した「日本書紀私記」を補う性質もあり、当時の記録を知る上で『釈日本紀』の役割は大きいといえる。しかしその注釈は「日本書紀私記」を受け継ぎつつも、神道説に特化するために訓詁学としての性格は薄れていったように思われる。そのような状況下であったため、近世においてもはじめは卜部家の訓読が展開されていった。しかし、それは国学者の出現と版本の出版によって状況が一変する。

近世になると、一部の人間たちの伝授によって継承されていたものが、出版によって多くの目に触れるようになった。そして、これまでの『日本書紀』の訓が総合的に解釈しなおされ、『日本書紀』研究も進展した。したがってそれまでの秘められた家学から、公の学問に変化したのである。『日本書紀』の出版物が刊行されると共に、研究も盛んに行われるようになった。それは国学者、儒学者にかかわらず行われ、例えば儒学者の山崎闇斎の著述には『日本書紀』の講義をまとめたものがあり、『日本書紀』を研究していたことが知られる。この他に闇斎には刊行年不明の山崎嘉正版といわれる神代巻の版本があり、また闇斎学派の梨木祐之や出雲路信名はそれぞれ神代巻の版本を出版している。この神代巻の出版活動は、国学者には見られない傾向であり注目される。出版活動以外においては、儒学者よりもやはり国学者の研究が目立つ。例えば荷田春満は『日本書紀』を注釈するほかに、『日本書紀』をすべて独自の仮名書きにあらため新しい訓読を試み、この訓読作業がその後の研究の柱をなしていく。その弟子の賀茂真淵も『日本紀訓考』を著して自身の訓読文を作成している。また、日本紀訓読無用論を提唱した儒学者の渡辺蒙庵と衝突しており、真淵の訓読重視の態度が窺われる。しかし江戸初期の儒学者で、近世儒学の開祖とされる藤原惺窩も『日本書紀』の訓読を試みており、自筆本の神代巻が確認されている。そのため『日本書紀』の訓読は国学者、儒学者の別によって決定づけられる問題ではなかった。『書紀集解』を記した河村益根が『偶談』において「やまとふみは音にてよむ事なくみな訓にてよむ是も本文にかなを下しけるは印刻の比の事にや」として、[13]当時は『日本書紀』を訓読する伝統があったと述べていることからも、如何に『日本書紀』を訓むかという点に一つの研究の目的があったのである。

このように近世に入り、『日本書紀』研究は大きく転換したが、近世における『日本書紀』研究は、国学者や儒学者で分けられるものではなく、それぞれの研究者が訓詁学を用いて、研究を試みているのである。これは、始めに行われた上代の講筵と通じるところがあり、太田氏が指摘するように、近世になり再び注釈学として訓詁が重んじられるようになったのである。近世だけに目を向けると、あたかも研究活動や訓読活動が共にこの時期におこったようであるが、とりわけ『日本書紀』の訓読史は上代、ひいては漢字が伝来した時から宿命づけられていたのである。『日本書紀』の訓読は、漢語と和語との関わりの中にあり、講筵は『日本書紀』研究の出発点である。『日本書紀』講筵の目的に関して木越隆氏は、

現在残っている「日本紀私記」は、奈良時代から平安時代にかけての「書紀」の講読に関する博士などの覚え書であるが、これや『釈日本紀』などによると、「書紀」の正しい訓読を求めたようである。そして、「書紀」の漢文の文章の素材になっている「日本のことがら(伝承)」の解明にあたったとされる。

としている。[14]この「日本のことがら(伝承)」の解明は国学者の求めるところと同様である。つまり、訓読作業は漢文体の中にある日本的なものを明らかにする作業ともいえよう。

六　おわりに

漢字で書かれた『日本書紀』は、その成立の翌年には講筵が行われたことからも、訓読される（和語として理解する）必要性があった。『日本書紀』は、すでに大陸の言語を取り込み対外的に著されながらも、訓読を経ることで自国語で訓むことができる作品でもあったことを意味する。ただ、漢字を用いて文章を記す行為そのものは、東アジア文化圏に属する行為であったが、漢文体で書かれた文献を通して中華文明と日本文化が向き合ったときに、漢文を読み解くための訓読ではなく、和語を漢語で表現するための訓読が存在したのである。仮名文化が日本独自の文化のはじめと言われがちだが、仮名の成立以前にすでに日本の独自文化は形成されていたのである。和語を漢語に翻訳する行為は、中華文明に属しながらも、自国を主張することであったといえる。『日本書紀』をはじめとした上代文献の成立は、東アジアの学問世界に地位を築いたともいえるのである。もちろん、上代文献の内容は日本独自の文化に根ざしたものもある。しかし、『日本書紀』講筵の方法は、漢唐訓詁学に連なるものであり、それは紀伝道・明経道が『日本書紀』研究に携わったことに拠り、中華文明の注釈方法が『日本書紀』研究に応用されたのである。今日の『日本書紀』研究において「古訓」と称されるものの多くは、こういった家学の成果に拠るところが大きいのである。

『日本書紀』が訓読できる文章である限り、奈良時代の訓みがわからない現在においては、どのように訓むのが相応しいかを検討していかねばならないであろう。研究過程においては、『日本書紀』本文に則した訓だけではなく、古訓や新たな独自訓も登場している。だが、それらの訓も『日本書紀』を読み解こうとする営みの延長線上にあり、単独で展開したものではない。そもそも日本の学問は、すべて中国から伝来したものである。その第一が、文字言語としての漢字であり、また中国の典籍にならって文献が生まれ、次に博士家による講筵のように輸入された方法によって注釈活動が行われたのである。つまり文字と典籍の輸入は日本文化の発展に直結していたのである。

講筵から始まる『日本書紀』研究史をみると、テキストの発生と同時に、漢文体で書かれた国史としての対外性と、訓読を通して日本の事柄を知ろうとする対内性が存在していた。この対内性こそが、まさに国学的な意識とみることができよう。『日本書紀』に書かれた自国のことを、訓詁学を用いて研究者達が明らかにしようとしたのである。その過程で成立した学問体系が「国学」といえるのではないだろうか。『日本書紀』というテキスト一つを例にしても、訓読を通して本文を解釈する姿勢は近世の国学者だけが研究を行っていたわけではなく、すでに紀伝道・明経道によって用いられた方法論であった。今日もその作業を継続させ、訓読を明らかにしようという行為はなお続けられているのである。

註

1 西條勉「「〜（之）時」の構文と、その文体的位相」（『古事記の文字法』、平成十年、笠間書院、二二三頁）。
2 『古事記』の引用は西宮一民編『古事記　修訂版』（平成十一年、おうふう、二四頁）に拠る。
3 この訓注の指摘は神田喜一郎『日本書紀古訓攷証』（昭和二十四年、養徳社）、亀井孝「古事記はよめるか」（『古事記大成』第三巻、昭和三十二年、平凡社）、築島裕『平安時代の漢文訓読につきての研究』（昭和三十八年、東京大学出版会）、西條勉「文字法からみた古事記」（『古代文学』三二号、平成四年三月）などに詳しい。
4 森博達『古代の音韻と日本書紀の成立』（平成三年、大修館書店）。
5 前掲註3。
6 『日本書紀』の訓注が日本人の読者に向けられたことは、西宮一民「日本書紀「訓注」論」（『明治聖徳記念学会紀要』復刊八、平成五年七月）に詳しい論考がある。

7 『続日本紀』には、養老年間に講演が開催された記録はなく、武田祐吉などは養老年間の講筵を否定している。

8 和田英松『本朝書籍目録考證』（昭和十一年、明治書院）解題によると、形式を整えるために見在しないものを列挙したとする。また博士の名のうち、弘仁・承和・元慶・延喜は三条家写本では朱書きであると太田晶二郎「上代に於ける日本書紀講究」（『本邦史学史論叢』上巻所収、昭和十四年、冨山房）が指摘しており信憑性を疑っている。しかし、講筵が行われた記録が著されたことは間違いない。

9 引用は、尊経閣善本影印集成『釈日本紀』一（平成十六年、八木書店、一九頁）に拠り、訓点を適宜施した。

10 引用は『本居宣長全集』第一巻（昭和四十三年、筑摩書房、一〇四頁）に拠る。

11 前掲註8、太田氏論文（四一二頁）。

12 小林芳規「日本書紀における大江家の訓読について」（『國學院雑誌』第七十一巻十一号、昭和四十五年十一月）。

13 引用は、書紀集解附録『河村氏家学拾説』（昭和四十四年、臨川書店、一五四頁）に拠る。

14 木越隆「日本紀講筵と『日本紀竟宴和歌』」（『国文学解釈と鑑賞』第六十四巻三号、平成十一年三月）。

第二節　注釈史からみた「日本書紀抄」の成立

一　はじめに

『日本書紀』の注釈活動は、その成立以降、現在に到るまで連綿と続けられてきた。『日本書紀』が奏上された翌年の養老五年（七二一）から「講筵」が朝廷の公式な行事として何度も開かれ、その記録として「日本書紀私記」が残されている。そして「日本書紀私記」は、『釈日本紀』などに引用され、『日本書紀』の注釈書として位置づけられてきた。『日本書紀』研究史は講筵を出発点としており、「講筵」から「私記」へ、そして「私記」から『釈日本紀』へと注釈の歴史はつながっている。

「近世国学」以前には、卜部（吉田）家による『日本書紀』研究が進められていた。その卜部家の注釈類に目をやると「〜抄」という題名の注釈本を多く確認することができる。一般的には「日本書紀抄」とされるが、「日本書紀神代巻抄」や「神代巻抄」などと称される場合もある。この「〜抄」という注釈物は一般的に「抄物」と呼ばれ、室町期から江戸期にわたって成立していることが確認されている。そこで本稿では、注釈書とされる「抄物」を『日本書紀』の注釈史の関わりから解き明かした上で「抄物」の発生にまで遡って、「抄物」が『日本書紀』の注釈史にどのように位置づけられるかを論じたい。

二　「日本書紀抄」の成立と形態

今日に伝わる『日本書紀』の注釈書で「〜抄（鈔）」と名の付くものの多くは、中世から近世にかけて編まれたものであり、現存する『日本書紀』関連の「〜抄」を見ると、内容も書名も様々なものが見て取れる。例を挙げると『日本書紀抄』『日本書紀神代巻抄』『日本書紀神代巻秘抄』『神代巻抄』『日本書紀神代秘抄』『神代巻環翠抄』『神代本紀抄』『環翠神代抄』『神乾抄・神坤抄』『神代巻桃源抄』などが確認できる。[*2] これら「〜抄」と名の付く注釈書には、同内容を書き記していても書名が異なっているものがあり、なかには『神書秘註』や『日本書紀聞書』など書名に「〜抄」が付かないものもある。また内容が「日本書紀抄」であっても外題が『日本書紀』『神代紀』といったように、あたかも『日本書紀』のように扱われているものもある。つまり「日本書紀抄」の外題に統一性はなく、後に名づけられた書名も含まれているのである。一連の「〜抄」には、『日本書紀聞書』という別の書名があることから「日本書紀抄」が聞書としての性格を有する注釈であることが窺える。つまり「日本書紀抄」とは、正式な書名というよりは、通用の題という認識があるように思われる。

もっとも「〜抄」と名づけられた注釈書は『日本書紀』に限ったものではない。他の文献にも同様に「〜抄」と名づけられている注釈書があり一般的に「抄物」と称されている。「抄物」に分類される注釈書は講義をもととして筆録されているため、当時の口語体で書き記されているものが多く、注釈内容以外にも国語学的価値が認められている。したがって「日本書紀抄」に聞書的要素が含まれていることも理解できよう。しかし、『日本書紀』の注釈史に「日本書紀抄」を据えた場合、「日本書紀抄」以前の注釈の影響も考えられ、「抄物」としての横のつながりだけではなく注釈史としての縦のつながりも考えなければならない。そのため「抄」の形成史を踏まえながら『日本書紀』の注釈史の中で「日本書紀抄」を考える必要があろう。

「日本書紀抄」は大きく二つに分類される。一つは、平安末期の信西による「日本書紀抄」である。信西は俗名を藤原通憲といい、その博識多才ぶりは『法曹類林』や『本朝世紀』などを記したことでも知られる。この「日本書紀抄」は信西の名を取り『信西日本紀鈔』と称されており、中村啓信氏により詳細な研究が行われている。中村氏は『信西日本紀鈔』の形態について次のように述べている。*3

上下共に部立に従った目録を立て、目録にあげられた語句を再出して見出し語とし、あるものは『日本書紀』の該当記事を略述して、その意味を述べ、あるものは簡単な注解だけにとどめるというような形をとっている。

また中村氏は「『日本紀鈔』は信西口授の聞書」であるとして、『信西日本紀鈔』が聞書としての要素が強いことも指摘している。この『信西日本紀鈔』は、漢字片仮名交じりで書かれており、『日本書紀』にある和語を抽出して編纂されている。そのため、平安期の訓読資料としても注目される文献である。しかし、『信西日本紀鈔』が後世に継承され展開していくことはなかった。したがって、孤立的な「日本書紀抄」といえよう。

その一方で、継承され展開される「日本書紀抄」がある。それは卜部家による「日本書紀抄」である。卜部家は『日本書紀』研究の家として知られ、残されている文献の多さから「日本書紀抄」というと卜部家によるものを指し示すことが多い。卜部家の「日本書紀抄」について、近年では国語学的立場から小林千草氏などによって研究されている。*4

卜部家において「日本書紀抄」を著した人物は数名おり、中でも吉田（卜部）神道を大成させたとされる吉田兼倶と清原宣賢の親子は有名である。兼倶の二男の宣賢は清原家の養子となったが、兼倶と宣賢が卜部家における「日本書紀抄」著述の中心人物であったといえる。兼倶の「日本書紀抄」は「兼倶抄」、宣賢の「日本書紀抄」は「宣賢抄」とも称される。

このト部家の「日本書紀抄」は、これまで『日本書紀』研究史上ではあまり重要視されてこなかったように思われる。山田英雄氏は次のように述べている。*5

この神代巻の注釈（筆者注、「兼倶抄」）は一字一句をつぎつぎに解釈を加えていくのであるが、語学的にはほとんどとるところがない。五行説があるかと思うと仏説がでて、また本地垂迹説があり、かなり自由奔放な解釈をつぎつぎに展開し、『釈日本紀』にみえた原文に則した厳密な解釈法は全くみられない。（中略）清原宣賢の『日本紀神代抄』は兼倶の子の著であるので、兼倶の講義を継承したものと思われる

山田氏の言説からもわかるように、「日本書紀抄」は先行する注釈に比べ、それほど重んじられず、注釈史の上では軽視されがちであった。

三　「抄物」と中国の「抄」

では「日本書紀抄」という注釈書はどのような経緯で成立したのか、また「〜抄」という言い方は、どのような意味があるのかを検討したい。「抄」という字義について諸橋『大漢和辞典』（大修館書店）で確認すると、「抄」

「鈔」ともに、写す、書き取る、抜き書きするといった意味として扱われている。先述したように、卜部家の「日本書紀抄」に対しての研究は、国語学においては抄物研究の一つとして行われている。柳田征司氏は、「抄物」の定義を次のようにまとめている。*6

「抄物（しょうもの）」とは、主として室町時代に、京都五山の禅僧、博士家の学者、神道家、公卿、医家、足利学校の庠主とその門下、曹洞宗の僧などが作成した、漢籍や仏典や、また一部の国書に対する注釈書をいう。その中心となるのは講義の聞書として成立したものであるが、講義のための草案である手控や、講義を伴わない注釈書をも、これに含めるのが普通である。広くは漢文体のものを含めることもあり、これを除くことを明示する場合には「仮名抄」と呼ばれる。また、形態から見ると、一書の形を成した注釈書だけでなく、原典への書入れをも含み、仮名交り体の書入れのある資料は、これを「書入れ仮名抄」と呼ぶ。

柳田氏は「抄物」の定義は、研究者によって同じではなく、今日も一致していないことをまとめて、時代、作成者、原典、講義との関係、注釈、その他（文体・形態）の六つの点から規定されているとする。そして「抄物」という語の定着については、次のように述べている。

一九〇〇年代初頭に国語調査委員会の研究者たちによって抄物がはじめて日本語研究資料として注目された時には種々の呼称が行われ一定しなかったが、やがて、新村出博士を中心に「抄物（しょうもの）」の語に一定して来、一九二〇年になると日本語研究の分野ではこれが一般に定着したということになる。

以上から柳田氏の「抄物」の定義をまとめると、①五山の禅僧など特定の人物たちによって作成された。②聞書として成立した注釈書であり、様々な形がある。③「抄物」の定義は研究者間で一致していない。④一九〇〇年代初頭に成立し定着した言葉である、ということになろう。

現存する抄物の多くは五山禅僧によるものである。鎌倉から室町にかけての多くの来朝僧や留学僧たちの日中交流によって漢詩文の流行に拍車がかけられ、五山の中で漢詩文の作成が特に重んじられるようになった。これが五山文学である。この五山文学の作品には、時代を経るにつれ、学識の深さを示すために難解な語句が多く用いられるようになっていった。そのため語句や故事などの出典を探る必要性が生まれ、博覧強記を誇る学風が栄えていったのである。それに伴い、各種の典籍の講義が盛んになり、講義の注釈を筆録した「抄物」が多く作られるようになっていった。この注釈活動こそが、日本の注釈史において大きな影響を与えているのである。五山禅僧による「抄物」作成活動も、もともとは典籍を正しく理解しようとする試みに基づいていたはずである。五山文学は漢詩・漢文が中心であるが、「抄物」も一つの創作物として見ることが出来よう。五山禅僧による「抄物」は、本来詩文作成や内容理解のために要されたものであったが、今日では日本における漢籍解釈を考える上で、重要な資料となっている。

五山禅僧によって作られた「抄物」の中心は、禅籍を中心とするものだが、『史記』および『漢書』の列伝を中心とする史書も多く残されている。また詩文に関するものとして、『韓文』『胡曾詠史詩』『長恨歌・琵琶行』『杜詩』『柳文』『文選』『山谷詩』『山谷演雅詩』などが伝来しており、五山の僧は主に宋代の書を注釈している。一方、辞書では元代の『韻府群玉』『詩学大成』のような韻書・類書を対象としたものも伝存している。また五山禅僧は、自らが中国人の詩を編集した『錦繍段』『続錦繍段』についても「抄物」を作っており、その他独自に編んだ日本詩人などの詞華集に対して抄物を作成することもあった。

この五山文学との関わりは非常に深く、「日本書紀抄」においても他の「抄物」と同様に指摘されている。岡田荘司氏は次のように指摘する。*7

兼倶の日本書紀研究は、一条兼良の『日本書紀纂疏』の影響とともに、博士家清原家の当主宗賢、それに桃源瑞仙・横川景三・天隠龍沢・蘭坡景茝・景徐周麟・月舟寿桂・惟高妙安ら五山叢林の禅僧との交流に負うところが多い。文明八年（一四七六）九月には、兼倶は小槻雅久とともに、蘭坡景茝に論語・大学・中庸の講義を聴き、紹蔵主に三体詩を、横川景三に黄山谷集を学んでいる。当時の五山禅僧の錚々たる人たちとの学問的交流は、彼の神道説である神儒仏三教調和の思想形成に影響を与えずにはおかなかった。（中略）兼倶最初の講釈受講者は禅僧宜竹《キチク》である。宜竹は臨済宗相国寺の住持、景徐周麟の号であり、景徐周麟の聞書を、のちに兼倶の子息清原宣賢が転写したもの。

岡田氏の指摘が示すとおり、五山禅僧との関わりや聞書の要素が認められることからも「日本書紀抄」は「抄物」の範疇に含まれるといえる。しかし「抄物」が室町期頃に発生する以前に、『信西日本紀鈔』のような『日本書紀』の注釈書が「〜抄」として編まれていることは無視できず、五山禅僧以外からの影響を検討する必要があるだろう。

そもそも室町期頃に成立した「抄物」以外に、「〜抄」と名づけられた書名は古くから存在していることが指摘出来る。その代表的なものの一つとして『和名類聚抄』が挙げられる。『和名類聚抄』は承平年間（九三一〜九三八）に、勤子内親王の求めに応じて源順が編纂したものである。『和名類聚抄』の序文には次のように記される。*8

（前略）適可決其疑者、辨色立成、楊氏漢語抄、大医博士深根輔仁奉勅撰集和名本草、山州員外刺史田公望日本紀私記等也。然猶養老所伝、楊説纔十部、延喜所撰、薬種只一端。田氏私記一部三巻、古語多載、和名希存。辨色立成十有八章、与楊家説、名異実同。編録之間、頗有長短。其余漢語抄、不知何人撰。（中略）或漢語抄之文、或流俗人之説、先挙本文正説、各附出於其注。若本文未詳、則直挙辨色立成、楊氏漢語抄、日本紀私記。或挙類聚国史、万葉集、三代式等所用之仮字。（後略）

（前略）適ま其の疑いを決す可き者は、辨色立成、楊氏漢語抄、大医博士深根輔仁奉勅撰集和名本草、山州員外刺史田公望日本紀私記等なり。然れども猶お養老に伝ふる所は、楊説纔かに十部、延喜に撰する所は、薬種只一端なり。田氏私記一部三巻は、古語は多く載すれども、和名は希に存す。辨色立成十有八章は、楊家の説と、名は異にしても実は同じ。編録の間、頗る長短有り。其の余の漢語抄は、何人の撰なるかを知らず。（中略）或いは漢語抄の文、或いは流俗人の説、先ず本文正説を挙げ、各其の注を附出す。若し本文未だ詳かならざれば、則ち直ちに辨色立成、楊氏漢語抄、日本紀私記を挙ぐ。或いは類聚国史、万葉集、三代式等の用いる所の仮字を挙ぐ。（後略）

（傍線は筆者による）

この序文では、二重線部のように『楊氏漢語抄』という文献が見られる。この書は、『辨色立成』『和名本草』「日本紀私記」等と共に引用されている。傍線部をみると養老年間に作られた『楊氏漢語抄』は、わずかに十部しかなく、延喜に撰されたものは薬種の一端しかなかったという。更に次の傍線部によれば『辨色立成』と『楊氏漢語抄』は名称が異なるが同様の内容であるという。『和名類聚抄』本文に引用される『楊氏漢語抄』をみると、漢語が訓読されていることから、『楊氏漢語抄』が和書であったことが推測できる。また波線部には、撰述者不

明の別の「漢語抄」も見えており、「漢語抄」は数種類あったことが知られる。『令集解』巻五の職員令の注にも、[*9]

古記云。輿無レ輪也。輦有輪也、漢語云。輿。母知許之、腰輿。多許之、跡云。輦者。己之久留萬

と、「漢語」という書名が見られ、和訓の依拠として引用されている。この「漢語」とは「漢語抄」と推測され、石川介が校訂し明治期に刊行された『令集解』では「漢語抄」とされる。このように、「〜抄」と名付けられた和書は、平安期の『和名類聚抄』、またそれ以前の養老年間の『楊氏漢語抄』のように早くから日本に存在していたことが確認できる。したがって、「〜抄」は国語学でいわれる「抄物」の定義が成立する以前から存在しており、漢語を訓読するため、あるいは和訓を知るために用いられた文献として理解できよう。

四　「抄撮の学」と『日本書紀』注釈

『和名類聚抄』の序文などからも、日本には古くから「〜抄」という書物が存在していたことがわかったが、「〜抄」という書名はもともと日本独自のものではなく、漢籍から発生したものである。漢籍の「抄」としては、『北堂書抄』などがよく知られている。『北堂書抄』は唐の時代の虞世南撰とされ、「類書」に属する書物である。

そこで、「類書」と「〜抄」との関係を考えてみたい。まず類書の定義は、清朝に編纂された『四庫全書』の解題書である『四庫全書総目提要』の巻一三五、子部四十五類書類の序に見ることが出来る。[*10]

類事の書、四部を兼ね収む。而れども経に非ず、史に非ず、子に非ず、集に非ず。四部の内、乃ち類の帰す可きところ無し。『皇覧』は魏文に始まる。晋の荀勖《じゅんきょく》の中経の部は何れの門に分け隷《なら》ぶるや、今考ふる所無し。『隋志』は載せて子部に入るるは、当に之を受くる所有るべし。歴代相ひ承け、或《うたが》ひ易ふる莫し。明の胡応麟は『筆叢』を作り、始めて改め集部に入るるを議す。然れども義を取る所無く、徒らに紛更を事とす。則ち旧貫に仍《よ》るに如かず。此の体一び興りて、觚を操る者検尋に易く、書に注する者は剽竊《へうせつ》に利あり。転輾として裨販し、実学頗ぶる荒《すさ》む。然れども古籍散亡し、十に一も存せず。遺文旧事、往往にして託して存するを得たり。『芸文類聚』、『初学記』、『太平御覧』の諸編の残璣断璧は、捃拾窮まらざるに至る。要めて之を補ひ無しと謂ふ可からざるなり。其の専ら一事を考ふるに、『同姓名録』の類の如き者は、別に附す可きところ無し。旧と皆之を類書に入る。亦た今其の例に仍る。

この『四庫全書』の定義をもとに、杤尾武氏は類書の性質を次の五つにまとめている。*11

イ　事を分類した書（類書）の始めは『皇覧』である。
ロ　類書は経、史、子、集にまたがる著作から、類に従って文例を抽出したものである。
ハ　時に弊害となるが、故事の検索や、本の注釈に役立つための文範である。
ニ　散佚した古書を知ることができる。
ホ　弊害として安易無批判に文章の孫引きをして原典を確認せず、堅実な学問をしなくなる。

またこれに続けて杤尾氏は、

類書とはあらゆる書物・詩文を整理総合し、それを分類したもので、当然思想の統一がない。その目的とするところのものは、古代の思想・文章を総合的に知るためのものであり、また文章を作ったり、古典の注釈をするための指針とするものである。

と述べている。この類書の起源については、遠藤光正氏が次のように述べている。*12

その類書と称するものの起源は古く、姫周の末、春秋時代に起こった「抄撮の学」が始まりとされている。これは一種の抄本の学で、原本である書籍から要とするところの一部を抜萃したものであるが、その書の伝本は今日亡佚しているため、その體裁は知る由もないが、後代の群籍を捃拾することにより、その概要を揣摩することはできるのである。（中略）

爾来、この「抄撮の学」は漸次継承されて行き、その影響に拠って嬴秦以後になると、字書訓詁の学である小学というものが起こってきている。（中略）これが漢代の初めに至ると専ら文字の学を称するようになった。

「抄撮の学」とは、ある書籍から一部を抜き出し、すべてを見尽くす必要がないように編述したのが始まりである。遠藤氏が述べるように、類書の起源が「抄撮の学」にあるとするならば、同じく抜き書きを行い、典籍を理解するために利用される「抄」も「抄撮の学」を起源とする類書に近い概念であったといえよう。

「〜抄」とされる和書の『和名類聚抄』も大まかな分類の「部」を細かな分類の「類」に分け、漢語の見出しを並べている。そして、それぞれの語には、出典・注釈となる和漢の文献を引いて解説を施している。この形態から考えれば、『和名類聚抄』も類に従って文例を抽出しており、類書に分類することが可能な文献である。ある文献を効果的に理解するために、他の文献の抜き書きを作成したのが類書であるため、「抄」にも類書としての機能があったと考えられよう。それならば、「日本書紀抄」も「抄」と名の付く文献であるから、『日本書紀』を理解するために用いられてきた文献として捉るべきである。

それでは、「日本書紀抄」は『日本書紀』の注釈史の中ではどのような位置づけになるのであろうか。『日本書紀』注釈の発生は、講筵にはじまる。『日本書紀』講筵は『日本書紀』成立の翌年には行われていたとされており、全部で七回開催された。そして、その講筵をもとに編まれたのが「日本書紀私記」である。以下に講筵と「私記」をあげる。

①養老五年（七二一）
→「養老私記」
②弘仁三年（八一三）六月二日～同四年
→「弘仁私記」博士：多人長〈『日本後記』〉
③承和十年（八四三）六月一日～同十一年六月十五日
→「承和私記」博士：菅野高年〈『続日本後紀』〉
④元慶二年（八七八）二月二十五日～同五年六月二十九日
→「元慶私記」博士：善淵愛成〈『日本三代実録』〉
⑤延喜四年（九〇四）八月二十一日～同六年十月二十二日
→「延喜私記」博士：藤原春海〈『日本紀略』〉

⑥承平六年（九三九）十二月八日～天慶六年（九四三）九月
→「承平私記」博士：矢田部公望〈『日本紀略』〉
⑦康保二年（九六五）八月～（終講不明）
→「康保私記」博士：橘仲遠〈『日本紀略』〉

これら講筵が行われた記録は、『日本後紀』などの文献によって今日に伝えられる。講筵は博士家の者が『日本書紀』の訓みを講義したものであるのに対し、「日本書紀私記」は『日本書紀』から訓読語（和語）を摘記している点で内容も共通する。*13 このように「日本書紀私記」は講筵をまとめたものであるが故に、はたして書名か否かという問題はあろう。「私記」とは私としての記録という意味であり、中国では「私記」という名称が『老子私記』や『周易私記』のように注釈の書名として扱われていることを考え合せると、講筵の年代が限定できる「日本書紀私記」は書名として捉えてもよいだろう。

「私記」の次に成立する代表的な注釈は卜部兼方による『釈日本紀』（全二十八巻、目録一巻）である。注釈の根拠として「日本書紀私記」を中心として引用し、「私記」以外の資料とあわせて、分類を行っている。以下に分類項目を目録にならってあげ、内容をまとめると次のようになる。

巻一「開題」（解説に相当する）
巻二「注音」（『日本書紀』の訓注・別伝などについて述べる）
巻三「乱脱」（本文の乱脱を指摘する）
巻四「帝皇系図」（国常立尊から巻三十持統天皇までの系図）

巻五～十五「述義」（『日本書紀』全巻から抽出した語句の意義を述べ、また「日本書紀私記」を多量に記載する）
巻十六～二十二「秘訓」（『日本書紀』の古訓集）
巻二十三～二十八「和歌」（歌謡が排列され、適宜注解を施す）

「日本書紀私記」では語句を摘記していたのに対し、『釈日本紀』は『日本書紀』全巻にわたっての文脈理解を行っているのが特徴的である。また項目に分け注釈を施す姿勢は、類書的であるといえる。特に巻五～十五の述義では「日本書紀私記」だけではなく、古風土記などの他文献も参照して注を施している。そのため「私記曰～」のように、「～曰」という表現が随所に見られる。また「～曰」の形をとらず、出典となる書名を引用して記している場合もある。その中には類書の『太平御覧』の引用もあり、類書を活用していたことが確認できる。*14

躭羅人　北史曰………太平御覧四夷部（継体）
扶南財物　蕭子顯齋書曰………太平御覧四夷部（欽明）
肅愼人　後漢書曰………太平御覧四夷部（欽明）

例として挙げたこれらは『釈日本紀』巻十三述義九の継体天皇と欽明天皇からの引用である。注釈として出典本文を引用し、その後に小書きで典拠を記している。「北史曰」などとあるが、『北史』等からの直接の引用ではなく、いずれも『太平御覧』からの引用であることが示されている。

『釈日本紀』の「釈」の字義は、解きほぐすの意であるが、『爾雅』には分類の意として用いられている。文字や語詞を解釈した字典・詞典である小学書である。『爾雅』には釈詁・釈言・釈訓・釈親・釈宮・釈器・釈楽・

釈天・釈地・釈丘・釈山・釈水・釈草・釈木・釈蟲・釈魚・釈鳥・釈獣・釈畜と分類されている。このような分類をもつ『爾雅』は類書の淵源と考えられる小学書の一つであり、この点からも「釈」を名に持つ書物である『釈日本紀』は、類書と関係深いものと考えられる。

『日本書紀』の研究史において、『釈日本紀』の次に挙げられる代表的な注釈は『日本書紀纂疏』である。『纂疏』は一条兼良によって編まれた注釈書で、本文は基本的に漢文体で書かれている。『纂疏』の注釈方法をみると、『日本書紀』神代巻の本書と一書の始まりのところで、その全体の構成を章・段・節というように大きい切れ目から小さい切れ目へと呈示し、『日本書紀』本文を僅かばかり掲げ、見出しに該当する部分を注釈する。このように本文を抽出し一部のみを掲げるほかにも『纂疏』には類書としての機能が確認でき、注釈部分で国書のみならず、多くの漢籍から出典や根拠を示している。国書では「日本書紀私記(弘仁私記)」の他に、『続日本紀』の書名が見られ、国書以外では、『説文』『周礼』『尚書』といった多くの漢籍や仏典からの引用が見てとれる。『纂疏』とは「疏を集めたもの」であり、「疏」には「釈」と同じく解き明かすの意味がある。漢籍にも『四書纂疏』『書集傳纂疏』などのように「纂疏」と名づけられた書名があり、「纂疏」もまた中国古典解釈学の流れの中にある書名であることが知られる。このように、『日本書紀』の注釈書を眺めると、それぞれの書名の由来は漢籍に求めることができ、日本独自の書名ではないことがわかる。そして、それぞれの注釈書を類書として捉えるならば、『纂疏』も「抄撮の学」の系譜上に位置づけられよう。

五　「日本書紀抄」と『日本書紀纂疏』

『日本書紀』注釈は講筵に始まり、『日本書紀』を理解するために類書的な方法を徹底させて注釈活動が行われてきた。それに続く「日本書紀抄」もそれまでの『日本書紀』注釈書と同様に項目を立てて説明し、本文の一部を抽出して注釈を加えていく方法をとっている。卜部家の「日本書紀抄」には先学によって五山文学との関係が言及されており、吉田兼倶については『纂疏』の影響も指摘されているのだが、兼倶の「日本書紀抄」（以下「兼倶抄」）には纂疏の引用は殆どなく、「曰」の形で他の文献からの引用も確認できない。一見すると、「兼倶抄」がそれまでの研究史を無視しているようにもとれるが、決して無視しているわけではない。兼倶は『纂疏』を書写していることが明らかになっており、西田長男氏などの研究によって学問のつながりが指摘されている。[*15]

　では具体的に、「兼倶抄」にみられる『纂疏』の影響がいかなるものであり、どのような過程を経て兼倶へと流れたのかをさらに追求してみたい。

　兼倶の『日本書紀』研究を知る上で注目すべき文献が残されている。それは天理大学附属天理図書館所蔵の吉田兼倶抄出『纂和抄』である。この『纂和抄』の書名については、小林千草氏が「纂疏の和らげ」および「和抄を纂《あつ》めたもの」の両方の意味合いで名づけられた感が強いと指摘している。[*16]『纂和抄』は『纂疏』を兼倶が抽出したとされており、兼倶が「日本書紀抄」成立以前に『纂疏』から学んでいたことが、この文献によって保証される。『纂疏』を把握した上に兼倶の「日本書紀抄」の成立があったといえよう。『纂疏』を抽出あるいは抄出した『纂和抄』と「兼倶抄」の冒頭部分を比較し、影響関係を確認したい。[*17]

『纂和抄』

　一　撰述時代事

此書ハ、人王四十四代元正《ケンセイ》天皇ノ御□勅アリテ、一品舎人《ト子リノ》親王并ヒニ太《ヲホノ》朝臣安《ヤス》麻呂二人撰進ス、養

「兼倶抄」

　神代上

此書ハ、人皇四十四代元正天皇養老年中ニ、一品舎人《ト子リノ》親王太《トヲホノ》朝臣安丸、此二人奉レ勅撰レ之、四年

老四年五月廿一日、奏覧アリ、舎人親王ハ、天武天皇第三ノ皇子ナリ、謚シテ崇《ス》道尽敬《シンケイ》皇帝ト云、淡路ノ帝ノ父タリ、太ノ朝臣安麻呂ハ、神武天皇ノ御子、神八井耳命《カンヤイミノ》ノ後ナリ、太朝臣ノ姓氏、根元未詳者也、
一　此書引文事
旧説云、此書ハ先代旧事《クシ》本紀〔旧事《クシ》記ノ御宇ニ聖徳太子撰レ之也、トモ云、本朝史書ノ濫觴ナリ〕ヲモテ書タルト云、或ハ古事《コシ》記ヲモテ、本拠トセリ、シカルニ古事記ハ意ヲタテ、文ヲカサラス、コノユヘニ国名神号ニ音訓相交ル、全ク此書ノ文体ニ似サルナリ、（以下略）

五月廿一日ニ、奏覧スルソ、舎人親王ハ、人皇四十代天武天皇第三之御子也、後号ニ崇道尽敬皇帝一也、太《ヲホ》安丸ハ、太ハ氏也、安丸ハ諱也、此書ヨリモ以前ニ有ニ二書一、曰ニ先代旧事本紀一、曰ニ古事記一、々々々三巻元正天皇御宇ニ安丸撰レ之也、舊事本紀ハ十巻也、人皇三十二代用明天皇ノ御宇ニ聖徳太子撰レ之也、此二書ニ添ニ神書一、以為ニ三部本書一也、（以下略）

「兼倶抄」と『纂和抄』とを比較すると、両書の注釈内容が酷似していることがわかる。『纂和抄』では「撰述時代事」という項目を立てて、『日本書紀』の成立について記し、次項目「此書引文事」において『先代旧事本紀』『古事記』の事を述べている。『纂疏』と比べると『纂和抄』は、『纂疏』の漢文体を漢字仮名交じりに書き下し、内容を抄出している。よって「兼倶抄」の土台には、『纂和抄』を介して『纂疏』が存在するといえるであろう。

一方、兼倶の子息である宣賢の『纂疏』に対する態度はどのようなものであろうか。宣賢の「日本書紀抄」（以下「宣賢抄」）については、小林千草氏によって〈先抄本〉と〈後抄本〉の存在が指摘されているが、[*18] 初期に成立

した先抄本の「宣賢抄」奥書には、

以二ト氏秘説一不レ違二背一句一抄レ之、但所々雖レ非レ無二不審一、暫任二師兼倶卿講命一、短毫至二纂疏一者、以二愚慮一、私加レ之者也、

少納言清原宣賢

とある。[*19] この奥書の「師」とは、その傍書が示すとおり兼倶のことだが、宣賢は「所々雖非無不審」と私見を差し控えて「暫任師講命」と記し、『纂疏』については参考程度に引用したかのように記されている。しかし、その内容を見ると決してそうではない。「宣賢抄」には『纂疏』からの直接の引用が多数存在し、文量も時としては宣賢自身の解釈よりも多い場合がある。「宣賢抄」には兼倶からの影響も認められるが、兼倶が『纂和抄』を通して継承した説も含まれるため、『纂疏』を間接的にも引き継いでいる面もみられる。しかし、宣賢は『纂疏』をすべて肯定的に引用しているのではなく、『纂疏』に傾倒はするものの、所々で批判的に扱っていることも注目できる。また「宣賢抄」のなかには、「私云、纂疏与講尺不同」や「纂疏…誤也」「私云、与纂異乎」「異于纂説」といった注記が見られる。このように批判対象として『纂疏』を引用する態度は、『纂疏』によって出典や根拠を明示し、それを併記することにより自説の特異性を強調しようとしたからとも考えられる。兼倶と宣賢の『纂疏』の取り込み方法は異なっているものの、いずれもそれまでの『日本書紀』の注釈史を無視しているのではなく、それを継承した上に「日本書紀抄」は成立したものだといえよう。

六　おわりに

『日本書紀』の注釈史は、講筵に始まり、講筵を記録した「私記」、「私記」から『日本書紀』本文を解き明かした「釈」、「釈」から解き明かしたものを集めた「纂疏」、「纂疏」から抜き書きして注を加えた「抄」へとつながっていったのであり、和語を理解するための「私記」から、文脈理解をするための「釈」や「纂疏」「抄」へと繋がっていったのである。その過程に於いて、『日本書紀』の注釈にも類書としての機能が取り込まれたのであるが、それはこれらの書名が漢籍に認められる書名であることとも関連する。「～抄」という言い方は、漢籍における使用例から類書の範疇に取り込まれる語としても理解できた。「日本書紀抄」では、『日本書紀』を読み解くための作業過程として、まず『日本書紀』本文があり、次に類書的要素として大分類で注釈を行い、更に細かく本文語彙を取り上げて出典や根拠を記している。ここまでは、「釈」や「纂疏」も同様の方法を用いている。

しかし、いわゆる「抄物」の発生により『日本書紀』注釈は本来の「抄撮の学」の範囲を超え、客観的に出典を記さない注釈だけの性格が強くなっていった。「日本書紀抄」が単独的に突然発生したのではなく、それまでの注釈史の延長上にあったことは間違いない。「私記」「釈」「纂疏」「抄」はいずれも訓詁注釈学としては同じ流れの中に成立している。しかし、その注釈の権威の保証は「日本書紀抄」によってそれまでの出典や根拠から誰によって注釈がなされたかという方向へと展開したといえる。

「日本書紀抄」が「抄物」の枠で研究されていることは、創作活動のために注釈を行っていた五山禅僧が創作活動のために注釈を行っていたこととの関わりの中にあった。五山禅僧に『日本書紀』の講義をするという、卜部家の〈家の学〉としての『日本書紀』研究があったからこそ、「日本書紀抄」は展開し得たのであろう。講義の注釈を筆録するために表記も、それまでの漢文体から漢文訓読文あるいは漢字仮名交じり文に変わり、言語学的に見れば当時の話し言葉で書かれるという特徴へとつながったのである。この注釈方法は、「日本書紀抄」成立後の『日本書紀』注釈へとつながっている。つまり「日本書紀抄」の方法が、中世から近世への『日本書紀』注釈を導いていったのである。

国語学、言語学上から捉えられてきた「抄物」であるが、『日本書紀』注釈についていうならば、それは突然に起こったものではない。それまでの『日本書紀』研究が継承されて「日本書紀抄」が成立したといえる。「兼倶抄」は具体的な『纂疏』の引用を省略するが、これは独善的な行為ではなく『纂疏』を踏まえた上での注釈活動であった。そこには『日本書紀』を神書として扱う卜部家の権威づけの意図があり、そこに「抄物」という枠にとらわれない注釈の継承と展開とがあったのである。『日本書紀』注釈の枠で「日本書紀抄」を考えると、従来の研究による「日本書紀抄」の見解と異なった考え方ができるのである。「日本書紀抄」の持つ特性として、中世までの注釈活動の継承、そして近世への注釈の影響ということを考え合わせると、更に内容の具体的検討が求められるように思われる。

註

1　諸本により「抄」と「鈔」の異同があるが、本論では原則的に「抄」を用いる。
2　『国書総目録』（岩波書店）に拠る。
3　中村啓信『信西日本紀鈔とその研究』（平成二年、高科書店、五頁）。なお『信西日本紀鈔』は國學院大學所蔵である。
4　小林千草『日本書紀抄の国語学的研究』（平成四年、清文堂出版）、『清原宣賢講「日本書紀抄」本文と研究』（平成十五年、勉誠出版）。

5　山田英雄『日本書紀』（昭和五十四年、教育社、二〇七頁）。
6　柳田征司『室町時代語資料としての抄物の研究』（平成十年、武蔵野書院、五頁・二八―二九頁）。
7　岡田荘司校訂『「兼倶本」「宣賢本」日本書紀神代巻抄』（昭和五十九年、続群書類従完成会、五二―五四頁）。
8　序文、書き下し文の引用は、高橋忠彦・高橋久子『日本の古辞書序文・跋文を読む』（平成十八年、大修館書店）に拠る。
9　引用は、新訂増補国史大系『令集解』第一（昭和五十七年、吉川弘文館、一二六頁）に拠る。
10　書き下し文の引用は朽尾武「日本に伝来した類書とその効用」（『和漢比較文学叢書』第十八巻、平成六年、汲古書院、五七頁）に拠る。
11　前掲註10に同じ（五八―五九頁）。
12　遠藤光正『類書の伝来と明文抄の研究―軍記物語への影響』（昭和五十九年、あさま書房、六・八頁）。
13　訓読語を摘記する「日本書紀私記」は、『新訂増補国史大系』八（昭和四十年、岩波書店）所収の甲・乙・丙本にあたる。
14　引用は、尊経閣善本影印集成『釈日本紀』一（平成十六年、八木書店、一二一頁・一二五―一二六頁）に拠る。
15　西田長男『吉田叢書』解題（第二編・第四編、昭和十七年・昭和五十二年、内外書籍・叢文社）に拠る。岡田荘司氏（前掲註7）は、「西田博士が昭和十二・三年頃に宮地直一博士の命により吉田家文庫で行った調査ノートに拠って記したもので、戦前までは同文庫に収蔵されていたが、戦後はその所在が不明になっている。吉田家文庫の蔵書のほとんどを収蔵した天理図書館の目録にも見当たらない」と指摘する。
16　小林千草『清原宣賢講「日本書紀抄」本文と研究』（平成十五年、勉誠出版、二三五頁）。
17　「兼倶抄」『纂和抄』は共に天理大学附属天理図書館蔵であり、「兼倶抄」（一二〇・一―イ一四三）の翻刻は『「兼倶本」「宣賢本」日本書紀神代巻抄』（前掲註7、九七頁）に拠る。『纂和抄』（二一〇・一―イ一三七）の翻刻は筆者に拠り、返り点、読点を適宜施した。
18　小林氏、前掲註16。
19　引用は、前掲註7（四五〇頁）に拠った。

第三節　「日本書紀抄」にみる注釈の継承と展開

一　はじめに

養老四年（七二〇）の成立とされる『日本書紀』はその成立以来、多くの注釈活動がなされてきた。成立の翌年には、『日本書紀』の講筵が行われ、その後平安中期にまで行われていたとされる。その講筵の記録が「日本書紀私記」であり、講筵の行われた年度の元号を冠した「私記」がいくつか存在している。現存の「私記」は『日本書紀』の訓読語（和語）を摘記しているものと、問答形式の漢文体で記し諸種の問題について論じるものの二系統四種がある。[*1] この「日本書紀私記」は、鎌倉末期に卜部兼方によって編まれた『釈日本紀』にも大きな影響を与えている。『釈日本紀』には、多くの「私記」が引用されており説の根拠となっている。『釈日本紀』は全二十八巻、目録一巻で構成され、項目によって注釈を行っている。「日本書紀私記」は語句の摘記や問答形式によるものであったが、『釈日本紀』は、『日本書紀』全巻にわたっての文脈理解を行っているともいえる。

『日本書紀』注釈は、室町期になると神代巻を中心とした注釈活動が主となる。この時期の代表的な注釈書である一条兼良の『日本書紀纂疏』（以下『纂疏』）も神代巻のみを注釈している。『纂疏』は、注釈の根拠に日本の古典籍のみならず、漢籍・仏典・韻書まで用いており、漢文体でその解釈を記している。この『纂疏』は、その後に成立する、卜部家の『日本書紀』研究に大きな影響を与えたことでも知られている。*2

『纂疏』の後にもう一つ代表的な『日本書紀』の注釈書が成立した。それは卜部家による「日本書紀抄」である。*3 卜部家は『日本書紀』研究の家として有名であり、なかでも「日本書紀抄」の成立に携わった人物として、吉田兼倶《かねとも》と清原宣賢《のぶかた》の父子がいる。兼倶は吉田神道を大成させたとされる人物であり、その兼倶の実子で、清原家の養子となったのが宣賢である。兼倶の「日本書紀抄」（以下「兼倶抄」）と宣賢の「日本書紀抄」（以下「宣賢抄」）の筆録方法は一見すると異なっており、単に父から子に継承されたものではないように思われる。また、「宣賢抄」は、小林千草氏によって成立の先後関係から〈先抄本〉と〈後抄本〉の存在が指摘されている。*4 この〈後抄本〉は、國學院大學図書館にも所蔵されており、その見返しには貼紙で「兼右卿書写」とある。兼右とは、宣賢の次男である吉田兼右《かねみぎ》のことである。

そこで本稿では、兼倶、宣賢、兼右などの人物関係から、〈後抄本〉の注釈方法について検討し、その特性の一端を明らかにするとともに、卜部（吉田）家における『日本書紀』研究のあり方と、その利用法について述べることとする。

二　「兼倶抄」と「宣賢抄」

「日本書紀抄」と一言でいっても数種の「日本書紀抄」が現存しており、その筆録者は卜部系の「吉田家」と「平野家」、また清原（舟橋）家の手によるものもある。これら「日本書紀抄」は、今日の研究において「抄物」という国語学的資料の枠組みに収められるため、国語学的立場からの研究が先行している。これら「日本書紀抄」の萌芽は、先にも述べたように吉田兼倶の「日本書紀抄」であろう。

現在、天理大学附属天理図書館には兼倶自筆の「兼倶抄」が所蔵されている。[*5] 「兼倶抄」は、兼倶が五山禅僧の月舟寿桂《げっしゅうじゅけい》に行った神代巻の講釈の聞き書きを、兼倶が書写したものである。この「兼倶抄」の成立については、久保田収氏が「兼倶抄」の末に、「數年之先、日蓮宗詰レ予曰、以レ神爲二本地一、以レ佛爲二垂迹一、是出二何書一、予引二前語一、以爲レ證矣」とあることを受けて、「これが明應六年の日蓮宗との番神問答のことを指すとすると、それより數年後の文龜年間前後のものであらう」と指摘する。[*6] 久保田氏の説によれば、「兼倶抄」は文亀年間（一五〇一～一五〇四）頃の成立とされる。また岡田莊司氏は、久保田氏の指摘をほぼ妥当な見解とし、「数年というと、二・三年から五・六年程度の期間であろうから、明応の八・九年から文亀年間頃とみてよい」[*7]とした上で、明応八・九年（一四九九・一五〇〇）から文亀年間のあいだに成立したとする。兼倶は、永正八年（一五一一）に没していることから、先行研究に従うと「兼倶抄」は兼倶の晩年に書写されたこととなる。幾度も『日本書紀』の講釈を行ってきた兼倶が、その晩年に、自身の講釈記録を清書したことは興味深い事実である。しかも、月舟寿桂に行った自らの講釈を書き写したということは、後世に伝えようとする意図があったのではなかろうか。兼倶が清書を行った年代には、吉田家に大きな事件が起きている。それは兼倶長子の兼致《かねむね》が明応八年に卒去したことである。兼致の兄弟は他の家へと移っていたため、吉田神道の後継者は兼致の子息兼満《かねみつ》となった。兼満は兼倶の孫となるが、明応八年当時は十五歳と若年であった。その上、兼満は大永五年（一五二五）に吉田家へ火を放ち出奔してしまう。そのような理由もあってか、兼倶に続く『日本書紀』の注釈活動は、兼倶の三男で清原家の養子となっていた宣賢に引き継がれるのであった。

ここで「兼倶抄」の記述方法を見てみたい。「兼倶抄」は、『日本書紀』神代巻の冒頭部から語句を取り出し、その語句について解説を加えている。『日本書紀』の一文について解説する場合は、「古《イニシヘニ》天《アメ》地《ツチ》未《イマタ》レ割《ワカレ》――」のように、部分的に本文を引用し一部を省略した形で解説箇所を示す。もともと「兼倶抄」は講釈の聞書がもとであり、講釈の場には『日本書紀』本文が用意されていたために、本文は注釈箇所がわかるようになっていれば良かったのであろう。そのため、筆録の際も本文はそれほど重要視されなかったものと考えられる。そもそも「抄」と名の付く文献には「抜き書きした」という意味があり、「兼倶抄」もその名称の通り本文を抜き書きし、解釈を施したものである。兼倶から出発した吉田家の「日本書紀抄」は、やはり「兼倶抄」と同じように、『日本書紀』本文を抄出し、解釈を施す体裁をとっている。天理大学附属天理図書館に数本みられる、兼倶の長子の兼致による「日本書紀抄」、〈先抄本〉の「宣賢抄」のいずれもが本文を抄出する。宣賢の講釈をもとにした両足院本「日本書紀抄」でも、「天地——」や「号——国常」のように『日本書紀』の本文を抜き書きしている。

兼倶からの影響が示唆される「宣賢抄」であるが、〈先抄本〉の奥書には次のように記されている。*8

以二ト氏秘説一不レ違二背一句一抄レ之、但所々雖レ非レ無二不審一、暫任二師兼倶卿講命一、短毫至二纂疏一者、以二愚慮一、私加レ之者也、

少納言清原宣賢

この奥書から、〈先抄本〉は清原宣賢が少納言に在位していた期間に成立している。宣賢が少納言であったのは、文亀元年（一五〇一）六月から大永元年（一五二一）四月までであることから、この間に〈先抄本〉は成立したものと考えられる。文亀年間は、兼倶晩年であり、兼倶の講釈を宣賢が直接受けたとも考えられるが、岡田氏は兼倶と宣賢の関係を次のように指摘する。*9

兼倶から直接講釈をうけていないことは、宣賢自筆本二種に直接講釈をうけた事実が全く記載されていない

こと、又こゝに所載する兼倶抄は、月舟寿桂聞書兼倶自筆本はじめ、景徐聞書等の前記した兼倶系聞書諸本から引かれており、宣賢自身の聞書本は何一つ残されていないこと、の二点によって明らかであろう。

また、小林千草氏は、

〈先抄本〉本文のほとんどが、先行注釈書たる兼倶系諸抄へ、その源を遡りえる。逆に言うと、〈先抄本〉本文のほとんどは、兼倶系諸抄への依拠のもとに成り立っている。

と「宣賢抄」と「兼倶抄」の本文関係を述べる。*10 これら先行研究が指摘するように、親子でありながらも宣賢は、兼倶から直接『日本書紀』の講釈を受けてはおらず、兼倶から宣賢への影響関係は、兼倶説を書写した文献を介しての活動のみである。ここに、奇しくも講義の聞書としての「抄」から、注釈書としての「抄」への転換があったとみることが可能であろう。

また、〈先抄本〉の奥書に「以愚慮私加之者也」とあるように、宣賢の私意によって「兼倶抄」では引用されなかった『纂疏』が「宣賢抄」には引用されたのである。〈先抄本〉における『纂疏』は、漢字片仮名交じりの注釈本文に対して、『纂疏』の本文をそのまま漢文体で併記し引用する。引用の意図は、宣賢の説と対立する説としての場合と、「宣賢抄」を補う形で引用する場合がある。すなわち、『纂疏』の説によって「兼倶抄」を補ったとも考えられ、「宣賢抄」は『纂疏』を利用して、より確かな『日本書紀』注釈を作成しようとしたものではなかろうか。いわば吉田家の注釈に一条家の説が引用されたことによって、吉田家の注釈がより強固なものになったともいえる。そして、時には『纂疏』を批判的に扱うことにより、吉田家による説の特異性を強調しようとしたのではなかろうか。

三　後抄本「宣賢抄」

「宣賢抄」には、「兼倶抄」と異なり『纂疏』を引用する態度が見られたが、『日本書紀』本文は未だ抄出された形をとっていた。しかし、「兼倶抄」の影響を受けた〈先抄本〉「宣賢抄」が完成した後に、宣賢は新たな「日本書紀抄」を作成する。それが〈後抄本〉である。〈先抄本〉では抄出されていた『日本書紀』本文がすべて記述されることによって『日本書紀』本文を持ちあわせなくても、それを読むだけで理解できる新たな形の「日本書紀抄」が成立したのである。

〈後抄本〉は、「宣賢抄」のいわば完成版ともいえよう。宣賢自筆の〈後抄本〉は天理大学附属天理図書館に所蔵されており、上中下の三冊本である。まず、〈後抄本〉の奥書を以下に示す。*11

〈上冊〉

天文二年二月十一日於青蓮院門主講申　三月一日此巻中修了

環翠軒宗尤（「東」印）

同年十一月三日於私宅講了　天文五年正月廿九日講始之栖雲寺玉西堂發起竹田舎弟也

天文十二年五月　於越州一乗谷講之

天文十五年五月廿七日於越州一乗谷講之

〈中冊〉

先年雖令抄出爲譲与竹鶴丸（吉田社預愚息也）重加琢磨書之同文字讀清濁以朱
指聲訖卜氏秘説不違背一句於纂疏私書加之爲子孫龜鏡
輙勿出函底矣
大永六年四月二日終上巻功　侍従三位清原宣賢（「東」印）
天文二年三月六日十一日十七日此（於青蓮院）一巻三ヶ度講申了　環翠軒宗尤
同五月　依或人補闕所望重講此巻了
天文十一年六月六日於越前國一乗谷慶隆院（日蓮末弟）講之毎朝講之十三日上
巻講畢（八ヶ度）　同九月八日講始十五日終（八ヶ度）日蓮末葉金剛院發起

〈下冊〉

少名（愚息也）竹鶴丸去年五月六日元服
先年雖令抄出爲譲与神祇少副卜部兼右重琢磨書之同文字讀
清濁以朱指聲訖卜氏秘説不違背一句於纂疏者私書加之爲
子孫龜鏡輙勿出函底矣
大永七年正月卅日終下巻功　侍従三位清原宣賢（「東」印）
天文二年三月廿一日於青蓮院講始同五月六日講終（已上此巻五ヶ度）環翠軒宗尤
同年十一月廿二日此巻又講了（五ヶ度）
天文五年三月十八日於私亭講之妙典寺發起（五ヶ度）
天文十一年六月十七日於越前國一乗谷慶隆院講畢
同年九月廿一日於越州金剛院發起

天文十五年六月於越州一乗谷講之　十寶坊發起

この奥書には天文年間（一五三二〜一五五五）に「日本書紀抄」の講義が行われたことが記されている。「環翠軒宗尤」とは宣賢が享禄二年（一五二九）に出家した後の法名である。中冊と下冊の奥書は「先年雖令抄出」と書き出されており、この「日本書紀抄」成立以前には既に抄出本があったことが示されている。恐らくこれが〈先抄本〉であろう。また中冊と下冊の奥書には、小書き傍書で「吉田社愚息也」「愚息也少名竹鶴丸去年五月六日元服」とあり、これは吉田兼満が大永五年に出奔したことにより子息の竹鶴丸（兼右）が吉田家を継ぐことになり、それに譲与しようとして〈後抄本〉が書かれたことが記されている。この奥書について、中村啓信氏は次のように述べている。*12

本抄は中冊および下冊奥書によって知られるように、巻第一は大永六年四月二日に、第二は同七年正月卅日に書功を終えているが、これは吉田家を継承した子息兼右（童名竹鶴丸）に譲り与えようとして琢磨して書いたものである。これが何時兼右に与えられたかは明確にし難いが、三冊を通じて天文二年から天文十五年までの自筆奥書を加え、なお兼右の自筆の奥書を全く有していない点からすれば、兼右のものになったのは宣賢の死後であろう。

兼倶から始まった「日本書紀抄」は、宣賢の〈先抄本〉を経て〈後抄本〉が成立し、子孫の兼右へと受け継がれたのである。ここに、親子三代にわたっての「日本書紀抄」の推移が窺われる。

しかし、親子三代で受け継がれていったものであっても、それぞれ『日本書紀』注釈の態度には若干の違いが見られる。〈後抄本〉「宣賢抄」の奥書には、先に引用した〈先抄本〉の奥書に類似した文言が見られる。〈先抄本〉には「短毫至纂疏者、以愚慮、私加之者也」とあり、〈後抄本〉にも「於纂疏私書加之」とある。これは『纂疏』を注釈に引用したことを示すものである。宣賢は〈先抄本〉〈後抄本〉のいずれにおいても『纂疏』を引用する一貫した態度があった。一方、兼倶の『日本書紀』研究には、一条兼良の『纂疏』からの影響があるとされるも、「兼倶抄」には纂疏の引用はほとんど無く、また「曰」の形で他の文献からの引用も見られない。*13 この点が、「兼倶抄」と「宣賢抄」の大きな違いである。宣賢抄における『纂疏』の引用数は多く、時として文量が宣賢自身の解釈よりも多い場合も見て取れる。

続いて、〈先抄本〉と〈後抄本〉の違いについて見ていきたい。この違いについては小林千草氏が主たる相違点を既にまとめているので、参考に引用する。*14

（一）〈後〉では、〈先〉の如き細かい部立てを捨てさっている。
（二）〈後〉では、吉田家点をほどこした書紀本文を併記している。
（三）〈後〉では、〈先〉「本文の部分」が、さらに統一した視点で文章語化されている。
（四）〈後〉では、〈先〉「行間・余白注の部分」「付箋の部分」が、適宜取捨を受けつつ、文章語化され、本文と一体になっている。
（五）〈後〉では、兼倶系諸抄よりの引用増補に努めている。そのため、〈後〉の分量は、「書紀本文」をさしひいて考えても、〈先〉の倍ぐらいになっているであろう。なお、引用増補に際して依拠となった兼倶系諸抄の種類は、〈先〉の場合とかわらないようである。
（六）〈後〉では、奥書に、宣賢の印判がおされ、〈先〉より、形態的には整っている。このことから、〈後〉をもって、完成稿とみなした宣賢のいきごみがうかがえる。

(七)〈後〉では、〈後〉を手控としてなされた講の年次・発起人・場所等が記録されている。

(八)管見に入った宣賢系聞書諸本のうち、〈什證聞書〉を除くと、全て、〈後抄本〉によっている。

(九)〈後〉は、その完成稿なる故に、宣賢の後継者たる、吉田兼右・清原業賢・清原枝賢らによって、次に示す如く書写・利用されることとなった。

小林氏が指摘するように、〈先抄本〉に比べ〈後抄本〉はかなり整った体裁であり、また〈先抄本〉よりも〈後抄本〉の方が充実した内容を持つ注釈書だということがわかる。小林氏の指摘する相違点のうち、(二)に着目して考察を進めてみたい。

「兼倶抄」と〈先抄本〉が『日本書紀』本文を抄出していたのに対し、〈後抄本〉は『日本書紀』本文を有し、またその引用する『日本書紀』本文を一行に大書にして、注釈本文は小書双行にしている。〈後抄本〉以前の「日本書紀抄」のように、講釈の聞書として「日本書紀抄」が存在するのであれば、本文を別にして注釈内部に本文を補う必要はないはずであり、そもそも「日本書紀抄」は、兼倶が五山の禅僧に行った講釈の聞書として発生した。しかし、それが筆録され転写されていくことによって、その性質に変化が生じたのである。子息に書き残すという姿勢は、聞書ではない形を求めざるを得なかった。そのため「日本書紀抄」は〈後抄本〉の成立によって、「聞書」から講釈の場を離れた「注釈本」としての機能を持ち合わせたことになる。また小林氏の(四)にあるように、〈先抄本〉にあった行間や付箋による注記が〈後抄本〉では「文章語化され」ているということは、〈先抄本〉を清書しているとも捉えられ、聞書としての「日本書紀抄」とは成立過程が異なるのである。

聞書として発生した注釈書が文献としての注釈書へ変化したのが〈後抄本〉であった。それは「宣賢抄」の完成稿であり、奥書からもわかるように宣賢が兼右に譲与しようと考え執筆したものである。兼右は宣賢の子であるが、兼満のあとを継いで、吉田家の養子となった。この譲与によって、吉田家で発生した「日本書紀抄」は、清原宣賢を経て吉田家へ戻されることとなったのである。

四 「宣賢抄」の『日本書紀』本文

注釈本である〈後抄本〉は、『日本書紀』本文を有することとなったが、その『日本書紀』本文は、どのような系統に位置づけられるのであろうか。抄出せずに『日本書紀』本文をすべて掲げる〈後抄本〉には、『日本書紀』本文としての価値も見出される。そこで〈後抄本〉を、『日本書紀』のテキストとして考えてみたい。中村氏は、〈後抄本〉の神代巻本文は「宣賢本日本書紀」と称する一本と関係することを指摘している。[*15] この一本は、天理大学附属天理図書館所蔵であり、巻第一の奥書には次のようにある。[*16]

神代上下奏被　綸命仰息男卜
部兼致遂書寫之功畢　仍以累家
之祕説加朱墨之兩點謹奉獻上
焉
文明第十三暦臈月上旬日曜日
神祇管領勾當長上従二位行侍従臣卜部朝臣兼倶上
右奥書御本申出之書寫之訖　深藏函底敢勿許外見矣

永正九年五月十日
少納言清原朝臣判

（以下略）

これによれば、兼倶は文明十三年（一四八一）に後土御門天皇の命を受けて『日本書紀』神代上下巻を作成することになり、この書写作業は長男兼致にあたらせ、兼倶は家点を朱墨両点で入れる作業を行ったとある。そして、それを永正九年（一五一二）五月十日に宣賢が書写したことがわかる。中村氏は、「本抄は、この神代巻に、巻一において全面的に合致し、巻二において多少性格を異にする」と『宣賢本日本書紀』と〈後抄本〉の関係性を述べている。[*17]宣賢本の神代巻があるとすれば、〈後抄本〉の『日本書紀』本文がそれに拠っていたことは当然のこととといえる。〈後抄本〉は、宣賢自筆本の本文と兼倶からもたらされた注釈とが併せられ、成立したといえる。

「宣賢本日本書紀」に限らず、卜部系の諸本の大きな特徴として、他の『日本書紀』諸本とは異なり『日本書紀』神代巻に別伝としてある一書を改行し一字下げて本書と同じく大字で記すことである。卜部系の諸本に属さないものは、一書を小書双行にしている。〈後抄本〉の本文も卜部系諸本と同じく、一書は一字下げで本書と同じく大字で記されている。神代巻の卜部系諸本としては、巻一・二揃として最古の兼方本（卜部兼方自筆。弘安本とも）や、兼夏本（卜部兼夏自筆。乾元本とも）が代表的なものとして知られる。今日残されている『日本書紀』諸本の多くは、この卜部系に属する。卜部家は代々『日本書紀』本文を書写してきたと考えられ、兼倶の子息で宣賢の兄の兼致自筆本とされる神代巻も現存している。そこで、中村氏が指摘する「宣賢本日本書紀」の他に、宣賢自筆〈後抄本〉の『日本書紀』本文が、どの卜部系の諸本に近似するのかを中村氏の説に導かれながら検討してみたい。比較は兼方本、兼夏本、兼致本を用いる。[*18]

高皇産靈尊、

兼方本・兼夏本—霊
兼致本—靈

伊奘冊尊
兼方本・兼夏本—冄
兼致本—册

素盞嗚尊
兼方本・兼夏本・兼致本—戋

神名を用いて諸本を比較してみると、〈後抄本〉は兼致本に比較的近く、代表的な兼方本、兼夏本とは異なっている。兼致と宣賢は兄弟であり、書写年代も近いことから、この当時の卜部家の本文として合致する点も多かったとも考えられる。そうすると、やはり兼倶と兼致の影響が〈後抄本〉の本文にあったことは間違いないであろう。しかし、〈後抄本〉が「素盞嗚尊」と記すのに対し、他の兼方本・兼夏本・兼致本が「素戋嗚尊」としている点などを鑑みると、宣賢の〈後抄本〉は新たな『日本書紀』神代巻本文を有していたともいえよう。したがって、宣賢は自身が著した注釈と本文をあわせて、子息の兼右へと譲ろうと考えていたのではなかろうか。

五　「宣賢抄」の展開と伝播

兼右が「宣賢抄」を書写したことは、天理大学附属天理図書館蔵『神代巻付紙之分』の奥書によって知ることが出来る。*19

天文四年二月九日遂功訖　侍従卜部朝臣兼右
右抄者樞取諸家聞書環翠軒宗尤俗名宣賢始
新作書加之　但當家文讀等無抜群者也
追而加校合可書可之　於此抄有不思義之
奇瑞因茲為後鑒令書写之訖
天文四年二月十一日　侍従卜部朝臣兼右
天文八年九月九日於妙心院講尺之刻少々書
加家説了
天文十六年　於　禁裏講申了
同廿四　七　廿七　妙傳寺住持依発起講了
私云右此分ハ上巻奥書也
天文三年六月十九日終一見之功了　卜氏秘
説不遂背一句誠万代之亀鏡也　但少々
家説抜落之了　以所見即可加注之者也
卜兼右（四一丁オ）　（傍線は筆者による）

これによると、兼右は「宣賢抄」を天文三年（一五三四）から四年あたりにかけて書写している。この資料によると、兼右はそれだけに止まらず、吉田家にもたらされた「日本書紀抄」に、吉田家の説をさらに加えたとある。「日本書紀抄」は清原家を経由し吉田家へ戻り、さらに兼右によって加筆され新たな展開を迎えたとも考えられる。それは、兼右の「日本書紀抄」あるいは兼右の聞書となり、「宣賢抄」とは異なった注釈形態となっていくことへもつながってゆく。

兼右の手に渡り、役目を果たしたと思われる「宣賢抄」の完成稿である〈後抄本〉は、後世においても書写され継承されていく。その証拠に、今日もたらされる「宣賢抄」の書写本は〈後抄本〉が多数を占めている。これは兼右が後に成立させる「日本書紀抄」*[20]とは別に重んじられていたことを物語っている。先に引用した宣賢自筆〈後抄本〉の奥書からも明らかなように、〈後抄本〉を用いた講釈の記録があり、書写後にも利用されていたことは明らかである。ここで、奥書の他に宣賢自筆本に付されている識語について見てみたい。*[21]

〈上冊〉
宣賢卿真筆元巻物也
祖父
良連卿御修覆為本今度
加表紙
弘化四年十一月一日
従三位侍従卜部良芳

〈中冊〉
宣賢卿真筆也元巻物也
加修補
弘化四丁未歳十一月一日
銀青光録大夫拾遺卜部良芳

〈下冊〉
宣賢卿真筆也
加修補畢元巻物
弘化四丁未歳十一月五日
従三位侍従卜部良芳

現在は袋綴の宣賢自筆〈後抄本〉だが、この識語に「宣賢卿真筆元巻物也」などとあることから、弘化四年（一八四七）に修補される以前は巻子本であったことが知られる。つまり宣賢が兼右に譲与しようと考えていた「日本書紀抄」は巻子本であったのである。巻子仕立てにして注釈書を書き記すという行為は、利用よりも継承に重点が置かれていたことを示すとも考えられる。書籍の利用から考えれば、巻子よりも冊子本の方が利用は容易い。しかし、〈後抄本〉はあえて権威のある巻子本の装丁が選ばれたのである。

　現存する多くの「日本書紀抄」は冊子本であり、原装が巻子本だったと考えられるものは多くはない。書写される〈後抄本〉のうち、巻子本の形態をとどめている方がより原装に近いということになろう。管見においては、巻子の「日本書紀抄」は確認できていないが、原装が巻子本であったと思われるものが確認できた。それは國學院大學所蔵の『日本書紀神代巻抄』（貴一一五一一一九）であり、現在は折本状になっており奥書はない。しかし、もとが冊子本として作られていないために文字が折り目に重なる箇所や、冊子本なら本来あるべき折り目までの余白が全くないことが指摘できることから、原装は巻子本であったと思われる。この國學院大學本について中村氏は、「兼右が日本書紀抄を生涯に一度だけ書写したものであるならば、この時の自筆本が國學院大學蔵のもう一つの日本書紀抄である」とするが、*22 國學院大學本には奥書がなく、宣賢自筆本との関連を明らかにすることは難しい。確かに國學院大學本には第一帖の表紙見返しに、

此書兼倶卿口決
船橋宣賢卿聞書
其以後（吉田）兼右卿（自筆）書寫

と極めのような貼り紙が付されており、その性格を語るとも考えられるが、貼り紙自体は新しく信憑性の高いものとは判断できない。そこで、まず宣賢自筆本と國學院大學本の書誌を比較して、その関係を検討してみる。

○宣賢自筆本

〈外題〉宣賢卿真筆日本書紀抄上（中下）

〈内題〉日本書紀抄　上（中下）宣賢筆

〈巻冊〉三巻三冊

〈体裁〉袋綴じ

〈本文用字〉漢字片仮名交じり

〈一面行数〉有界八行。『日本書紀』本文一行書、ただし一書一字下げ。注釈部小書双行。

〈表紙〉花葉赤地錦

〈表紙寸法〉縦三十二糎×横二十六・五糎

〈料紙〉楮紙

〈書入・貼紙〉朱引・朱点。

〈奥書〉アリ

〈蔵書印〉「東」「隠顕蔵」「幽顯」「神陽臺」「天理図書館蔵」

○國學院大學本

〈外題〉神代上（下）一（終）

〈内題〉ナシ

〈巻冊〉上下巻五帖

〈体裁〉折本

〈本文用字〉漢字片仮名交じり

〈一面行数〉有界五行。『日本書紀』本文一行書、ただし一書一字下げ。注釈部小書双行。

〈表紙〉黄檗色　絹表紙（文様）

〈表紙寸法〉縦二九・二糎×横一三・二糎

〈料紙〉楮紙

〈書入・貼紙〉朱引・朱点。神代上巻一表紙見返しに貼紙。同巻、裏表見返しに貼紙。

〈奥書〉ナシ

〈蔵書印〉「國學院大學図書館印」

この二本を比較すると、その文字運びや界線を有するなど書きぶりが非常に似通っており、宣賢自筆本と國學院大學本は、親子関係あるいはそれに近い関係にあるとみて間違いないだろう。國學院大學本とは奥書の有無が一致しないが、改装の段階で切り取られたとは考えにくく、もし、はじめから奥書を有していないとすれば、筆録者の手控え、あるいは講釈に利用するためではなく継承されるべき文献として書写されたとみるのが妥当であろう。講釈に利用するために書写されたのであれば、開きやすい冊子体で書写されたはずである。巻子本を折本に改装した背景には、講釈に利用するという目的があったと思われる。

　はじめは巻子本として成立した〈後抄本〉であったが、現存する書写本に巻子本として伝来するものは確認できてはいない。しかし〈後抄本〉の書写本は複数存在しており、伝播による需要の高さが窺える。それは清原宣賢という、吉田家と清原家の学問を継承した人物による注釈書であったことも要因としてあろう。そこで、次に〈後抄本〉の伝播について考えてみたい。宣賢自筆本の奥書によると、天文二年（一五三三）から天文十五年（一五四六）までに七箇所で講義されたことが記されているが、〈後抄本〉の諸本のうち、京都府立総合資料館蔵『日本書紀抄』（二冊、特九二一―五）や宮内庁書陵部蔵『神代巻環翠軒抄』（二冊、五〇二―八三）などは、宣賢自筆本の奥書のうち、天文二年の講義の記録のみを記し、宣賢自筆本に

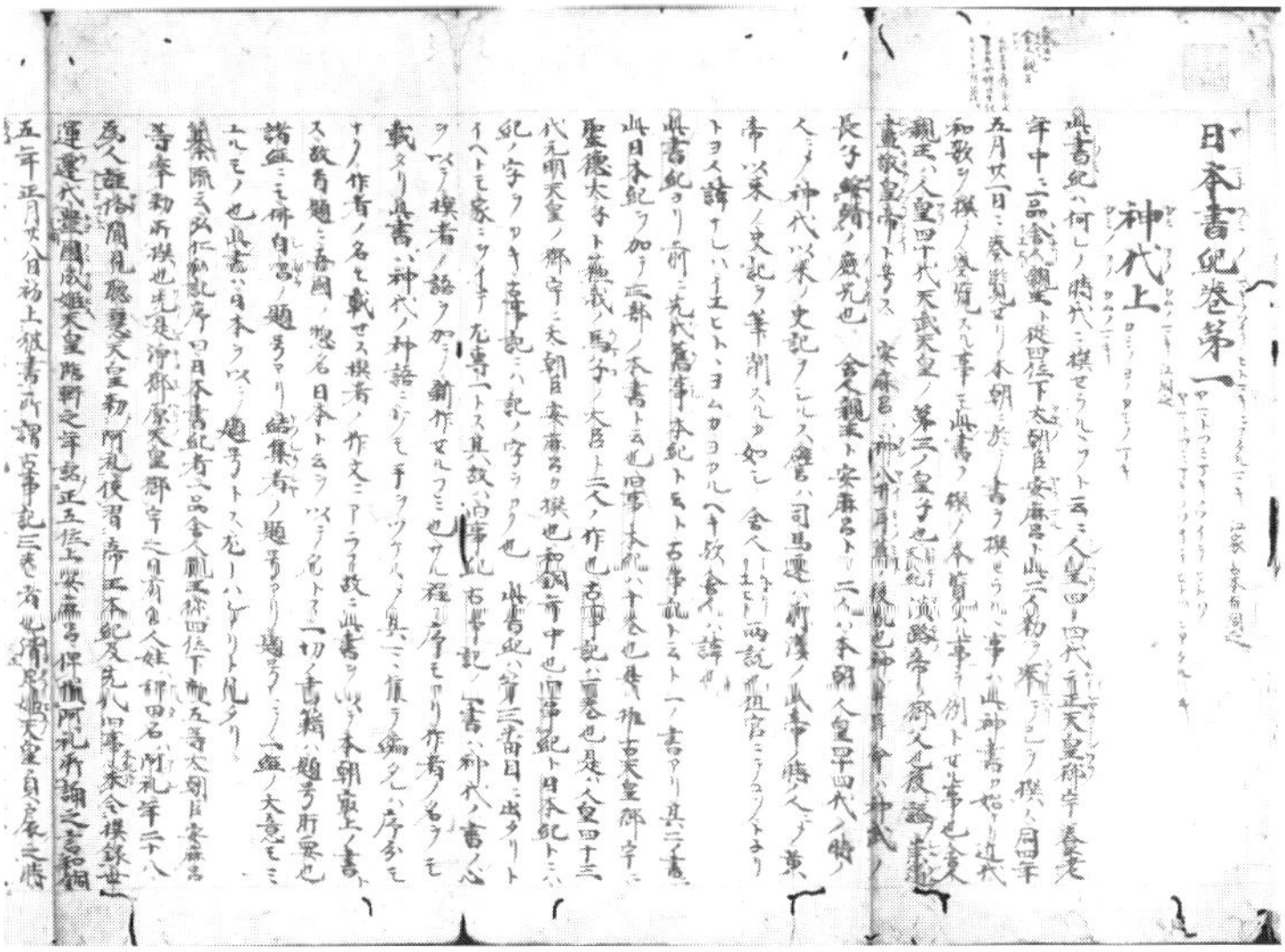

國學院大學蔵『日本書紀神代巻抄』

ある天文二年以降の講義記録が書かれていない。これは天文二年以降に、すでに〈後抄本〉の伝播がはじまっていたことを物語り、宣賢の講義と並行して書写活動が行われていたことを示唆する。そもそも、子息兼右のために吉田家へと渡るべく作成された〈後抄本〉であるが、天理大学附属天理図書館には宣賢の第一子である清原賢業《なりかた》自筆の『日本書紀神代巻秘抄』（三冊、二一〇・一―イ一〇五）があり、清原家にも伝来していたことが知られる。また業賢の第一子である枝賢《えだかた》《しげかた》による諸本系統も残されており、〈後抄本〉は吉田家・清原家といった家々に関係なく、当時の『日本書紀』研究の極みとして広まっていったのである。

枝賢系統の諸本のうちで興味深い一本がある。それは宮内庁書陵部蔵『日本書紀神代巻纂疏』（三冊、谷四六七）である。目録ではこのような書名であるが、外題は『神代鈔　一（～三）』であり内題は「日本書紀第一（二）」となっており、近世期の写本だが〈後抄本〉の書写本であることは間違いない。この一本は、国学者の谷森善臣《よしおみ》旧蔵であるため、谷森本と称することにする。その中下巻にある奥書を次に示す。*23

〈中巻〉
先年雖令抄出為譲与竹鶴丸（吉田社預愚息也）重加琢磨書之同文字読清濁以朱指
聲訖卜氏秘説不違背一句於纂疏私書加之為子孫亀鏡輙勿
出函底矣
　大永六年四月二日終上巻功　　侍従三位清原宣賢
天文二年三月六日十一日十七日於青蓮院此巻三ヶ度講申了環翠軒宗尤
同五月依或人補闕所望重講此巻了
天文十一年六月六日於越前国一乗谷慶隆院（日蓮末葉）講之毎朝講之十三日上巻

講畢八ヶ度　同九月八日講始十五日終八ヶ度日蓮末葉金剛院発起
天正十一年癸未十月廿九日始講神代巻終講之畢（於泉堺太寺福聚院寺中外内宗聴聞之及卅余人）
于時寒花飛庭梅花半開
自去月廿九日至霜月十四日講之畢
雪庵道白（俗名枝賢号清三位入道）判（為證明）

〈下巻〉
先年雖令抄出為譲与神祇少副卜部兼右重加琢磨書之同文字読
清濁以朱指聲訖卜氏秘説不違背一句於纂疏者私書加之為
（愚息也）少名竹鶴丸去年五月六日元服
子孫亀鏡輙勿出函底矣
大永七年正月卅日終下巻功　侍従三位清原宣賢　東印

天文二年三月廿一日於青蓮院講始同五月六日講終、（已上此巻五ヶ度）環翠軒宗尤
同年十一月廿二日此巻又講了五ヶ度
天文五年三月十八日於私亭講之妙典寺發起五ヶ度
天文十一年六月十七日於越前国一乗谷慶隆院講畢
同年九月廿一日於越州金剛院發起
天文十五年六月於越州一乗谷講之十寶坊發起

（傍線は筆者による）

この奥書は、先に引用した宣賢自筆本と途中まで同じであることからも〈後抄本〉であることは間違いない。傍線部のように谷森本は宣賢の孫である清原枝賢によって書写・利用されていたことがわかる。この谷森本からは、先に引用した小林氏による〈先抄本〉と〈後抄本〉の相違の(九)に当たる活動の一端が理解できよう。この谷森本の奥書から「宣賢抄」が親から子、子から孫へ伝わり、清原家の講釈に用いられていた経緯が窺われる。また谷森本には、旧蔵者の谷森善臣の蔵書印「靖齊図書」の他に「鈴鹿氏」と「吉田神社社司中臣隆啓朝臣之章」という朱印が押されているが、この二つの印はいずれも鈴鹿隆啓のものである。*24 鈴鹿家は吉田神社の社家であることから、谷森本は吉田神社に所蔵されていたことが明らかである。吉田家には宣賢から兼右に伝授された〈後抄本〉があったはずであるが、その一方で〈後抄本〉は、清原家の中でも伝承され続け、それが吉田家へも流れていったのである。この谷森本と同様な、枝賢系統の「日本書紀抄」はいくつか確認することができ、*25 清原家でも「宣賢抄」の継承が行われていたことを確認できる。そして、後世には清原家の「日本書紀抄」が、改めて吉田家にもたらされていたことからも、「宣賢抄」の権威が大きいものであったことが理解できよう。つまり、吉田家の学問として「日本書紀抄」に権威があったほかに、宣賢の〈後抄本〉にも権威が付与され、それを継承することが必要とされてきたのである。小林氏は〈後抄本〉の位置づけを、

決定版〈後抄本〉が出来た以上、〈先抄本〉よりも〈後抄本〉を所有したいと兼右が願うことは当然であろう。父・宣賢としても、日本書紀神代巻注釈は、清原家に属すると言うよりも、吉田神道家に属するものと考えていたはずである。

と指摘するが、*26 その継承を見ると清原家に属した〈後抄本〉の系統も存在していたのである。この点から、兼右

に譲与されて、吉田家の学問として展開した「日本書紀抄」と、清原家に伝わった〈後抄本〉「宣賢抄」の二つの学問継承過程が見出される。そして、いずれも文献の継承が家説の継承となったのである。

六　おわりに

吉田家における「日本書紀抄」の展開を、その発生と現存する諸本から考察した。「兼倶抄」から継承されてきた「日本書紀抄」は宣賢を経て兼右に伝わったが、それぞれの「日本書紀抄」の注釈態度は多少異なるものであった。

「兼倶抄」は聞書から発生し、『日本書紀纂疏』からの影響が認められるものの、『纂疏』を直接引用することはなく、注釈に引用する『日本書紀』本文は抄出したものであった。子息の宣賢は、兼倶から直接講釈を受けることはなかったが、「兼倶抄」からの影響を受けて、まず〈先抄本〉を作成した。〈先抄本〉は、「兼倶抄」と同様に『日本書紀』本文は抄出であったが、注釈態度は兼倶とは異なり、積極的に『纂疏』を引用した注釈であった。時としては自説よりも多く引用している箇所もあるが、『纂疏』を引用しながらも『纂疏』には拠らずに、自説の正当性を述べるために比較対象としている箇所も見られる。次に、宣賢は完成稿としての〈後抄本〉を作成した。これは、吉田家の養子となった兼右に譲与するために作成されたものである。〈後抄本〉はこれまでの「日本書紀抄」とは異なり、『日本書紀』本文を抄出せず、卜部家に伝わる『日本書紀』本文を明記していた。また、聞書としての文体ではなく、注釈文から口語体が消え文語体による注釈書となったことで、聞書から文献注釈へ変化したとみられる。〈後抄本〉は兼右に譲与され、再び吉田家に「日本書紀抄」が戻されたのであった。そして、兼右はそれをもとに講釈を行い、兼右による新たな「日本書紀抄」を作成したのである。この兼右の「日本書紀抄」は、〈後抄本〉とは異なり、講釈の聞書としての要素が強いものであった。しかしその一方で、宣賢の〈後抄本〉は、清原家の中でも書写され後世へと伝わった歴史がある。吉田家で親から子へ伝わった歴史と同様に、清原家では宣賢から子息の業賢、孫の枝賢へと伝わり、講釈に利用されていた。これは、吉田家の学問としての「日本書紀抄」が存在する一方で、宣賢の〈後抄本〉としての『日本書紀』注釈に権威があったとみられる。

はじめは巻子本であった〈後抄本〉は、実用性よりも伝授という家学の権威としての性質があったのであろう。家学の伝授が巻子本としての装丁を選んだのである。伝授を儀式と捉えたからこその装丁であり、利用されるため後世において冊子本に改装されている。改装されることによって、伝授される「日本書紀抄」と利用される「日本書紀抄」の両方が併用されたのである。また、清原家に伝わった〈後抄本〉は、後に吉田家にも伝わり、宣賢と兼右の説が並行して継承されたとも考えられる。この現象は、吉田家において自家で伝えられている家学よりも清原宣賢による「宣賢抄」の方が秀でていた可能性も考えられる。

「日本書紀抄」は、室町期に単独に発生したものではなく、それまでの注釈史の延長線上にあったといえるであろう。注釈の権威は、どの家か、あるいは誰によって為された注釈活動かに重きが置かれてきた。それは、講釈の場における注釈であれば、講師に重きが置かれるのが当然だからである。「日本書紀抄」には、「神代巻」解釈の継承と吉田家の家学としての「神代巻」研究があったともいえる。そこには吉田家による注釈の権威づけがあり、注釈の継承と展開とがあったのである。「日本書紀抄」は、中世までの注釈活動の継承、そしてその後の影響を考え合わせると、個々の「日本書紀抄」の内容の検討を更に進めていかなければならないであろう。

〈参考〉卜部家系図

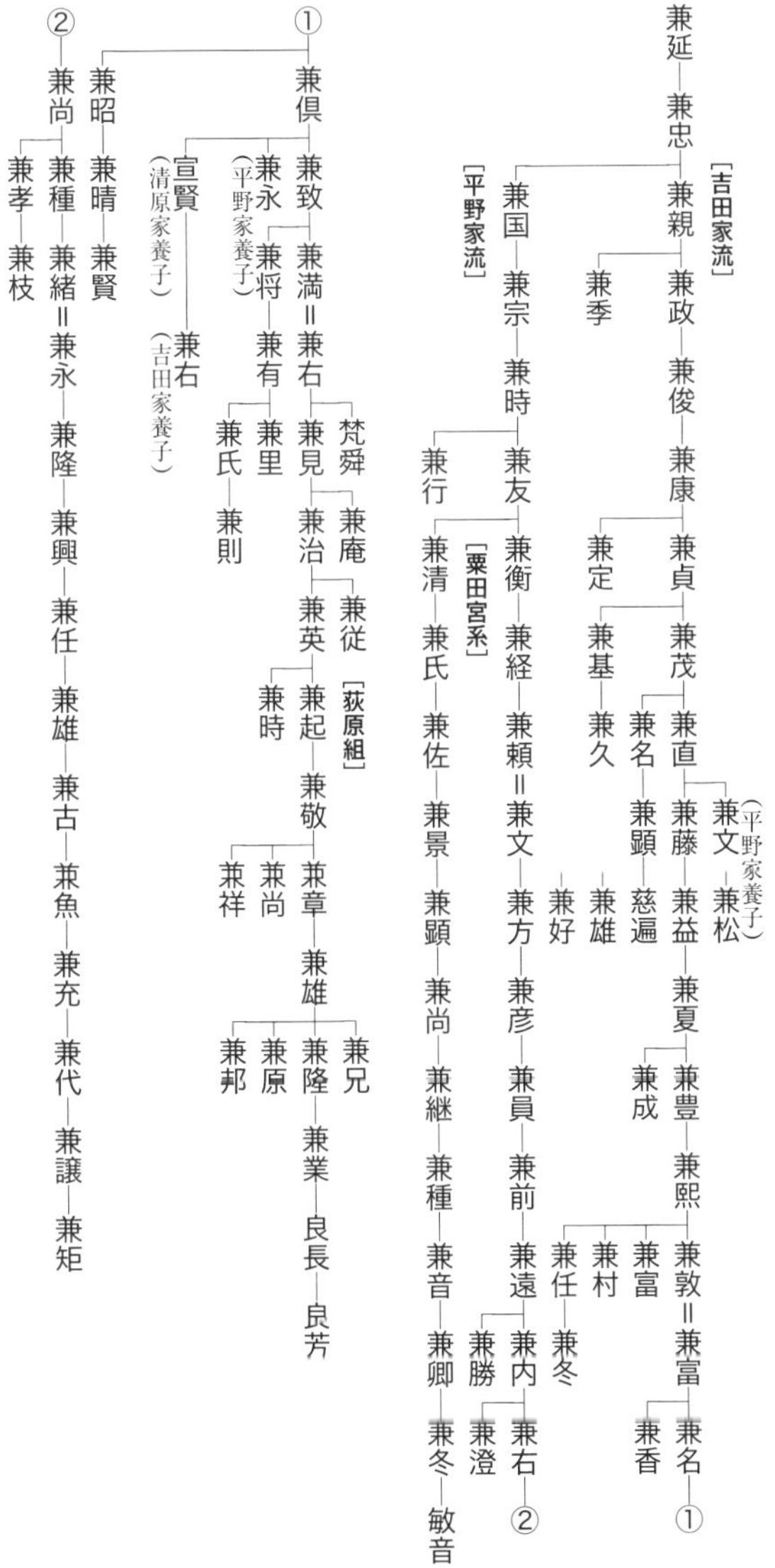

註

1 『新訂増補国史大系』八（昭和四十年、岩波書店）には、訓読語を摘記した「私記」として甲・乙・丙本が、問答形式の「私記」として丁本が収録される。甲本は系譜的関心を示しつつ、『日本書紀』全巻の訓読語を摘記する。乙本は神代巻上下、丙本は神武から応神の古写本訓を集成し、万葉仮名（字音仮名）で書き改め声点を付す。
2　一条兼良は、父一条経嗣に『日本書紀』を学んでおり、また経嗣は吉田卜部の中興の祖とされる吉田兼煕に『日本書紀』を学んでいる。そのため、兼良の『日本書紀』解釈は吉田家の学統のなかに位置づけられ、一条家と吉田家の『日本書紀』解釈における影響関係は決して一方通行のものではない。
3　「日本書紀抄」にはいくつかの種類があるが、「日本書紀抄」というと主にこの卜部家による『日本書紀』の注釈書を指す。詳しくは本書第一章第二節参照。また「日本書紀抄」に関する先行研究として、国民精神文化研究所『日本書紀神代抄』解題（昭和十三年）、西田長男『神道史の研究』第二（昭和三十二年、理想社）、久保田収『中世神道の研究』（昭和三十四年、神道史学会）、今中寛司「清原宣賢の日本紀神代抄について」（『日本古代史論叢』昭和三十五年）、中村啓信『日本書紀纂疏・日本書紀抄』解題（『天理図書館善本叢書』第二十七巻、昭和五十二年、天理大学出版部）、岡田荘司『「兼倶本」「宣賢本」日本書紀神代巻抄』解題（昭和五十九年、続群書類従完成会）、小林千草『日本書紀抄の国語学的研究』（平成四年、清文堂出版）、同『清原宣賢講「日本書紀抄」本文と研究』（平成十五年、勉誠出版）などがある。
4　小林千草『清原宣賢講「日本書紀抄」本文と研究』（平成十五年、勉誠出版）。
5　吉田兼倶「日本書紀神代巻聞書」（二一〇・一―ィ一四三）。翻刻は岡田荘司 校訂『「兼倶本」「宣賢本」日本書紀神代巻抄』（昭和五十九年、続群書類従完成会、二四九―二五〇頁）に拠る。
6　久保田収「吉田神道の成立」（『中世神道の研究』昭和三十四年、神道史学会、四〇七頁）。
7　前掲註5解説（七六頁）。
8　引用は前掲註7（四五〇頁）に拠る。
9　前掲註7（八三頁）。
10　前掲註4（二五三頁）。
11　引用は、『日本書紀纂疏・日本書紀抄』（『天理図書館善本叢書』第二十七巻、昭和五十二年、天理大学出版部、二七二頁、三四四―三四五頁、四六六―四六七頁）に拠る。
12　中村啓信『日本書紀纂疏・日本書紀抄』解題（『天理図書館善本叢書』第二十七巻、昭和五十二年、天理大学出版部、一四頁）。
13　本研究第一章第二節参照。
14　前掲註4（二八六頁）。
15　前掲註12。
16　奥書の引用は、前掲註12（一九頁）に拠る。

17　前掲註12（二〇頁）。
18　比較には、國學院大學日本文化研究所編『校本日本書紀』（昭和四十八年、角川書店）を用いた。
19　『神代巻付紙之分』（二一〇・一―イ二一九）は、「神代巻上下抄」の付紙にあったものを兼右の第二子の梵舜が抜き書きしたものである。
20　兼右が「宣賢抄」をもとに講釈を行った際の聞書が兼右系の「日本書紀抄」として今日に伝わっている。
21　前掲註11（二七三頁、三四六頁、四七二頁）。
22　前掲註12（一四頁）。
23　谷森本の翻刻・引用は筆者に拠る。
24　蔵書印については、宮内庁書陵部編『図書寮叢刊』書陵部蔵書印譜に拠る。
25　尊経閣文庫『日本紀神代巻抄』三冊、静嘉堂文庫『日本書紀』五冊、天理図書館『日本書紀神代巻秘抄』三冊、東大史料編纂所『神代巻清家秘抄』三冊、宮内庁書陵部『神代巻環翠抄』四冊などである。
26　前掲註4（二八八頁）。

第二章　荷田春満の『日本書紀』研究

第一節　荷田春満の『日本書紀』研究と卜部家

一　はじめに

古典への回帰を基本としていた荷田春満にとって、『日本書紀』研究は中心的活動の一つであった。荷田春満は国学の祖としても位置づけられるが、春満の研究がどのような経緯で成立したかは、あまり具体的には分かっていない。春満死後の寛政十年（一七九八）に、春満の略伝や歌集を収めた『春葉集』が刊行されるが、その後序には次のように記されている。*1

此編、我東麻呂大人之遺草也。大人本祠正預荷田信詮之次子、自レ幼好レ學、篤二志於皇朝復古之學一、至二于國史律令古文古歌及諸家之記傳一、該博無レ所レ不レ通。然無レ所二師尚一、而其所二自得發明一極多矣。享保中遊二於江都一、聲名籍甚、特有二内命一使二侍臣某一従遊屢校二古書一。居レ之數年、得レ疾歸レ京。已而伏陽令北條遠州傳二（以下略。傍線部は筆者による。以下同）

この後序は、春満の弟、信名の養子である荷田信郷によるものである。傍線部に「然るに師尚する所無く、而も其の自得の発明せる所、極めて多し」とあるように春満には特定の師匠がいなかったとされており、暫くこれが通説となっていたが、近代に入って、春満の『万葉集』研究や『伊勢物語』研究に契沖等の先学の影響があることが度々指摘された。春満の『日本書紀』研究について、久松潛一氏は春満の主たる研究領域が『日本書紀』『万葉集』「律令格式」の三方面であったとした上で、『日本書紀』研究は父祖からうけた中世神道の立場から行われており、神道家としての春満の面目があったとする。*2 また岩橋小弥太氏は、神道からの影響を指摘しつつも次のように述べている。*3

殊に其の神道の根柢をなすところの思想は更に一段と独特のもので、決して稲荷社家に伝へて来た神道説ではなく、又た唯一、両部、其の他当時行はれてゐた垂加、其の他いづれの神道説でもなく、なほ又た其の影響を受けたものでもない。全く前後に系統を引くものもなく、全く孤立した独特のものである。

このように岩橋氏は、春満の説には当時の神道説の影響はなく、独特のものであると位置づけている。一方、重松信弘氏は神道からの影響だけではなく、多方面の影響があったとしている。*4

春満は京都伏見の稲荷神社の祠官信詮の二男として生まれ、若い時にその神社の神道を受けた。その神道は父信詮が唯一神道の書や神道五部書などを書写してゐるので、伊勢神道・吉田神道などの流れであつたと思はれる。外に若い時に垂加神道を受けてゐる大山為起が稲荷の神職として勤めてゐたので、彼はその影響も受けたであらうが、なほ当時京都で盛んであった仁斎・東涯父子の堀川古義学の影響も受けてゐる。しかし彼は聰明で英気があり、それらを受けてもそれに囚はれるものではなく、記紀――主として書紀の神代の巻

――に独自の解釈をして神道説を立てた。その考へ方には習合神道や儒教の影響もあり、その研究方法は著しく思弁的であって、国学本来の文献学的方法ではなかつた。しかしまた習合神道のやうな伝統の説、儒仏の説などに囚はれる事はなく、古書を証拠として論考しようとしてゐた。

重松氏は、春満に稲荷神社の神道、伊勢神道・吉田神道・垂加神道、また堀川古義学の影響があるとし、その上に独自の神道説を立てたとする。そして、その研究方法は著しく思弁的であって、国学本来の文献的方法ではなかったとしている。

このように先行論では、春満の研究に他の神道説からの影響を認めており、春満の学問が文献学的方法ではなかったという見方もされている。しかし、春満の『日本書紀』研究の著述を見ると、そこには「日本書紀私記」や『日本書紀纂疏』といった文献の名を確認することができ、文献学的方法が認められないとは言い難いのではなかろうか。また、重松氏は様々な神道説の影響があるとするが、具体的な影響関係の検証はなされていない。そのため、春満と先行説との関係を具体的に明らかにする余地があり、なかでも『日本書紀』研究の中心である、卜部家との関わりを検証する必要があろう。春満の『日本書紀』研究に中世的な学問の影響、また神道説との関わりがあるとすれば、卜部家の『日本書紀』研究を無視することはできない。卜部家の説が春満にどのように結びついているのかをみてゆきたい。

二　『卜部家神代巻抄』上巻

まず、春満の『日本書紀』研究の形成を辿る上で注目すべき資料を挙げる。それは、大理大学附属天理図書館蔵の吉田文庫所蔵『卜部家神代巻抄』上巻である。この『卜部家神代巻抄』の表紙見返しには、この本の「講読伝授之系」が書き留められている。[*5]

講讀傳受之系

一舎人親王之御家流今白河之住舟橋家也

京白河住神祇伯　萩原三位兼従卿

相州鎌倉住　吉川惟足

京出雲路幸神々主　奥村氏源仲之 右京

京稲荷神主　羽倉氏源信盛 斎宮

京都之住　深尾氏源満孝 源六

越後長岡住　吉田氏源倫雄 助六郎

内藤家中住　矢野氏丹波時成 亨純

越後村上之住　高橋氏藤原映廣 河内守

北条家中　岸本氏知義

波線を付した「京稲荷神主　羽倉氏源信盛斎宮」とは荷田春満のことである。このように春満は卜部家の神代巻講読伝授に名を連ねていることから、卜部家と関係があったことは間違いないだろう。この『卜部家神代巻抄』は上巻のみ現存しており、全六十八丁の写本である。内容は『日本書紀』巻頭から巻第一の第四段本書までの注釈書である。この『卜部家神代巻抄』に記される「講読伝授之系」は、舟橋家より始まっているが、舟橋家は卜部家と非常に関わり深い家として知られている。卜部兼倶の三男の宣賢が養子入りしたのが清原家であり、清原家は後に舟橋家と改称した。また、講読伝授の筆頭に記してある萩原兼従《はぎわらかねより》も卜部家の人間であり、卜部家の分家である萩原家の始祖である。そして続く吉川惟足《きっかわこれたり》は萩原兼従から唯一神道を継承された人物であり、次の「奥村氏源仲之」は吉川惟足の門人である。羽倉信盛より後に名が記される、「深尾氏源満孝源六」は春満の母方の従兄弟であり、続く「吉田氏源倫雄助六郎」も、春満の「門人契約姓名録」に名前を確認できる人物である。なお、この「講読伝授之系」の信憑性について松本久史氏は、次のように指摘している。*6

春満は正式に稲荷の祠官として叙任された事実はなく、また、本姓を「源」（当然のことながら本姓は「荷田」である）と名乗ったということもないとおもわれ、また、萩原兼従を「神祇伯」としていることなどから、信憑性に欠ける部分もあり、そのまま信用するのは危険であろう。しかし、春満の次に見える「深尾氏源満孝源六」は羽倉によれば、春満の母方の従弟であり、強ち全くの創作ではないとも考えられよう。

松本氏の指摘通り、少なくとも春満の前後は素性がはっきりしていることから全くの創作ではないといえる。そのため「講読伝授之系」は信頼に値する資料であろう。

この「講読伝授之系」は『神道大系』*7に翻刻掲載されていたが、表紙見返しのみの翻刻であり、内容までは明らかとなっていない。この『神道大系』の翻刻を受け、中村啓信氏*8は、

その師系が誰かについて、いまはそのすべてを明確にできる段階にないが、卜部家の人、荻《（ママ）》原兼従の名を

挙げることはできる。兼従は万治三年（一六六〇）に逝去しているから、寛文九年（一六六五）生まれの春満が直接伝授を受けることはない。『卜部家神代巻抄』の表紙見返しは次のように記す。（中略）この血脈によれば、春満の直接の師もいたのであり、それは幸神社神主、奥村右京仲之であることが知られる。

として、春満が直接伝授を受けたのは萩原兼従からではなく、直接の師は幸神社神主、奥村右京仲之であるとしている。

この奥村仲之は、『国書総目録』によると、『日本書紀神代巻講習次第抄』（木版十二巻十二冊、以下『講習次第抄』）*9と『中臣祓要信解』（木版三巻三冊）という注釈本のほか、『中臣祓秘授』（写本、國學院大學図書館河野文庫所蔵）を著している。源仲之と称していることは刊行された『講習次第抄』の奥書に「元禄十五歳次壬午春正月吉辰／洛北出雲路幸神社神主　源仲之抄」、『中臣祓要信解』の冒頭に「出雲路幸神社源仲之誌」とあり、「講読伝授之系」にみえる「奥村氏源仲之」と同一人物と見て間違いなく、あわせてその表記から「講読伝授之系」の信憑性を保証するものといえよう。

奥村仲之と春満の関係は、三宅清氏*10や羽倉敬尚氏*11により指摘されており、三宅氏は、

かつてより源仲之の神代巻講習が春満の神代講釈に通じる事を注意して来たのであるが、羽倉信元日記によると、春満はまさしく仲之の神代講釈に一座してゐる事を知る事が出来るのである。かつ仲之不出の折には代講のやうな事もしてゐるらしい。

と指摘しており、また羽倉氏は、

東丸（筆者注、荷田春満）が初度、元禄十三年（一七〇〇）、三十二歳の年壮で江戸に出るまでの若年期は、京都において、同郷稲荷祠官らと共に吉川惟足門の奥村右京仲之（寺町今出川上ル幸の神祠官、また青樹の氏を称え従四位下、伊勢守）に神書の講説を聞いた位が知られており（以下略）

と春満と仲之の関係を記している。仲之不在の折には春満が神代巻の講習の代講のようなことを行っており、春満が元禄十三年（一七〇〇）に江戸に出るまでは、仲之との関係が深かったと考えられる。だが、仲之から具体的にどのような説を受けたかは明らかではない。

近年では松本久史氏が神道学の立場から、奥村仲之の『講習次第抄』と吉川惟足の神代巻注釈、および春満の神代巻注釈を比較検討している。[*12] 松本氏は「青年時代の春満は吉田・吉川神道の流れを汲む、具体的には奥村仲之の教えを受けた神道学者として出発したと考えることは十分可能であると思われる」と指摘し、それぞれの関係については「偶然とは考えがたい箇所に春満と仲之に共通点が見え、さらにそれらに対応する吉川惟足の神代巻解釈を参照すると、仲之と春満の関係の方が、惟足と仲之に対するものより相関度が高い」と結論づける。春満の神道説の起点は仲之にあったようであり、両者の関係は深いようである。だが本流である卜部の説は、すべてが仲之を介して伝わったものなのであろうか。卜部家との関係は各論として、さらに追究の余地があろう。

三　『先代旧事本紀』論

確かに、先行論が指摘するように「講読伝授之系」や周辺資料から仲之と春満の関係は指摘できよう。しかし

「講読伝授之系」は『卜部家神代巻抄』に記されていることから、卜部家から派生する師承関係を示しているのである。したがって、卜部家説との関わりだけでなく、どのような学説を受け継いだかを明らかにせねばならない。これまでの春満の『日本書紀』研究の形成に関する先行研究では、「講読伝授之系」から卜部家との関係は指摘されながらも、比較は仲之との間のみに止まっており、具体的に卜部家の説との影響関係は確認されていない。そこで、『卜部家神代巻抄』と奥村仲之の『講習次第抄』、そして春満の神代巻注釈の三つを比較し、春満と卜部家との関わりを明らかにすることにする。

まず第一の観点として、各書が『先代旧事本紀』をどのように理解していたかを検討する。この観点は三宅清氏など先行研究において既に示しているものだが、荷田春満が多田義俊などよりも早く『先代旧事本紀』を偽書として認定していることを重視しての観点である。この春満による偽書説は彼の古典研究の力を示す代表的な説でもある。そもそも『先代旧事本紀』は卜部家の学説の中で重要視されてきた文献で、吉田（卜部）兼倶の『唯一神道名法要集』では次のように記述されている。*13

吉田兼倶『唯一神道名法要集』

問。以何書籍。為本拠哉。

答。有三部本書。以之立顕露教。又有三部神経。以之為隠幽教。唯一神道。顕密二教是也。

問。三部本書者何哉。

答。先代旧事本紀〈聖徳太子撰〉。古事記〈太朝臣安丸撰〉。日本書紀〈一品舎人親王奉勅撰〉。是云三部本書。

ここでは、三部の本書というのが「顕露」の教、また三部の神経というものが「隠幽」の教であり、唯一神道ではこれが「顕密二教」にあたるとする。「顕密二教」とは、仏教を顕教・密教二つの思想体系の総体として捉えるものだが、ここでは「神道」がその体系と同等のものであると位置づけるために用いられている。そして三部の本書は聖徳太子撰の『先代旧事本紀』、太朝臣安丸《ママ》撰の『古事記』、一品舎人親王撰の『日本書紀』であるとする。兼倶の息子、清原宣賢は『日本書紀神代巻抄』において、「三部本書事」という項目を立てて、次のように記している。*14

三部本書事
三部ノ本書トハ、先代旧事本紀《センタイイクシ》・古事記・日本書紀、是也、旧事本紀ハ十巻也、人皇三｜二代用明天皇ノ御宇ニ、聖徳太子ト蘇我ノ馬子宿祢ト二人コレヲ撰ス、古事記ハ三巻也、人皇四十三代元明《メイ》天皇ノ御宇ニ、太《ヲホノ》安麻呂《ヤスマロ》コレヲ撰ス、而ニ先代旧事本紀。古事紀ノ二ハ、神代ノ書ノ心ヲモテ、撰者ノ新作シタルフミ也、此日本紀ハ神代ノ書ヲ、其マヽ集テ編タルフミナレハ、第三ニ撰シ出サレタリトイヘトモ、撰者ノ作文《サクフン》ニアラサルユヘニ、此書ヲモテ最上トス、故ニ吾国ノ捴名、日本ヲ以テ題号ノカシラニ置ク、コレヲ以テ証拠トス、

このように、宣賢は『先代旧事本紀』を聖徳太子と蘇我馬子の二人の撰によるとし、『古事記』『日本書紀』と合わせて三部の本書と位置づけている。また「講読伝授之系」に春満が名を連ねる『卜部家神代巻抄』（一丁オ）には、次のようにある。

既ニ人皇三十二代用明天皇ノ御宇ニ至テ、彼儒佛ノ両道専ラ行レ、世人漸ク是ニ習ヒ已ニ本朝神祇道微妙ノ遺風ヲ忘失セントス、依之人皇三十四代推古天皇、是ヲ恐レ思召テ聖徳太子并蘇我馬子両人ニ詔リ有テ先代旧事本記《（ママ）》十巻ヲ撰、是本朝ノ神書ノ撰始也、尤此書ニ神道ノ要ヲノセラル、イヘトモ、聖徳太子元御気魄厚キ故ヘニ神系図ナトノ趣キ并文字音訓ハ宣ケレトモ書ノ趣キ混雑シテ本朝順素孤淡ノ道徳ニ難叶ル書也。

『卜部家神代巻抄』でも、聖徳太子と蘇我馬子の二人の撰として『先代旧事本紀』をあげ、「本朝ノ神書ノ撰始也」と位置づけている。しかし、聖徳太子の気魄が厚かった故に「書ノ趣キ」が「混雑シテ」本朝の道徳に叶わなかったとしている。これについては奥村仲之の『講習次第抄』（一丁オ～二丁オ）にも似たような記述が見られる。

先レ是《コレヨリサキ》、人皇三十二代、用明天皇ノ御宇《ギヨウ》、厩戸《ムマヤトノ》皇子、蘇我馬子宿祢《ソガノムマコノスク子》、二人、先代旧事本紀ヲ撰セラレ、其後、人皇四十三代、元明天皇ノ御宇正五位上安麻呂《ヤスマル》ニ詔《ミコトノリ》シテ、古事紀ヲ撰録有テ、次ニ日本書紀也、（中略）由テレ是ニ用明天皇ノ御宇、厩戸《ムマトノ》皇子、生質聡明ニ在テ、文筆ニ達シ玉ヘハ、往古ヨリ、和語ニ宣伝《ノベツタ》ハリシヲ神代ノ事ヲ、始テ漢字ニ記セラレ、則先代旧事本紀也、然ルニ此ノ書ハ皇子生質ノ、気魄聡明ニ在テ、異邦ノ筆端ニ習ヒ、神系図等ヲ、繁《シケ》ク雑《マシ》ヘ記セラレ、書ノ体雑班ニシテ、神代ノ朴実孤淡《ハクシツコタン》、易簡《イカン》ノ神徳ヲ、学フ書トシテハ、信用シ難ク只々旧キ事蹟ヲ、記セラレシ書ト云ヒ、先代旧事本紀ト題シ、巻《マキ》十巻ニシテ、世ニ有ル書也。

仲之の『講習次第抄』も厩戸皇子、つまり聖徳太子と蘇我馬子の撰であるとして『先代旧事本紀』をあげ、『古事記』『日本書紀』を並べる。また、『卜部家神代巻抄』と同様に聖徳太子の「気魄」について触れており、類似した表現も見られ関係性が窺われる。傍線を付した箇所のように、『講習次第抄』では「信用シ難ク」とするものの、これらの記述は『先代旧事本紀』を偽書と見なしているのではなく、撰述過程の結果を述べるものである。したがって『講習次第抄』が『先代旧事本紀』『古事記』『日本書紀』を並列に扱っていることに変わりはない。一方、春満であるが、若い頃に書いたとみられる『神代聞書』*15によると春満も当初は『先代旧事本紀』を引用しており、始めから『先代旧事本紀』を偽書として扱っていたわけではないことが分かる。

神代ノ巻ヨリサキニ先代旧事本記トテ人王三十二代用明天皇御宇聖徳太子ト蘇我馬子宿祢ト二人奉レ勅撰セラレタリ

そのため春満は、自身の研究の過程において『先代旧事本紀』を偽書として扱うようになっていったのである。春満の晩年の説を記したとされる『神代師説聞書』には次のようにある。*16

三部本書事　世以テ、日本紀、旧事紀、古事紀ヲ三部ノ本書ト云伝ヘタレトモ、是以テ甚非也。師ノ説、旧事紀ハ疑書トトルナリ。トクトコノ旧事

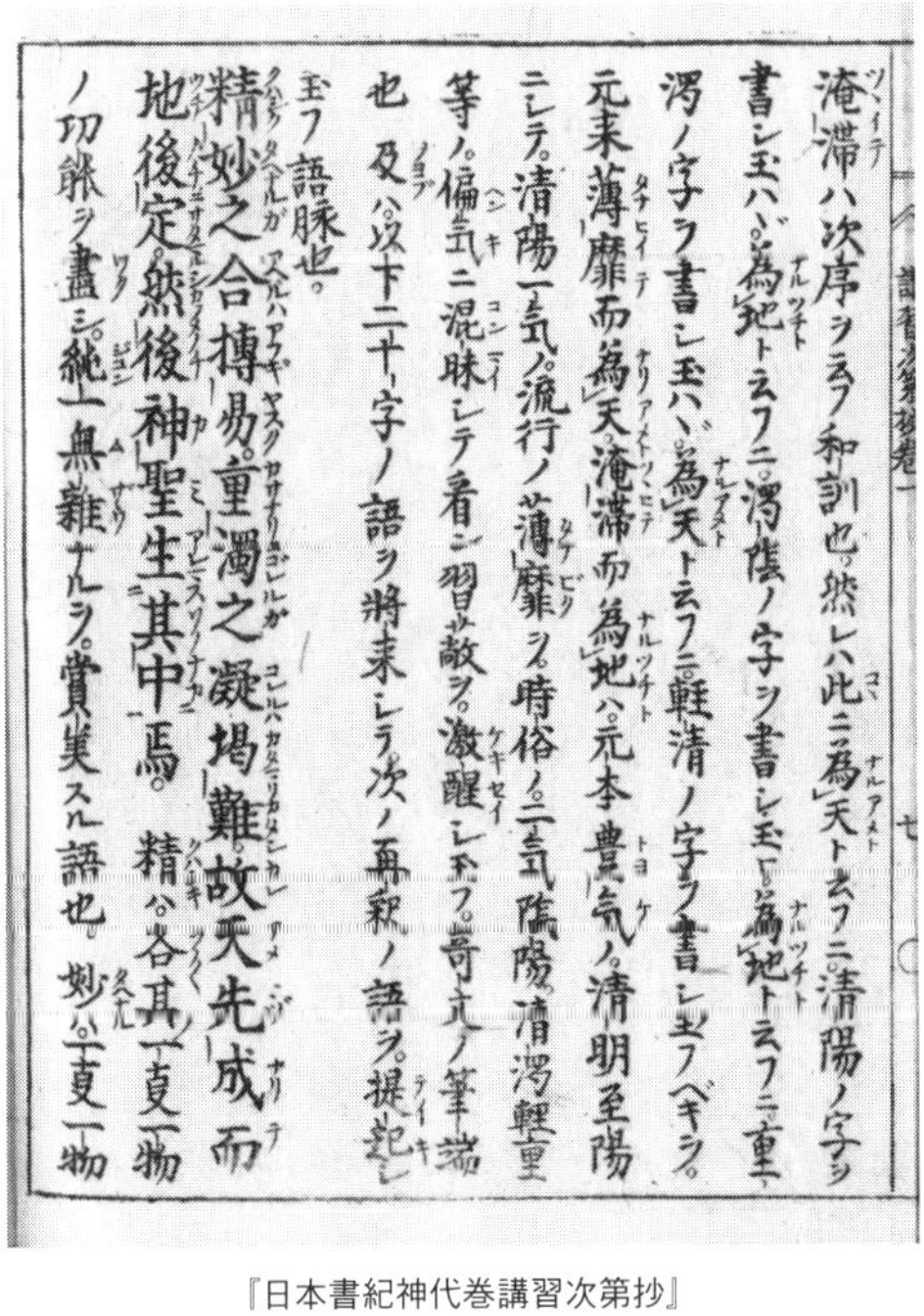
淹滯ハ次序ヲ云フ和訓也。然レハ此ニ為天ト云フニ清陽ノ字ヲ
書シ玉ヒ、為地ト云フニ濁陰ノ字ヲ書シ玉ヒ、為地ト云フニ重
濁ノ字ヲ書シ玉ヒ、為天ト云フニ軽清ノ字ヲ書シ玉フヘキヲ。
元来薄靡而為天淹滯而為地ハ元本豊気ノ清明至陽
ニシテ清陽一気ノ流行ノ薄靡ヲ時俗ノ二気陰陽清濁軽重
等ノ偏気ニ混昧シテ看ニ習ヒ敵ヲ激醒シ玉フ。奇文ノ筆端
也。及ハ以下二十一字ノ語ヲ将来シテ次ノ再釈ノ語ヲ提起シ
玉フ語脉也。
精妙之合摶易、重濁之凝竭難。故天先成而
地後定。然後神聖生其中焉。精ハ各其一事一物
ノ切跡ヲ尽シ、純一無雑ナルヲ賞美スル語也。妙ハ一事一物

『日本書紀神代巻講習次第抄』

紀ノ全篇ヲ熟覧シテコノ疑書タル所ヲシルヘキモノナリ。

ここでは、「三部本書事」という項目が立てられ説明されている。この「三部本書」という表現や立項の仕方は、『卜部家神代巻抄』や仲之の『講習次第抄』にはみられず、むしろ宣賢の『日本書紀神代巻抄』に近い表現がある。したがって「三部本書」という項目は、講読伝授において春満に継承されたというよりも、卜部家の文献からの影響が想起されるのである。『神代師説聞書』同様に、春満晩年の説が門人によって問答形式でまとめられている『或問書Ⅰ』[*17]にも、「旧事紀古事記の事」という項目があり、そこでも春満の偽書説がまとめられているが、その冒頭には三部の書に対して次のような答がある。

答、右三部の本書といふ事ハ古書に所見なき事ハ勿論、しかのミならす、荷先生の三部の本書と云ことを取給はさるハ古今未曽有の説有事なり。いかにとなれは、釈日本紀の説にも日本紀ハ先代旧事本紀をもと、して書たると云説有、これはなはたひか事にて、旧事本紀ハ日本紀を用て後人偽り書たる物なりと、荷先生の説なり。古事記ハうたかひもなき安麻呂の撰録なれは、古事記、日本紀を合て本朝二部の本書とハいは、云へし。三部の本書は其いはれなしと云へり。

ここでは三部の書を否定する中で、『釈日本紀』の説を「はなはたひか事」として取り上げている。このことから、春満が『釈日本紀』を読んでいたことが明らかであり、文献を介して卜部家の説が春満にもたらされているということになろう。そして、春満は卜部家の説を把握した上で、自説を述べていることになる。伝授以外の方法でも、卜部の説が春満に伝わっているのである。

四　「一書」論

続いて、二つ目の比較として「一書」を観点として検討したい。先の松本久史氏の論において、仲之と春満の本書一書観が非常に類似していると指摘されているが、『卜部家神代巻抄』（十一丁オ）を見てみると、卜部、仲之、春満が共通した見解をもつことがわかる。

一ル書曰　本書ハ顕ノ説ニテ大抵一通ノ義ヲ釈ス、一ル書ニテ隠ノ説トシテ幽微ナルコトヲ示玉フ、是親王ノ深意也、サテ亦此一ル書ノ説ヲ卜部家ニテ天神書国神書海神書ト云テ、此天国海ノ三境ノ義ヲ古語ノ伝来ヲ以テ親王ノ雑編シ玉フト云伝外ニ伝受在ト、然トモ畢竟ノ至極ハ本書計ニテハ義理終ガタキユヘ一ル書ト云一説ヲ立玉フト見カ直也、然ハ一書ハ本書ヲ窺輔也、（中略）サテ隠顕ノコトハ天地ニモ人物ニモ只隠顕ノ二ツニ因コト也、先此一ル書ハ隠ト覚語シテ可窺

傍線を付したように「本書ハ顕ノ説」で「大抵一通ノ義」を釈しており、「一ル書」で「隠ノ説トシテ幽微ナルコト」を示すとしており、さらに一書は親王の深意であると述べている。これと同様のことを奥村仲之も『講習次第抄』（二丁オ・ウ）にて述べている。

此ノ日本書紀ハ、最モ上古ヨリ、和語ニ唱テ、宣伝ハル古語ヲ記セラル、ニ、中ニモ、神明天道ノ顕露ノ神徳ヲ窺ヒ、宣伝フル古語モ有リ、或ハ、神明天道ノ隠微ノ神徳ヲ窺ヒ、宣伝フル古語モ有ルヲ、各々本書一

書ノ列ヲ分テ記セラレ、凡ソ本書ニ顕露ノ神徳ヲ云フ古語ヲ列シテハ、一書ニ隠微ノ神徳ヲ云フ古語ヲ列シ、本書一書ノ語中ニモ、古語ノ或説ヲ雑《マシ》ヘ記セラレ、看ル人ノ知覚憶見ヲ、本書ノ顕露ノ神徳ニ不《ス》二顕明《ニセ》一、看ル人ノ知覚憶見ヲ、一書ノ隠微ノ神徳ニ不《ス》二隠幽一《ニセ》、明《アカシ》レ此ニ幽《カスカニシ》レ彼、看ル人自然ニ、知覚憶見ヲ忘失シテ、幽明不測ノ神明天道ヲ、敬畏シテ習ヒ、仰《アヲヒ》デ天神ヲ恭ヒ俯《フシ》テ地祇ヲ敬ミ、人倫事物ノ交際モ備《ソナヘテ》二於人與レ人之聞見一《ニ》而不《ス》レ休、《マタ、シテ》質二諸《コレヲ》神明一《ニ》而不《サル》レ欺《ムカ》　徳風ヲ示シ玉フ列編ノ提要也

仲之は「本書ニ顕露ノ神徳」「一書ニ隠微ノ神徳」と記しており、『卜部家神代巻抄』同様、本書を「顕」、一書を「隠」とみている。春満の一書観については、垂加神道家の新松忠義が『神道弁草』において触れている。*18

山城國紀伊郡稲荷大明神ノ祝羽倉斎宮ト云者是モ職ヲ弟ニ譲リ在江戸トシテ稲荷傳社ノ神道ト云テ是ヲ傳フ傳授ノ次第ハ稲荷三社ノ傳ヲ初トシテ五社ノ傳ヲ中トシテ七社ノ傳ヲ極メトスルコトゾ又神代ノ巻ヲ講ズルヲ本段ノ顯ノ傳ト云本段計リヲヨム一書ヲ隠幽ノ傳ト云テ講セズ深志ノ門弟ニハ一書ヲモ講シテ聞スルトゾ又中臣祓ノ講釋ハスルト云ヘドモ神ヲ祭ルトキニ中臣祓ヲ唱ヘズナゼトイヘバ此祓ハ中臣氏ノ祝詞ニシテ他姓ノ人ノ讀ベキ様ナシ惣シテ神ヲ祭リ候ニハ其神ノ本縁神徳ヲアゲテ祝詞ヲツクリテ讀筈ナリ何ゾ他人ノ祝詞ヲ我モノニシテ讀タリトテ神ノ納受アランヤト云ヘルトゾ（羽倉氏ノ傳授ノ次第神田ノ社家浦鬼主殿ノ咄シナリ）

この資料は、春満と同時代の資料であり、当時の春満像を知る上でも参考となる。ここには春満は「顯ノ傳ト云」い、本書ばかりを読んでおり、一書は「隠幽ノ傳ト云テ」あまり講ぜず、深志の門弟にのみ講じていたことが記されている。*19『神道弁草』に記される春満の説について松本久史氏は、

春満が江戸において行った講義の性格として、稲荷社伝の宣伝、日本書紀の独自の解釈、中臣祓に見られる反吉田意識と要約できるだろう。

とする。『卜部家神代巻抄』と『講習次第抄』を並べることにより、春満の本書一書観は講読伝授の中にある見解であることが明らかであろう。また、「顕」と「隠」の関係は先に触れた、兼倶の『唯一神道名法要集』に記されている「顕露の教」と「隠幽の教」の考えに通じるものがある。つまり、この「顕」と「隠」の関係を本書と一書に当てはめることは、卜部家の説の影響が認められる。『日本書紀』の本書一書論は卜部の説を受けており、一方で『神道弁草』にあるように『中臣祓』に対しては反卜部の姿が窺えるのである。次に具体的に春満の著述からみてみたい。まず『日本書紀神代巻剳記』には次のようにある。

> 本段は顕露の義を被傳、一書説はすべて真実穏幽のことを被傳たるもの也。
> 此或書の説に付いて、古来より色々の説あり。異説をば被挙たる義にてはなく、意味深長なる事も、相伝の事も、皆一書の説に被示たる也。学問道徳を学ぶ事も、皆一書の説にあるを可見。本段は正統の御系図を被記たる義にて、大秘大事は皆一書に被示たること也。尤本段一書を相交へて不窺ば不通、本段は経の書、一書の説は緯の書と見ること也。一書は本段の伝を伝へたるもの也。舎人親王の発明にて、一書に伝へ給ふかといへば、中々左様の義にはあず（ママ）。古代神代よりの古語を、一書に被挙たること也。古書に伝りたる所の証明に、如此一書とある也。或説と云ふにはあらず。

『日本書紀神代巻剳記』においても「本段は顕露の義」「一書説はすべて真実穏幽のこと」という記述が確認できる。また傍線部のように、一書が親王の発明であることを述べるのは『卜部家神代巻抄』の「親王ノ深意也」に通じるが、春満は本書を経、一書を緯として考えており、顕と隠の考えを展開させたといえる。また「一書は本段の伝を伝えたるもの也」として、一書を重んじる姿勢が現れている。これは次の春満の『神代師説聞書』にも見られる姿勢である。

一書曰トハ、コノアルフミヲ、カクレノフミト云テ、アルフミハ、キリヲトキタルモノナリ。本段ハ、アラハノフミト云テ、カタチヲ以テトキタル也。スヘテ本段ニテハ、スヘテノキリ云尽サルナリ。サルニヨツテ、コノアルフミニ、スヘテノトヲリハ、クハシクトキタルモノナレハ、神道ノ専一トスヘキハ、コノアルフミナリ。扨、アルフミト云コトハ、古ヨリツタハリテ何ノ書トモ名ハシレサルナリ。昔ヨリツタワリテアルフミトコ、ロユヘシ。コノアル書ヲ流ニヨリテ、アルセツニハカヨヲニモアルト、コノアル書ヲ、セツトミル流モアレト、甚非ナリ。コノアルフミト云モノハ昔ヨリツタヘキタルフミナレハ、家々ノ説シヤトナトコ、ロエルハ大ナル誤ナリ。

これによると、春満は一書を「神道ノ専一」と位置づけ古くから伝わるものとする。この一書に対する諸説を、『日本書紀』巻第一第一段を例に検証してみる。第一段には、一書は六つあり、その第六の本文は以下の通りである。[*20]

一書曰、天地初判、有㆑物。若㆓葦牙㆒、生㆓於空中㆒。因㆑此化神、号㆓天常立尊㆒。次可美葦牙彦舅尊。又有レ物。若二浮膏一、生二於空中一。因レ此化神、号二国常立尊一。

この一書第六に対し、『卜部家神代巻抄』（二十六丁ウ）では、

右六段ノ一ル書ノ義、深密ニシテウカヽイ難シ、兎角一ル書ノ説ハ舎人親王丁寧反覆シテ示シ玉フ也、謹テ熟読スヘシ、若シ一ル書ハ異説ヲシルシ玉フト見ハ大ニ誤也。

と、やはり一書の重要性を述べている。仲之の『講習次第抄』では一書の重要性に言及している箇所はみられず、一方で春満はこの一書第六に対して『神代師説聞書』において次のような注釈をつけている。

有物トハ、古説ニモ、又ノ字ノ下ニ曰ト云字ヲ脱セルモノト云リ。コレ必定、曰ノ字、落字トミユル也。扨、コノ段ハ、アルフミノケツダンノフミトシルヘシ。スヘテアルフミノ終ノフミヲ、イツクニテモケツタンノフミトシルヘキコト、アルフミノ伝授トスルコト也。コノフミマテノマヘニ色々アレトモ、ツヽマルトコロハコノフミナリ。サルニヨツテ、万神モ國常立一神ニツヽマルコトハ、コノフミニシルサレルナリ。コレニヨツテ國常立一神ニツヽマルコトハ、コノ書、証コ也。

春満は「又有物」の又の下に「曰」の字が欠けているとし、「曰」を補う本文校訂を行っている。そして、この一書を傍線部のように「決断の文」とし、一書の中でも最後の一書を重んじている。「曰」を補ったことにより一書第六内に別伝が生じ、第一段が国常立尊に集約することを保証する。これも国常立尊を尊重する態度によ

るものである。

五　「凡三神」論

国常立尊を重んじる態度は春満の『神代聞書一』にも確認することができる。

此書ハ本段ニ云フ三神一神ニツヽマルト云説明ハ此書也。三神生シ給フト云テモ、一神生シタマフト云テモ同事ニテ、国常立一神ニ極ルト云証明也。都テ何レノ段ノ書ニモ、終リノ一書ニテ決スルコト也。コレ一書ノ至極大切成口伝也。

この、国常立尊を重んじる態度は、第一段一書第六に限ったことではなく、本書においても確認できる。第一段本書は次の通りである。

故曰、開闢之初、洲壌浮漂、譬猶三游魚之浮二水上一也。于時、天地之中生二一物一。状如二葦牙一。便化二為神一。号二国常立尊一。〔至貴曰レ尊。自余曰レ命。並訓二美挙等一也。下皆効レ此。〕次国狭槌尊。次豊斟渟尊。凡三神矣。乾道独化。所以、成此純男。

この傍線と波線を付した「凡三神」について『卜部家神代巻抄』（十丁ウ）では、次のように述べている。

凡三神矣トハ右ノ国常立・国狭槌・豊斟渟ノ三神也、奥秘ニ此三神ハ一神ト窺、先全体ヲ常立ノ尊ト申ハ元気ニシテ水火ノ徳ヲ兼玉ヲ神也、又国狭槌ハ常立ノ中ニ備玉フ水徳ノ神也、豊斟渟ハ常立ノ中ニ備玉フ火徳ノ神也、畢竟国常立一神ノ徳ヲ三神ニ分テ神号ヲ付玉フ也、然ルユヘ一神三神トシ亦三神一神トシテ窺也、サテ此三神ヲ方度ヲ取テ窺トキハ北方ノ地中下底ノ水中ニシヅマツテ座ス神也トス、是以テ神代ノ八百万神ハ此三神ノ功用変化也、然故八百万神ヲ約トキハ此三神也、三神ノ約トキハ只国常立ノ一神ニ至ノミ

傍線を付したように、「奥秘ニ此三神ハ一神ト窺」「畢竟国常立一神ノ徳ヲ三神ニ分テ神号ヲ付玉フ也、然ルユヘ一神三神トシ亦三神一神トシテ窺也」「三神ノ約トキハ只国常立ノ一神ニ至ノミ」とする。ここにも三神を一神に集約し国常立尊を重んじる態度があり、春満の見解につながると考えられる。春満は『神代聞書一』の中で次のようにも述べている。

三神ヲ本段ニテハ三神ヲ分テ見ル也。三代ト窺フコト也。然トモ一書ニテハ三神一神ト心得ルコト也。

このように、三神を一書論につなげて論じているのである。また春満は『神代師説聞書』で三箇所にわたって国常立尊の徳の素晴らしさを説いている。

畢竟ツ、マルトコロハ、国常立尊トヲナシ神徳トウカコヲヘキコト也。先コノ所ニテハ、三神一神トシルヘキナリ。ソノユヘハ、アルフミニテアキラカニシラル、コト也。

国常立ノ尊ノ出サセ給フコトヲ云ンカタメニ、コノ文アリ。（中略）国常立ノ徳ノアツキコトヨク〱シルヘ

シ。天ヨリモナサス地ヨリモナサスシテ、テンネンシセントナリ出給フ神ト心得ヘシ。号レ国常立尊トハ、先コノ神徳ハ、天地ハナル、トコノ国ニ、トコシナヘニハシメモナクヲハリモナクシテ、アレマス神ト心得ヘシ。サルニヨツテ今日マテモ天地モ滅セス、万物モヘンスルコトナク五穀モ生シ、四時モ時ヲタカヘスシテ行ル、ハ、コレ国常立ト云神ノ天地ヲツラヌイテアレマスコヘニ、ソノ神ノトクニヨツテ、カク今日マテモ変セサルナリ。

また、この国常立尊を重んじる態度より、『日本書紀神代巻剳記　別本』では「凡三神」について次のように述べている。

次國狭槌尊、次豊斟渟尊　古説品々の説あり。古傳と云ひてもみな後世の見解鑿説ども也。元水元火の神と、みな五行に配當したる説ある也。伊勢の學者の抄、卜部家の抄等勿論也。然ども無證據こと也。何の書にあるや不知こと也。神號によつて口辨を構るときは、いかやうの神明にもなること也。（中略）正訓、義訓、借訓と云ふものあり。常立尊正訓也。文字道理ともに正しく被訓たる也。狭槌尊借訓、文字の音をかり、訓をかると云ふことある也。字の音を借りて訓に用ひたるもの也。斟渟尊も借訓也。一書傳にては、又文字違ある、これ借訓の理を被明たること也。正訓の神號には文字は不違也。一書説にては可傳こと也。三神一神と傳る説善き也。

春満は伊勢神道や卜部家では「元水元火の神と、みな五行に配當したる説」であるが、これは証拠がないとして、伊勢流や卜部流の五行説での解釈を否定している。そして春満独自の説の一つである正訓、義訓、借訓とい*21

う論を用いて、三神一神と考えるのがよいと説く。春満は従来の訓読には従わず、自身の解釈を反映した独自の訓読を行っており、訓読は春満の研究成果ともいえる。そのため、ここでは訓読を根拠として解釈や注釈が成り立ち得たのである。『日本書紀』の訓読は春満にとって重要な位置を占めており、後に春満は『日本書紀』をすべて仮名書きにした「仮名日本紀」も著している。

六　訓読法の相違

では、訓読の観点からも影響関係を考えてみたい。春満が注釈の中で言及している訓読の一つに、「舎人親王」の訓がある。『日本書紀神代巻剳記』には次のように記されている。

> 舎人親王　卜部家の説に「シヤ人」と称ふ。伊勢流の記には、「ヤド」と称ふ。是皆不許議故也。「トネリ」と称ふる事本伝也。天子親王の御号を奉称ことは、育て奉りたる乳母《メノト》の氏を以つて奉称古実也。其証、文徳実録に見えたり。其上古き書に人名を称する記事に、舎人は「トネリ」とよりは訓じられぬ事所見也。然れば、古来舎人の二字は「トネリ」とよりは不訓例也。又氏にもトネリ氏はあり。「ヤド」「シヤ人」と云ふ氏はなき也。

傍線部のように春満は、伊勢流や卜部家の訓を排除している。自説を展開するにあたり、先学を批判することはままあることである。しかし卜部家の伝授を受けている春満が、卜部家の説まで排除するということは、春満が卜部家の説を盲目的に受け継いだのではなく、批判的な視線を持っていたことを示している。そこで『日本書紀』本文の訓読において、春満と卜部の関係性を詳細に見ていくことにする。比較は傾向をみるために『日本書紀』冒頭部の巻第一（神代上）第一段を対象として検討を行う。比較するにあたり、春満が名を連ねる『卜部家神代巻抄』には、その注釈本の性格から訓読注、あるいは傍訓が無いため、卜部家の訓読説として『釈日本紀』を取り上げ、また訓読の時代性を考慮するため、流布本との比較を寛文版本を用いて行う。*22 各本を比較し、違いが見られたのは以下の如くである。

《溟涬》

1『釈日本紀』
倭語説々有五。一アカクラニシテ。二ホノカニシテ。三ク、モリテ。四クラケナスタ、ヨヒテ。五クラケナスタユタヒテ。此五説之中、ク、モリテ可レ為レ先。既謂二天地未一レ分。此説可レ叶二彼義一。然則、其外四説、相副可レ存也。

2「寛文版本」
クモリテ
ク、リテ

3『講習次第抄』
クヾモリテ

4『神代聞書一』
クラゲナストモ訓スル也。ク、モリ・ホノカニ・アカクラ皆同シコト也。アカクラト訓スルコト可然ト也。

まず《溟涬》だが、これは『釈日本紀』が倭語に五つの訓みがあると述べている。春満も『神代聞書一』では多くの訓をあげながら「アカクラ」と訓読するとしている。先行する諸説のうち「アカクラ」を含み、このように多くの和訓をあげるものは、『釈日本紀』のみであり、この点からも春満が『釈日本紀』を目にしていたことは間違いあるまい。

《清陽者》

「寛文版本」	『講習次第抄』	『神代聞書一』
スミアキラカナルモノハ	スミアキラカナルモノハ	×スミアキラカナルモノ・イサキヨキモノハ ○イサキヨクアカラカ

《清陽者》について、春満は寛文版本や『講習次第抄』の「スミアキラカナルモノハ」という訓を否定し、「イサキヨクアカラカ」という訓をとっている。この訓の根拠は、「弘仁私記」の「イサキヨクアカラカナルモノハ」であり、古訓に従って「イサキヨクアカラカ」とする。古訓を尊重し私記の説を受け入れている点は、春満の研究態度の表れであり、『釈日本紀』のみではなく「日本書紀私記」といった古注も踏まえられている。

《重濁者》

1『釈日本紀』	2「寛文版本」	3『講習次第抄』	4『神代聞書一』
カサナリニコレルモノハ	カサナリ　ニコレルモノハ ヲモク	カサナリニコレルモノハ	×カサナリニコレルモノハ ○ヲセク一コレルモノハ

この《重濁者》は、『釈日本紀』や『講習次第抄』が「カサナリニコレルモノハ」と訓んでいるのに対し、春

満は「ヲモクニコレルモノハ」と訓んでいる。これは寛文版本にもみえる訓の一つだが、春満は『日本書紀神代巻割記　別本』で

> 清陽に対したる也。重濁をかさなりと云ふ訓は甚悪也。かさなりてにごると云ふ道理はなき也。重くにごると云ふ理にて地となる也。にごりたるものは、そのところにとゞこほりて地となる理也。

と説明しており、地の生成に対する独自の解釈を踏まえて、その訓読を定めているのである。

《淹滞》

『釈日本紀』	「寛文版本」	『講習次第抄』	『神代師説聞書』
ツ、キテ	ツヾイテ	ツ、ヒテ	×ツ、ク ○ト、コヲリテ

《淹滞》を、春満は「ト、コヲリテ」と訓んでいる。この「ト、コヲリテ」は『日本書紀』諸本にもみられる訓みではあるが、寛文版本や『講習次第抄』では、この訓みをとってはいない。春満は『神代師説聞書』で『淮南子』の天文訓に「凝滞」という熟語があることを指摘し、その熟語の意味から「ト、コヲリテ」という訓を導いている。漢籍を根拠として春満は訓読を行っており、文献学的態度の現れが訓読作業においても指摘できる。

《精妙》

「寛文版本」	『講習次第抄』	『神代師説聞書』精→清
クハシクタヘナルガ	クハシクタヘナルガ	○イサキヨキ

《精妙》についても『淮南子』天文訓にある「清妙」を根拠として、「精」を「清」に校定し、「イサキヨキ」と訓読している。また春満は先の《清陽》と《精妙》が同じ事を述べているとして、訓も同じく「イサキヨキ」としているのである。この箇所を「イサキヨキ」と訓読するのは他の『日本書紀』諸本にはなく春満独自の訓読である。

《合摶易》

「寛文版本」	『講習次第抄』	『神代聞書一』摶→慱
アヘルハアヲギヤスク	アヘルハアフギヤスク	×アヘルハアヲキヤスク ○アヒマロケルハヤスク

《合摶易》について、春満はこの三文字のうち上の二字を熟語と判断して、「アヘルハアヲキヤスク」とする訓むのであれば、一文字前に「易」が無ければならないと述べ、「アヒマロケルハヤスク」と新たな訓を提示している。また熟語としては「合摶」より「合慱」を良しとした本文校訂を行っている。この箇所の訓と本文校訂は春満の独自説であり他には見られないものである。これに続く、『日本書紀』本文の「凝竭難」についても、この箇所の訓法をもちいて「コリカタマルハカタシ」という訓読を行っている。

《開闢之初》		
「寛文版本」	『講習次第抄』	『神代師説聞書』
アメツチヒラクルハシメニ	アメツチヒラクルハジメ	×アメツチヒラクルハジメ ×アメツチヒラクルノハヂメ ○アメツチワカレシハシメ

続いて《開闢之初》は、寛文版本、『講習次第抄』ともに「アメツチヒラクルハジメ」と訓んでいるが、春満は「アメツチワカレシハシメ」と訓み、他の訓みを否としている。「ワカレシ」とする訓読も他にはなく、これについて『神代師説聞書』の中で、

其ユヘハ、アメツチノヒラクルト云コト、コノ所ハカリニミヘテ外ニナシ。コノ文ハ天地ノモハヤ別レシ後ノ文ナリ。サルニヨツテ、コノ開闢ノ二字ヲ、アメツチワカレシハシメト訓スヘシ。

と説明しており、文脈を根拠にした訓読を行っている。

《生一物》		
「寛文版本」	『講習次第抄』生→在	『神代聞書一』
ヒトツノモノナレリ	ヒトツモノナレリ	×ヒトツノ物ノナレリ ○ヒトツノモノヲナセリ

仲之は本文の「生」を「在」に改めているが、訓読は従来のものとの変化はない。これに対し春満は「ヒトツノ物ノナレリ」と訓むことを誤りとしている。春満は「本段ト一書トノ差別ヲ不知故ニ如此クヨム也」として本書と一書との差に言及しており、訓読法として「生」が「物」の上にあるため、「モノヲナヤリ」と訓むべきであり、その動作主は天地であると注釈する。春満は天地が先で、神はその後であると考えており、天地より神が生まれたと考えていたのである。そこには「本段ニテハ神ハ天地分テノ後ニ生シ給フ」という根拠があったため、先に本書と一書の差について言及していたのである。これも諸本にはみられない春満独自の訓読である。

《初判》	『講習次第抄』	『神代聞書一』
「寛文版本」 ハシマルトキ	ハシマルトキ	×ハシマルトキ ○ハシメテ分ル、トキ

第一段一書第一にある《初判》であるが、これも「ハシマルトキ」と訓まれているが、春満は「ハシメテ分ル、トキ」と訓むのをよしとして、分かれることを明確に訓読で表している。これも『淮南子』にある、「天地未剖、陰陽不判」から本書の冒頭と一書の冒頭とを対応させて訓読したのであろう。

このように巻第一第一段における春満の訓読を諸説と比較して見ただけでも、卜部家の説や流布本、奥村仲之の訓に従わないところが見受けられる。また春満が独自の訓を展開させるにあたり、他の説を具体的に否定しているということは、他の説を理解したことを示している。この先行論を踏まえた研究態度からも、春満の学説が単独で成立したのものでないことを示していよう。

七　おわりに

以上、『先代旧事本紀』、「一書」、「凡三神」、訓読、という観点を通して卜部家との関わりと春満説の形成を検討した。『先代旧事本紀』については、卜部家からの流れを受けた上で春満の偽書説があり、「一書」論では卜部も仲之も春満も共通して、本書と一書に「顕・隠」の考えを持っていたが、春満はさらに本書と一書に経と緯という考え方を展開させていった。そして、その本書と一書の関係から、春満は国常立尊の徳を重んじる説を提示するにいたった。この態度は奥村仲之にはなく、卜部家の説に根ざすものであった。訓読においては先行の諸説を否定しながら、文脈や他文献を根拠として積極的に新しい訓みを提示している。確かに春満は卜部家の伝授の中に名を連ねており、『日本書紀』研究の出発点として卜部家の説があったことは認められよう。しかし、卜部家の説は伝授でのみ春満に影響を与えていたのではなく、卜部家の文献を介しての影響もあったことが認められる。卜部家の影響を伝授から考えると、これまでの先行研究が指摘するように、神道的な影響や中世的枠組みの中に春満の『日本書紀』研究の出発点はあったといえよう。しかし、春満の『日本書紀』研究は、諸々の文献を介して行われており、伝授の枠にとどまるものではない。卜部の説だけをとっても伝授の他に、卜部家の著作を通して卜部家の説が春満に直接入ってきたと見るべきであろう。文献を介した研究方法は、中世よりもむしろ近世において盛んに行われている。春満の研究は先行論文において、思弁的で文献的でなかったと指摘されるが、決してそうではないのである。また春満の訓読を中心とした解釈方法は、自身の文献解釈の上に成り立っているものであり、文章表現や先行論を踏まえた実証的学問としてみることができよう。

註

1 菟田俊彦『神道大系　論説編二十三』復古神道（一）（昭和五十八年、神道大系編纂会）に拠る。
2 久松潜一『国学―その成立と国文学との関係―』（昭和十六年、至文堂）。
3 岩橋小弥太「荷田春満の神祇道徳説」（『神道史叢説』、昭和四十六年、吉川弘文館、二五二頁）。
4 重松信弘「荷田春満の学問の国学的意義」（『皇學館論叢』第五巻第六号、昭和四十七年十二月）。
5 本稿の『卜部家神代巻抄』の翻刻は筆者に拠る。
6 松本久史「荷田春満の学統に関する一考察―奥村仲之との関係を中心にして―」（『神道宗教』第一八〇号、平成十二年十月）。
7 前掲註1に同じ。
8 中村啓信『荷田春満書入古事記とその研究』（平成四年、高科書店、六二六―六二八頁）。
9 『日本書紀神代巻講習次第抄』の奥書には「幸神社神主」が記載されていない一本もある。また『中臣祓要信解』は元禄十六年版と正徳三年版がある。なお本稿の引用は架蔵本を用いた。
10 三宅清『荷田春満』（昭和十五年、国民精神文化研究所）。
11 羽倉敬尚「荷田東丸の学統　上」（『朱』第八号、昭和四十四年十二月）。
12 前掲註6に同じ。
13 日本思想大系『中世神道論』（昭和五十二年、岩波書店、三一九頁）に拠る。
14 岡田荘司校訂『「兼倶本」「宣賢本」日本書紀神代巻抄』（昭和五十九年、続群書類従完成会、二五七頁）に拠る。
15 『神代聞書』については、本書第二章第二節にて詳しく述べるが、本節での本文の引用は三宅清『荷田春満』（昭和十五年、国民精神文化研究所）に拠る。
16 本稿の春満説の引用は、基本的には新編荷田春満全集編集委員会『新編荷田春満全集』第二巻（平成十六年、おうふう）に拠る。『日本書紀神代巻劄記』『日本書紀神代巻劄記　別本』は官幣大社稲荷神社編纂『荷田全集』第六巻（平成二年、名著普及会）に拠る。
17 『新編荷田春満全集』第二巻、所収。
18 引用は国書刊行会『続々群書類従　第一』（昭和四十五年、続群書類従完成会、八〇九頁）に拠る。
19 松本久史「荷田春満の伝授否定とその意味―国学の発生と関連して―」（『神道文化』第十三号、平成十三年十月）。
20 本稿における『日本書紀』の引用は、日本古典文学大系『日本書紀』（昭和四十二年、岩波書店）に拠る。
21 正訓とは、漢字の義を意味として、その漢字の訓でよむことである。例えば「高」という字をタカと訓み「たかい」の義に解する。義訓とは漢字の義を意味として、その意味によって漢字の訓とは異なった特別の訓でよむことである。例えば「可美」をその美称の意味によってウマシと訓読する。借訓とは漢字の義は問題とせず、ただその漢字の訓を借りてよむことであり、「幡」をハタとよみ機織りの機の意味に解する場合などである。

22 『釈日本紀』は巻十六の秘訓一を比較対象とした。引用は尊経閣善本影印集成『釈日本紀』二（平成十六年、八木書店）に拠る。一部の片仮名は常用に改め、句読点、返り点は適宜施した。寛文版本は架蔵本に拠る。

第二節　青年期における荷田春満の『日本書紀』研究

――東丸神社蔵『神代聞書』翻刻を通して――

一　はじめに

前節では、荷田春満の『日本書紀』研究と卜部家との関わりについて論じた。すなわち春満の『日本書紀』研究の一部には、卜部家の影響があることを示し、それは伝授によるものと文献を介してのものの二つがあることを確認した。春満にとって研究の出発は伝授にあったが、学問を発展させていく中で文献を介しての方法を会得していったのであろう。研究方法の変化は、学説の変化と直結するため、春満の学説がいつ構築されたのか、やはり年代による学説の変化にも目を配らねばなるまい。松本久史氏が、

春満の著作・思想を論ずるときは、その成立年代を考える必要がある。門人聞書きが多く、成立年代が確定しづらいという春満学の性質から、ややもすると、前期の思想と、後期の思想を張り合わせた論になりがちであり、整合性を欠くおそれがある。

と指摘するように、[*1]門人聞書などといった第三者による春満学の継承によって、年代に整合性を欠くことがある

ため、資料にある諸説をそのまま受け入れることはできない。また、たとえ本人が書き記したものでも、春満の学問を考える上では時代を区切って丁寧に論じる余地があろう。

前節で述べたように春満が青年期に『卜部家神代巻抄』の「伝授之系」に名を連ねていることから、『日本書紀』研究において「伝授」による学問的影響があったことは間違いない。春満と直接の伝授関係にある奥村仲之について、春満の晩年よりも青年期において、よりその関係性を考えなくてはなるまい。

春満の青年期における『日本書紀』研究を考察する上で注目されるのは、『神代聞書』なる文献である。『神代聞書』については前節の『先代旧事本紀』にまつわる考察のなかで若干取り上げ、春満が後年偽書として取り扱う『先代旧事本紀』を青年期に排斥していなかった証拠とした。『神代聞書』は三宅清氏によって、その存在は紹介されていたものの、『新編荷田春満全集』刊行に伴う東羽倉家の調査では、表紙のみが確認され本文は不明であった。しかし、調査が進むにつれ別々の資料と目されていた三つの資料が、一つの文献として連なることが明らかとなり、三宅氏のいう『神代聞書』の存在が確認された。

そこで本稿では春満の学問形成および『日本書紀』研究考察の一環として、青年期の春満の『日本書紀』研究のありようを、東丸神社蔵『神代聞書』から考察したい。前半部に『神代聞書』の翻刻を掲載し、後半部で青年期における春満の『日本書紀』研究について論じる。

二　『神代聞書』の翻刻

翻刻にあたって、内容上必要とされる改行以外は全て追い込みとし、神名等に記される朱引きについては省略した。また読点は資料に施された朱点により、本文中の字体は通用の字体に改めた。虫損・欠損による一文字の欠字は□、複数文字の場合は「　」であらわした。割り注は〔　〕とし、見消は■または【　】で示し、書き改められている場合は後に（　）で示した。

（表紙）

「元禄四年　　荷田信「　　」
　神代聞書
　　十一月十九日　」

神代ノ巻ヨリサキニ、先代旧「　　」三十一代用明天皇御宇「　　」蘇我馬子宿「　　」子ノ才知ヲ以、「　　」レタル書ナレハ、「　　」テ世ニ残ル「　　」也、其後又元明天皇御宇「　　」麻呂ニ勅ヲ被下古事紀ヲ撰セラレシカトモ、コレモ神理ニハ通セスユヱ、巻ヲ三マキニシ、コレモ世ニノコルマテノ、書ソ、扨此日本紀ハ、人皇四十四代元正天皇ノ御宇、舎人親王ニ、奉レテ勅ヲ太安麻呂ト、共ニ古語ヲソノマヽ、撰録ナサレタル書ユヱニ、神理ニモ通テ「　」ヲシヘニモ、カナ「　　」書ナレハ、世ニソン「　　」ツト「　　」テ「　　」トコンセヌヨウニ「　　」ソ

日本　諸鈔物等ニモ、「　　」ヲアケタ事ソ、ヤマアト、云、ヤマアト□□土ノサ□マ□ヌイ前ハ、「　」、山アト、□ナト、ユイ、矢ノ□□アタ□□トクハヤク、開タル国ナレハ、ヤ「　　」アル事ナレトモ各神理ニ不レ叶説ナリ、神祇道ノ習□□、開天閉ト唱フル習ヒナリ、則天人地二才ノコトハト、ミテ

ヲクヨキソ、

書《フミ》　ハ万事万端ノ事理ヲ、含《フクム》ト云訓也、今日人、状通ナトヲモ、フミト云ハ、其用事ヲフクミツカハスニヨリテ、書《フミ》ト云ソ此書モ其様ヲノヘラレタル書ナレハ、フミト有事ソ

巻《マキ》　ハ古代ハマキ物ニシタル故ニ、マクト云トアレトモ、モトムルト云、古語也、其巻ノ様ヲ求ムルト云事ソ、今種子ナトヲ地ニヲロスヲ、マクト云モ、カノミノリヲ求ムル故ニマクト云ソ、

第《ツイテ》　ツ、クト云訓義ソ、

一《ヒトマキ》　ハ二ニタイシテ理ル事ソ、

神《カミ》　鏡ノリヤク訓ニテ、カケヲミルト云トモ、神理ニ不《ス》叶説ソ、カンカヘミルト云訓義ソ、万事万端神明ノアトニヨリテ、アラハル、事ソ、サルニヨリテカンカヘ見ルト云訓義ソ、

代《ヨ》　物ノカレコレト、替ル間ヲヨト云ソ、今日ノ明日ニカハル間ヲ夜ト云ヒ、父子相カハル所ヲモ、タレノヨ、カレノ、ヨト云事ソ、

上《カムノマキ》　神ト同訓ソ、

古《イニシヘ》天地《アメツチ》未《イマタ》スレ剖《ハカレ》陰陽《メヲ》不《サルトキ》レ分《ワカレ》渾沌《マロカレタルコト》如《コトク》レ鶏子《トリノコ》溟涬《ク、モリ》而含《フ、メリ》牙《キサシヲ》

イニシト云ハ、此ニモ上古、中古、下古ト云テ、アル事ソ、コ、テノ古トハ、テン地モイマタハカレヌ所ノイニシヘソ、天地モ未ハレ、カレトナラスモツトモ、陰陽二気トモサタマラヌ所ハ、トアルコトハニ、マロカレタル事、トリノコノコトクナト、被仰タリ渾沌《マロカ》ト、アレハトテ、必天地ノナリカ、マルイト見ハアシキソ、其レヲフセカンタメニ、馬ノ子ト舎人親王ニモ、ヲカレタ事ソ、マロト云コトハ、、イマタ見カタメモ、ナキト云コトハソ、今モ童ナトニ、ナニ丸、カ丸トツケルモ、今タミカタメモ、ナキ物ニテアルト云事ソ、扨器ノ丸モ、トコカ、上ヤラヨコヤラノ、ミカタメノナキ物ソ、天地ノ未剖所モ、ナニノミ

カタメモナク、トリノコノ様ニアツタトアル事ソ、今ノ鳥ノタマコモカイコヲ、ハラヌイ前ハ、陰モ、陽モシレネトモ、ヲトナリ、メトナル、キサシハアルソ、サルニヨリテ天地ノ開様ノトヲリニモ、カナイタ物ナレハコ、ニ、加様ニヲカレタソ、天地ノ【ナリカ】（開様モ）、マロカレタルコト、鳥ノ子ノコトク、シカモク、モリテ、天地モヒラケヌヘキ、キサシヲフクミテ、アツタソ、ク、モリテトハ、今日大陽ノ日ノクモニ、カクレマス様ニアル事ソ、此溟涬《クヽ》ト云ニ、七ツノコトハカ、アルソ、諸鈔物等ニモアル事ソ、ク、モリテ、ホノカニシテ、アカクラニシテ、クラケナス、タ、ヱ、リ、タユタイテ、各ク、モリテト云、心ト同事ソ、

及《シテ》下其清陽者《ソノスミアキラカナルモノハ》薄靡《タチヒテ》而為天《ナル》重濁者《アトカサナリニコレルモノハ》淹滞為《ツヽイテナルニ》上レ地《ツチト》

其トサ、レタハ、マヘノキサシヲ、サシテノ其ソ、ソノキサシノ、スミアキラカナルモノハ、タチナヒテ天トナリタソ、シカレトモ、陽カノホリテ天トクライシ、陰カクタリテ地ト定ルヿハナイソ、陽陰二気ノ、トウチヤウスルアトニハ、則カスカアルソ、其カスハ、地ナルソ、サルニヨリテ、今日ニイタリテモ、二気ノリウコウハ、ヤマヌソ、其ノヤマヌ所ニハ、カストナル物カアルソ、サルニヨリテ、ツ、イテ地トナルトアル事ソ、則薄靡ト云カ、陽陰気ノコトハソ、

精妙《クハシクタヘナル》之合搏易《アヘルハアヲキヤスク》重濁之凝場《カサナリニコレルカコリタルハ》難《カタマリカタシ》故天先成《カレアメマツナツテ》而地後定《ソチノチニサタマル》然後神聖《シコウシテノチカミ》生《アレマス》二其中《ソノナカニ》一

クハシクタヱナルトアルハ、気ト、レイトソ、其ノ気トレイトノ、アイカツシタルヲリハ、アラキヤスキソ、地ハ、今日イタリテモ、ツ、イテナル、天ハクフイシテ、定ルトアルコトハニ、コリタルハ、カタマリカタシト、有事ソ、サルニヨリテ、コ、ニモ天マスナリテ、地後ニサタマルト有ソ、必天《テン》カサキヘ開、地カ後ニ定タト、云事テハナイソ、然後神聖生其中トハ、マヘノキサシヲフクム中ニモ、神明ノ虚、クハシクタヘナル中ニモ、神明ノマシマシテ、開定ルト有コトハソ、各々其中ニ、神ノマシマサネハ、ヒラケ

サタマラヌ、事ソ、サルニヨリテ、然後神聖生其中ニト、有ソ、神ト云文字ニ、セイノ字ヲカ、レタハ、キ神ノアヤマリヲ、フセキテカ、レタ事ソ、先コレマテヲ、題字ノコトハト云ソ、

故曰《カレイハク》開闢《アメツチヒラクル》之初《ハシメ》洲壌《クニツチノ》浮漂《ウカレタヽヨエル》譬《タヘハ》猶游魚之《ナヲアソフウヲノ》浮《ウケルカ》二水《ノ》上一《ニ》也

カレイハクト云ハ、上ヲウケ、下ヲ、コスノコトハソ、此ヨリシテ古語ノマ、ニ、舎人親王ノショセラレタ事ソ、サルニヨリテ、天地《アメ》ノ開様ヲ、又コ、ニモシメサレタソ、其コトハニ、アメツチノヒラクルノ初ト、ハカリアリテ其ノアメノヒラケ給ノ、サタヲシメサレスニ、クニツチノウカレタ、ヱ、ル事ト、有ハ、国土ヨリホカハ、見ナアメソ、サルニヨリテ、クニツチノ事ヲシメサレタソ、其様ハ、イマタ国トモ、土トモ、定ラス、ウカレタ、ヱ、ル所ハ、今日魚ノ水中ニ、ウカレアソフコトクニ、トコトモ、ヨリソイモナク、一様ノ水ニ、ウカレタ、ヱ、ルヨウナト、アル事ソ、ヒツキヤウ国土モ、国ト定リ、土トナルヘキ、気サシハ有トモ、水キニウカレ、イマタヨリソイモナク、ウカレタ、ヱ、リテ、アル所ヲ魚ノ水ニアソフ、ヨウナニ御タトヱ、ナサレヲカレタソ

于《ニ》レ時天地《トキアメツチ》之中《カニナレリ》生二一物《ヒトツノモノ》一状《カタチ》如一葦牙《シアシカイノ》二便《スナハチ》化為《ナル》神《カミト》号《マフス》二国常立尊《クニノトコタチ》一〔至貴《イタツテタツトキヲ》曰レ尊《ソン》自余曰レ命《メイ》並訓《ナラヒニイフ》二美《ミ》挙等《コトヽ》一也下皆効《シモミナナラヘ》レ之二〕

次国狭槌尊《クニサツチ》次豊斟渟尊《トヨクンヌノ》凡三神《スヘテミハシノカミマス》矣乾道《アメノ》独化所以成《ヒトリナスコノユヘニナセリ》二此純男《ノヲトコノカキリヲ》一

于時ニハ、上ノアメツチノ、ヒラクノ初、クニツチノ、浮漂トキト云事ソ、其ノ天地《テンチ》ノ中ニヒトツノ、物カ有タソ、其ノ一物ハ、今日水中ノ、アシノコトクニアリタソ、一《ツ》ハ元《モトツ》御《ミ》気《イキ》、物ハモトツ御玉ソ、其ノ御気ト、御玉トヲ、千草万物ノ、中ニアシニ、御タトヘ、ナサレタハ、葦ハ、万物ノ内テモ、元気ノ草ソ、マス水中ニ種ヲマカスニ、ヒトツヲアケレハ、其子ハ各々カラミテ、アルソ、サルニヨリテ、一物ヲ葦ニ御タトヱ、ナサレタソ、便神トナルトアレハトヲ、其アシカ、クハシテ、国常立トナリタテハ、ナイソ、

其ノキサシハ、則クニトコタチ、其ノキサシヲサシテ、葦カイニ御タトヱナサレタソ、国ハ万物ノ門、其ナカニチヤウ、チウ、フヘン、ヤマスシテ、御タチアルトノ事ソ、至貴尊《イタタツトソン》ト云ハ、正《シヤウ》トウノ、神ヲソンノ字ヲ、カキ、クハイセキノ、神ニ命《メイ》ノ字ヲカ、ル、ト、云事ソ、次国狭槌、トアレハトテ、国常立ノ次ニ、神カマシマシテト見ルハ、アヤ【シキ】（マリ）ソ、其ノクニトコタチノ、御トクヲハケテ、ミタヲリハ、国サツチノ御トクモ、アルト云次ソ、則クニサツチハ、元水ノ神ソ、ナレトモ、今アル所ノ、水テハナソ、ト、アルニヨリテ、土コク水ト、ケシテ、槌《ツチ》ト云字ヲ、カ、レタク、サハ、物ノアテヤカニ、イハシメテサト云ソ、和歌ノコトハニモ、サ夜、サ衣、ナト、云テ、其ノ様ヲ、アテヤカニ云ハシメ所ソ、諸鈔物等ノセツニハ、チノカタチノ、少キナルカタチヲ、ウカ、ウ、神故ニ、狭《サ》ト云文字ヲ、、カレタト、アレトモ、左様テハナキソ、元水ノ、水ノ神ナレトモ、今アル水ニ見マカハスヲ、ハ、カリテ、サツチト御カキナサレタソ、次豊斟渟、火徳ノ神ソ、豊ハユタカナルト云コトハソ、斟《クニ》ハクムト云事ソ、渟《ヌ》ハ止リテ有水ソ、其ノヌマノト、マリテ、アルヌマノ水ヲ火ノ、神徳ニテ、クミニサヤラル、神ソ、則此ノ三ン神ノ、御徳テ国土カサタマレハ、アメノミチハ、ヒトリナリタソ、男ノカキリハ、ヲトコハ、ヲノコリタト云事ソ、

一書《アルフミニ》曰《ク》、天地初判《アメツチハシマルトキニ》、一物在《ヒトツノモノナレリ》二於虚中《ソラノナカ》一状貌難《カタチカタシ》レ言其《イヒソノ》中《ニ》自有《ヲノツカライマス》二化生《ナリイツル》之神《カミ》一号《マウス》二国常立尊《クニトコタチノミコ》一亦《ハ》曰《マウス》二国底立《ニソコタチ》尊一次国狭槌《サツチ》尊亦《ハ》曰二国狭立《サタテ》尊次豊国主《ヌシ》尊亦曰二豊組《トヨクミ》野尊一亦曰二豊香節《カブシ》野尊一亦曰浮経《ウキフ》野豊買《トヨカイ》尊一亦《ハ》曰二豊国野尊亦曰二豊齧《クヒ》野尊一亦《ハ》曰二葉木国《ハコクニノ、》野尊一亦《ハ》曰見《ミ》野尊

扨此ノ一《イッ》書説ヲ、家々記録ナト、云、説カアレトモ、カツテサ様ノ事テハナキソ、コトニ一書ノ説ハ、カクレノ事ヲトカレ、本書ノ説ハ【ヒ明】（アラハ）ノ事ヲ、御トキナサレタ事ソ、モツハラ此一書ハビンヒノカクレノセツヲ、御トキナサレタル所ソ、サルニヨリテ、本ニハ、其ノキサシヲセ、ノシカイノコトク、

アソフ魚ノ、水ノ上ニウケルカコトシ、ナト、物ヲモツテ、御タトヱナサレタケレトモ、此一書ニハ、一物ソラノナカニナレリ、シカモ其ノカタチ、云、カタシト、御アケナサレタルソ、トカクアラハニウカ、ハス、ビ妙ノ神理ヲ、御ノヘナサレタル一書ソ、サルニヨリテ、国常立ハカリナクテ、国底立ト、マウスト有ソ、イマタ、ソコツシタニ、シツミマシテ、物ニヲチヌト有、神理ソ、国狭槌尊モ、イマタ水徳トモ、ウカ、ハレス、国狭立尊モウスト、アルソ、次ニ豊国主尊《トヨクニヌノ》トハカリアルハ、其ノ火ノコウヨウヲ、イミ下セツノ名儀ヲ、アケラレタ、ケレトモ、豊斟渟尊《クンヌノ》ト、マウス名義ハナキソ、トヨクンヌトアレハ、ヌマヲクンテ、其ノ火ノコウヨウニテ、国土トナルトアル、名義故ニ、ソレラハ、カリテ、カタク御イミナナサレタル事ソ、ヒツキヤウ、セツノ名義ハ、神理ニハ、カ、ハラヌソ、タ、カホトマテ、豊斟渟ノ名義ヲ、アケラレタケレトモ、トヨクンヌトマウス、神号アケラレヌト、アル事ヲ、御シメシ、ナサレタル事ソ

一書曰　古《イニシヘ》国稚地稚之時《クニイシツチイシトキ》譬《ヘハナヲ》　猶《ニシテ》　浮　膏《ウカヘルアフラノ》　而漂　蕩《タヽヨヘリ》于レ時　国　中　生レ《トキニクニノナカニナレリ》物　状《モノカタチ》　如二葦　牙《シアシカイノ》之抽　出《ヌケイテタルカ》　也因《テ》レ此《レニ》　有《マス》二化生之神《ナリイツルカミ》一号《マウス》二可美葦牙彦舅尊《ウマシアシカイヒコチノ》一《ト》次国常立尊《クニトコタチ》次国狭槌尊《クニサツチ》葉木国《ヨウモクコクコヽヲ》此云二播挙矩尓《ハコクニ》一《ト》可美《カ》此云《ヒコレヲ》二于麻時《フウマシ》一《ト》

一書曰天地　混　成之時《アメツチマロカレナルトキ》始有《テマス》二二神人《カミ》一焉号《マウス》二可美葦牙彦舅尊《ウマシアシカイヒコチノ》一次国底立尊《クニソコタチ》彦舅《ケンキウ》此云《コレヲ》二比古尼《ヒコチ》一《ト》

一書曰天地初　判《ハシマルトキニ》如　有《メテマス》二倶　生《トモニナリイツル》　之神《カミ》一号《マウス》国常立尊次国狭槌尊又曰高天原　所　生《アレマス》神　名《ノミナヲ》曰天御中主尊次　高皇《タカンミ》産霊《ムスヒノ》尊次神皇産霊《カンミムスヒノ》尊　皇産霊《クワウサンレイ》此云《コレヲ》二美武須毘《フミムスヒ》一《ト》

一書曰天地《アメチ》未《タ》レ生《ルナラ》之時

国稚ト云ニ、チノ字ヲ、カ、レタル故ニ、クニノヨウチナルト、云セツアレトモ、サヨウテハナキソ、タ、国土ノイマタシイト、有事ソ、其ノイマタシイ時ハ、タトヱテ云ニハ、浮アフラノ様ニ、タ、ヨウテアツタト云事ソ、今日有アフラテハ、ナキト有事ヨリテ、浮ト云字ヲ、、カレタソ、扨油モ、本水ノカタチナ

ル物ナレトモ、火ノ徳ノ有物ソ、水火ノ二気ヲカ子タレハ、国狭槌尊豊斟渟尊、トモウカカハル、ソ、其ノウカレタ、ヨウ時ニ、クニノ中ニ物ナレリ、アシカイノ抽出《ヌケ》コトシト、御タトヘナサレタソ、ケイシツヲモツハラト、御シメシナサル、所故、国中ト有葦牙モヌケイテタルト有ソ、神マス可美《ウマシ》葦牙彦舅《ヒコチ》尊、ウマシハ物ヲシヤウクスルヲ、ウマスト云ソ、ヒコハ、ヒコルト云事ソ、ヂハ、タツトムコトハソ、此後ニモ豊斟渟ヲリヤクナサレタ事ハ、三神外ニ神カ、マシ〳〵テ、ウマシアシカイ彦舅尊ト、云カト有事ヲ、ハ、カリテ、トヨクンヌヲ、リヤクナサレタリ、則水火ノ二気ヲ、相カ子タル、ヒコチノ尊ト云名儀ソ、葉木《ハコ》国尊ノ、字クンアケラレタル事ソ、天地マロカレナル時、始《ハチメテ》神《カミ》人マスト有ニ、人ト、云字ヲ、カ、レタハ、ヒト、モニト有事ニテ、鬼神ノアヤマリヲ、御フセキナサレテノ事ソ、此一書ハ、イマタ物ニヲチヌ、所ヲウカ、ウ段故ニウマシアシカイ彦チ尊ト、■次国底立尊有ソ、アメツチ、初判始有ニ倶生《マストモニナリ》之神一天地開《テチラケシ》、キサシト倶《トモ》ニト云事ソ、豊斟渟尊ノ、ナキハ下ニ三神ヲレツセラレン、タメニトヨクンメヲ、ヨケラレタ事ソ、高天原ハタツトイソ、原ハ物ノサハリモナク、大キニヒロキヲ、ハラト云、今日人、ノハラト云モ、其ノヒロキヲ、サシテ云、多賀ノ社千座ヲマハラト云モ、ヲ、ハラミノ社ト云【モ】事ソ、伊弉冉ノマシマス所故ニヲ、ハラミソ、天御中主ハ、水ヲ御ムスヒ、ナサレル、神号ソ、高皇彦霊ハ、人、ノカタチヲ、御ムスヒ、ナサル、神ノ、神皇彦霊ハ、御玉《ミタマヲ》御ムスヒ、ナサル、神ソ、三神ト申セトモ、元国常立御一神ニ、キスル事ソ、タイヨウ、一元ケンヒヘタテナキ神ソ、天地末《タ》ルレ生《ナラ》時此段ハ根元気ノ、一気ヲ御シメシ、ナサル、所故ニ、其ケイシツヲ、タシカニシメサレタソ、サルニヨリテ、葦牙モヒチノ中ニト、アル事ソ、神ト云、文字ニ、人ト云字ヲ、カミト有モ、ヒト、トモニト有事故ニ、人《カミ》ナル国常立尊マウスト、アル事ソ、

三　『神代聞書』の考察

本資料は共紙表紙で墨付十七丁、朱で句点を打ち、神名書名などに朱引を施している。その注釈は、書名についての解説の後、『日本書紀』第一段本書から一書第五までの範囲にとどまる。その注釈本文の仮名遣いは本来「ワ」と書くべきところを「ハ」と書いたり、引用する『日本書紀』本文のうち「一書曰天地初判始有」を「一書曰天地初判如有」とするなど、[*2]特徴的な箇所も見受けられる。本の大きさは縦二〇・五×十四・二糎の中本で、草稿ではなく手控として清書されたものとみてよいであろう。また始めにも述べたように、本資料は三宅清氏により、その書誌・内容が紹介されている。三宅氏は本書について、次のように述べる。[*3]

神代巻の聞書の謂であるが、何となく中世的な傳書に類した名であり、内容も抄物的である。但し表紙に「荷田信盛講尺」とあるからやはり春満の講釋したものであらう。而して春満の講釋を門人が聞書したと言ふのでもなく、講釈の原稿のやうなもの、つまり春満が本書によつて講釋したと言ふ性質のものであらう。

三宅氏が本資料を閲覧したときは、表紙に「荷田信盛講尺」とまで見えたようである。しかし、現状の表紙ではせいぜい「元禄四年　荷田信」までしか確認できず、表紙と一丁目には多くの欠損がある。そこで三宅氏が紹介している記事を引用し、欠損が多い一丁目を補いたい。[*4]

神代ノ巻ヨリサキニ、先代旧事本記トテ人王三十二代用明天皇御宇聖徳太子ト蘇我馬子宿祢ト二人奉レ勅撰セラレタリシカレトモ太子ノ才知ヲ以、キセラレタル書ナレハ、巻ヲ十マキニシテ世ニ残ルマテ也、其後又元明天皇御宇ニ太安麻呂ニ勅ヲ被下古事紀ヲ撰セラレシカトモ、コレモ神理ニハ通セスユヱ、巻ヲ三マキニシコレモ世ニノコルマテノ、書ソ、扨此日本紀ハ、人皇四十四代元正天皇ノ御宇、舎人親王ニ、奉テレ勅ヲ太安麻呂ト、共ニ古語ヲソノマ、撰録ナサレタル書ユヱニ、神理ニモ通テ今日ノヲシヘニて、カナイタル書ナレハ、世ニソンキヤウシテタツトム事ソ、中ニモ一二ノ巻ヲ神代上神代下トテ全巻トコソセヌヨウニトテハケラレタル事ソ

日本　諸鈔物等ニモ、イロ〳〵ノセツヲアケタ事ソ、ヤマアト、一ム、ヤマアトハ国土ノサタマラヌイ前ハ、山ニ居タルユヱニ、山アト、云ナト、ユイ、矢ノ的ニアタルコトクハヤク、開タル国ナレハ、ヤマト、アル事ナレトモ各神理ニ不レ叶説ナリ、神祇道ノ習ニハ、開天閉《ヤアマト》ト唱フル習トナリ、則天人地三才ノコトハト、ミテヲクカヨキソ、

「元禄四年」（一六九一）時点では、春満は元服し信盛と名乗っていた。当時春満（信盛）は二十三歳の青年であり、春満早期の説として注目できる。しかし、春満が伝授に名を連ねていたことや、稲荷社家とのつながりなどを考慮すると、本資料のすべてを春満の説としてみることは難しいだろう。青年期は稲荷社家とのつながりから、稲荷祠官の大山為起《ためおき》との関係がしばしば指摘されてきた。[*5] 垂加神道家として知られる大山為起は、[*6] 春満と同時期に稲荷社にいたことがあり、延宝から天和年間にかけては『日本書紀』などの講義を行っていた。この二人の関係について、上田賢治氏は研究史を整理した上で否定的に論じており、[*7] 近年では二人に直接の師承関係は認められないとされている。為起は『日本書紀』研究において、注釈書として『日本書紀味酒講記』を著している。『日本書紀味酒講記』[*8]は、『日本書紀』全巻の注釈本として注目されるが、『神代聞書』や春満の晩年説と比較しても、

その学説も注釈方法も顕著に一致するところはなく、やはり二人の直接的関係を認めることはできない。『日本書紀』研究においても垂加神道家である為起との関係がないとすると、やはり師承関係にある奥村仲之との関連を考えなければなるまい。前節でも述べたように、春満と仲之との関係についてはこれまでも、三宅清、羽倉敬尚、松本久史ら諸氏により指摘がなされている。[*9]『神代聞書』が著された元禄四年（一六九一）の春満の活動について、『荷田東丸』年譜には次のようにある。[*10]

十一月此頃より翌年に亘り弟高惟及いなり社友と共に、幸神社神主奥村右京仲之の古典神書の講説を聞き後仲之病中代講す

この他にも三宅氏は『神代聞書』の解説において『羽倉信元日記』を引用し[*11]、春満が元禄四年十一月に神代巻の講釈を行い、仲之から教えを受けていることに言及している。また、春満は仲之の神代巻講釈に一座しており、なおかつ仲之不出の折には代講を務めることもあったという。仲之の神代巻講釈は、春満の旅宿においても行われていたようである。三宅氏は『羽倉信元日記』の記事をもとに『神代聞書』はこの時の講本と考えている。表紙の「荷田信盛講尺」に従えば、仲之の説を受けて春満が講じていたことになろう。したがって『神代聞書』の内容は仲之の講釈を反映していることになる。

四　『神代聞書』と『日本書紀神代巻講習次第抄』の比較

『神代聞書』は、文末に「〜ソ（ゾ）」と係助詞を用いるなど当時の口語表現をとどめており「抄物」としての

特色を有している。そのため、卜部家による「日本書紀抄」に類するものとして位置づけられよう。また注釈の中に「諸鈔物」という用語があり、先行する抄物を意識した注釈を施していることからも、「抄物」との関連性が窺われる。*12『神代聞書』の注釈の冒頭では、『日本書紀』の解説から始まり、『先代旧事本紀』『古事記』をともに重んじる態度も、卜部家の考え方と共通している。また本文の注釈のはじめを「イニシト云ハ、此ニモ上古、中古、下古ト云テ、アル事ソ」と書き出しており、これは清原宣賢の「日本書紀神代巻抄」においても同様の箇所で「古ト云ニ三アリ上古中古下古也」と記す態度と酷似している。*13このことは、『神代聞書』が卜部家の一連の「抄物」の流れのなかに位置づけられることを示している。『神代聞書』と卜部家の抄物と比較すると、思想や表現に類似するものはあるが、直接的継承関係を認めることはできない。前節で指摘したように『卜部家神代巻抄』の「伝授之系」に、奥村仲之、荷田春満が名を連ねていることからも、卜部家説の一部は伝授によって継承されていることを考えれば、『神代聞書』と卜部家の「抄物」に類似する点が認められることは当然である。しかし、伝授には段階があり、春満への伝授は仲之を経たものであり、卜部家の者から直接伝授を受けたわけではない。

　では『神代聞書』に奥村仲之による直接的影響を確認するため、仲之の『日本書紀神代巻講習次第抄』（以下、『講習次第抄』）と表現を比較し、その影響関係をみてゆきたい。仲之の『講習次第抄』（木版十二巻十二冊）は、奥書に「元禄十五歳次壬午春正月吉辰／洛北出雲路幸神社神主　源仲之抄」とあり、『神代聞書』より十一年のちの刊行である。体裁は、『日本書紀』本文を掲げた後に注釈を施すものである。掲げられる『日本書紀』本文は抄出文ではなく全文を掲げ、注釈文は漢字片仮名交じりで記されている。『講習次第抄』という書名が物語る通り、講義のように注釈が記されているため、講義録としての「抄物」の流れをくむとみても良いだろう。*14

　まずは、『神代聞書』と『講習次第抄』の『日本書紀』本文の注釈を中心に比較検討したい。第一段本書にある「渾沌」について、『神代聞書』は、「マルイト見ハアシキソ」と丸形を否定し、「今モ童ナトニ、ナニ丸、カ丸トツケルモ」として人名との関わりのなかで論じている。これと同様の注釈が『講習次第抄』（四丁ウ）にもみえる。

> 然レハマロキト云フハ、物形ノ丸子《グハンス》ノ形《カタチ》ヲ云フニ非《アラ》ズ、（中略）上古ハ、我身《ミ》ヲ呼《ヨブ》ニ麻呂《マロ》ト云ヒ、今モ小童《ワラハ》ヲ、麻呂《マロ》ト呼《ヨ》ブモ、凡《スベ》テ人ノ、目ヲ留《ト》メ見ルヘキ、

このように『神代聞書』が形と人名に言及する点が『神代聞書』と共通しており、仲之からの影響が認められる一例である。『講習次第抄』と『神代聞書』の注釈が近似しているのはここだけではなく、複数の箇所で確認することができる。以下に、冒頭部から順に注釈表現が近しいものを挙げていきたい。

「鶏子」について『神代聞書』は、鳥の卵であるとし、卵を割る以前は陰陽がわからず、雄雌どちらにもなる「牙し」があると述べる。それについて『講習次第抄』（五丁ウ）では、

> 雞子《トリノコ》ハ雞卵《ケイラン》也、彼ノ天地未《イマダ》レ割《ワカレ》、陰陽不《ズ》レ分《ワカレ》、渾沌時《コントンノトキ》ハ、雞卵殻中《ケイランコクチウ》ノ、黄水ノ充満シタル中ニ、此卵《コノタマゴ》ハ必ズ、雄《ヲドリ》ト化《クハ》スベク、雌《メドリ》ト化《クハ》スベキ牙《キザシ》ヲ、含《フクメ》ルニ譬《タトヘ》玉フ也

と、鶏卵から雄雌の「牙し」の譬えとする。更に次の本文「其清陽者」の「其」について、『神代聞書』は「牙し」を受けて、「其トサ、レタハ、マヘノキサシヲ、サシテノ其ソ」と述べ陰陽二気と解している。一方、『講習次第抄』（六丁オ）も

其《ソノ》ハ所《ロ》レ含《メル》ノ牙《キザシ》ヲ指ス語也

と注釈し陰陽について触れている。また「神聖」において、「聖」を書き加え二文字でカミと訓むことについて、『神代聞書』が「神ト云文字ニ、セイノ字ヲカ、レタハ、キ神ノアヤマリヲ、フセキテカ・レタ事ソ」「鬼神」と誤らないためであると説明しているが、『講習次第抄』（八丁ウ）も、

神《カミ》ト云フ假字《カナ》ニ、神聖ノ字ヲ書シ玉フハ、神《シン》ノ字一字ニテハ、後人看《ミ》テ、鬼神《キシン》等ニ看《ミ》ン、習蔽ヲ防《フセ》ギ、時俗ノ尊《タフト》ブ、聖《セイ》ノ字ヲ加《クハ》ヘ玉フ筆端也

と、『神代聞書』と同じく「鬼神」と誤らないために書き加えたとするのである。『神代聞書』では、この「神聖」を含む本文までを、「先コレマテヲ、題字ノコトハト云ソ」として位置づけ、また「故曰」で始まる一文を「カレイハクト云ハ、上ヲウケ、下ヲ、コスノコトハソ、此ヨリシテ古語ノマ、ニ、舎人親王ノレヨセラレタ事ソ」と注釈している。この二つの注釈を『講習次第抄』（九丁オ）においては、

故曰《カレイハク》トハ、舎人《イヨヒト》親王凡ソ上ノ天地《アメツチ》未《イマダ》スレ割《ワカレ》ト云フヨリ、神聖《カミ》生《アレマス》二其中《ソノナカニ》一焉ト云フ、六十五字ノ、題辞《ダイシ》ノ語ヲ挙《ア》ゲ、下《シモ》ノ古語ヲ起《オコ》シ玉フ語也

として、『神代聞書』の二つの見解を合わせ述べる形をとっている。いずれも「神聖」を含む一文までを『日本

書紀』の序文のように扱っており、以下に舎人親王が書いた文章が続いていく構造を示している。
　このように、注釈箇所を比較しても『講習次第抄』と『神代聞書』はその表現が近く、『神代聞書』は仲之の代講の手控えであった可能性が高い。三宅氏は、春満の学説と仲之の神代巻講釈を意識した上で、次のように述べている。*15

　仲之の神代巻の講習は、「元禄十五年歳次壬午春正月吉辰」の刊記を以て刊行になつてゐるが、この講習に説く思想は勿論春満の講釈とはかなりの差異を示して居り、たとへば宇宙生成の力を仲之は火と水とから考へてゐるが春満に於ては火は殆ど考へてゐない、と言ふ如く差異は存するが、しかし水といふもので形態が成ると考へる所は仲之の思想に通じるのである。而して、この根源的な水を水津気といひ、又天元水といふ語を仲之は用ゐてゐるが、春満の神代巻剳記の内にも此語がみえてゐる。

『講習次第抄』と春満の講釈には差異があり、春満は「火は殆ど考へてゐない」とするが、この三宅氏の比較は『神代聞書』とではなく、晩年に春満が執筆する『神代巻剳記』との比較による。三宅氏が指摘するように、『講習次第抄』には天地の生成を火と水から考えている箇所が随所に見受けられ、それらは火徳・水徳として論じられている。例えば、国狭槌尊に水、豊国主尊に火の要素を見いだしている。一方、『神代聞書』にも火と水に言及している箇所があり、晩年の春満説とは差異が認められる。『神代聞書』のなかで、豊斟渟尊に対し、

　豊ハユタカナルト云コトハソ、斟《クニ》ハクムト云事ソ、渟《ヌ》ハ止リテ有水ソ、其ノヌマノト、マリテ、アルヌマノ水ヲ火ノ、神徳ニテ、クミニサセラル、神ソ、

と述べるごとく、春満は火と水の徳について論じている。これは『講習次第抄』の仲之の考えと同じであり、晩年の春満の説に火の考えがないと三宅氏は指摘するが、青年期の春満には『神代聞書』を見る限り、仲之の影響が色濃く残っているのである。この他にも『神代聞書』には、火と水について述べられている箇所がある。一書の「膏」についても、「本水ノカタチナル物ナレトモ、火ノ徳ノ有物ソ、水火ノ二気ヲカ子タレハ、国狭槌尊豊斟渟尊、トモウカカハル、ソ」として、水火の二気を兼ねており、それが国狭槌尊・豊斟渟尊とも通じると説いている。これを『講習次第抄』（十九丁オ）では、

膏《アブラ》ハ其質《ソノシツ》水ニシテ、火気ヲ帯《ヲブ》ル物也、（中略）譬《タト》フル處《トコロ》ノ膏《アブラ》ヲ、浮《ウカヘル》ト云フハ、膏ノ質ヲ云フニ非ズ、水火二気、合一混然ノ体ヲ云フ、語意也

として、『神代聞書』と同様に「水火二気」について述べているのである。この火と水の二つの気は、仲之から青年期の春満へ継承された考え方といえよう。

五　おわりに

以上のように東丸神社蔵『神代聞書』について、その資料価値とその意義から青年期における春満の『日本書紀』研究の態度を考察した。青年期の春満の説は、奥村仲之の『日本書紀神代巻講習次第抄』の影響を多分に受けていることから、仲之とのつながりは『日本書紀』研究の出発点ともいえる。書名の『神代聞書』とは、講義

録としての意味合いが強く、そこからも仲之の説を反映させた代講者としての春満（信盛）の姿がある。したがって、『神代聞書』は春満の『日本書紀』研究の萌芽といえるが、そこに記される注釈すべてを春満の独自説と言い切ることはできない。むしろ、『日本書紀』研究史上からみればそれまでの「抄物」などに類する注釈としてみることができる。

また、『神代聞書』においては、後に春満が批判し偽書とみなす『先代旧事本紀』を『日本書紀』以前の書とみなしている。これは、青年期の春満が『日本書紀』『古事記』『先代旧事本紀』を重んじる中世以来の学識を継承していたことを示している。この他にも『神代聞書』には、後の春満説とは異なった説も見受けられる。例えば神に対しての注釈を『神代聞書』では、

鏡ノリヤク訓ニテ、カケヲミルト云トモ、神理ニ不ス叶説ソ、カンカヘミルト云訓義ソ、万事万端神明ノアトニヨリテ、アラハル、事ソ、サルニヨリテカンカヘ見ルト云訓義ソ、

と「鏡」説を退け「カンカヘミル」説とするが、後に春満が『日本書紀』神代巻に記された語に訓点を施して語義を述べた『日本書紀神代巻訓釈伝類語』では、[*16]

伝云カミハカクレノミ《隠身》ノ略語也。カハカクレノ下略也。ミハ身也。
今按カミハカクレノヌシノ略語歟。カハカクレノ下略歟。ミハシト音通テヌシノ上略歟。

として、神の語原は「隠身」であるとしている。また、仲之からの影響と思われる火と水の考え方も、後の春満

の説では火が薄れ、水のみを強調している。これらは春満が研究を進めた成果であり、先行説を批判し新たな見解を提示したのである。春満が『神代聞書』において主張した説は、学問の形成過程において発展的に変化していったとみるべきであろう。したがって春満の説は成立年代に関係なく一緒くたに扱うのではなく、年代を考慮した上での考察が不可欠となるのである。

春満が二十三歳のときの『神代聞書』には、師承関係にあった仲之の『日本書紀神代巻講習次第抄』にある注釈と一致する説が散見できた。この奥村仲之から荷田春満への学問の継承は、文献を介してではなく伝授による影響と捉えなければならない。元禄期に春満が仲之の講座に出席していたのみならず、代講をしていたとなると、一対一での学問の継承があったことは想像に難くない。これは言い換えるならば、前節で述べた『卜部家神代巻抄』と同様に、春満の『日本書紀』研究の出発点は伝授活動にあったといえる。しかし、後に春満が門人たちに自説を説いたり、注釈を著す態度は、中世の伝授から移行した新たな学問の継承活動としてみることができよう。そしてまた、『日本書紀』研究を詳細に進めていく春満の研究態度は、中世から近世への学問展開とも一致するものである。

註

1　松本久史『荷田春満の国学と神道史』（平成十七年、弘文堂　一一四頁）。

2　この校異は、内閣文庫本にもある誤りで（ちなみに内閣文庫本は「如」を消して右側に小書きで「始」とする）、『神代聞書』成立に用いられたテキストの系統を示すものかもしれない。『神代聞書』に見られるその他の『日本書紀』本文は通行の諸本と同様である。

3　三宅清『荷田春満』（昭和十五年、国民精神文化研究所、三二二頁）。

4　前掲註3（三二四・三二六頁）。
5　春満と大山為起の関係については、山本信哉「隠れたる神道家大山為起翁の伝（上）」『神社協会雑誌』第六年第三号、明治四十年三月）、河野省三『国学の研究』（昭和七年、大岡山書店、二二六頁）、小林健三「垂加神道の復古神道成立に及ぼしたる影響」（『國學院雑誌』第四十二巻三号、昭和十一年）、溝口駒造「真淵翁に於ける荷田学の伝統　三」（『神道学雑誌』第二十二号）などに記されている。
6　大山為起　慶安四年（一六五一）～正徳三年（一七一三）。神道家。伏見稲荷上社神主、松本為穀の子。号は葦水。三歳のとき、商人大山正康の養子となるが、実家に戻り家業を継ぐ。延宝八年（一六八〇）に山崎闇斎の門人となり垂加神道を学ぶ。
7　上田賢治『国学の研究―草創期の人と業績―』（昭和五十六年、大明堂　一三〇～一四〇頁）。
8　『日本書紀味酒講記』は、国文学研究資料館所蔵のマイクロ画像にて確認した。
9　三宅前掲註3、羽倉敬尚「荷田春満の学統　上」（『朱』第八号、昭和四十四年十二月）、松本久史「荷田春満の学統に関する一考察―奥村仲之との関係を中心にして―」（『神道宗教』第一八〇号、平成十二年十月）。のちに前掲註1に所収。
10　『荷田東丸』年譜（昭和二十七年、伏見稲荷大社）。またこの年譜は、大貫眞浦『荷田東麻呂翁』（明治四十四年、法文館書店）及び羽倉信眞『荷田春満歌集』（昭和十一年、淡心洞）中の年譜を羽倉敬尚が補正したとあるが、いずれにも当該記事は無い。
11　前掲註3（三二三・四六七～四六九頁）。現在『羽倉信元日記』の所在は不明。
12　「抄物」については、第一部第二章において述べた。その中で、「抄物」という用語の定着が一九〇〇年代初頭に定着した言葉と指摘したが、元禄四年の時点で「鈔物」という用語が確認でき、註釈活動の範疇では用語が定着していたとも考えられる。
13　清原宣賢『日本書紀神代巻抄』十オ。引用は天理図書館善本叢書和書之部第二十七巻『日本書紀纂疏　日本書紀抄』（昭和五十二年、天理大学出版部）に拠る。
14　引用は、架蔵本『日本書紀神代巻講習次第抄』を用いた。
15　前掲註3（四六九頁）。
16　引用は、『新編荷田春満全集』第三巻（平成十七年、おうふう、一九九頁）に拠る。

第三節　荷田春満の「仮名日本紀」

一　はじめに

國學院大學創立百二十周年記念事業として『新編荷田春満全集』の刊行が進められ、それに伴う東羽倉家の史料の調査・整理が行われた。東羽倉家の調査は約一世紀ぶりともなるが、それら資料の中に荷田春満の『仮名日本紀』なるものが確認された。春満の『仮名日本紀』とは、春満が『日本書紀』を仮名書きに改めたものであり、春満の『日本書紀』訓読に対する解釈が如実に現れている資料である。『日本書紀』の訓読活動は、『日本書紀』成立の翌年から行われたとされる講筵に始まるように、成立当初から必要とされてきた。『日本書紀』訓読の研究は、訓読資料の希少さや、本文解釈の相違などによって、今日においても困難を極めている。なぜなら、漢文体で書かれる『日本書紀』を訓読するということは、『日本書紀』に対し解釈を加えるということになるからである。そのため春満の『仮名日本紀』には、単なる訓読文ではなく春満の解釈が含まれていることは間違いなく、そこから春満の『日本書紀』研究の態度が読みとれると考えられる。

調査によって明らかとなった、東羽倉家蔵『仮名日本紀』はA春満自筆本（漢字仮名交）、B片仮名自筆本、C春満著述親盛本、D春満自筆本（総平仮名）の四種である。*1 四種のうちＡＢＤの三種は自筆と思われる。まず、はじめにそれぞれの書誌を示す。

A「春満自筆本（漢字仮名交）」写本　仮綴　五冊合綴　一冊　楮紙共紙表紙　袋綴

外題「日本書紀巻第四」（打付題・左傍　同内題）

本文墨付二六丁　裏紙一丁　三〇・一×二一・四糎

外題「日本書紀巻第六」（打付題・左傍　同内題）

本文墨付三二丁　裏紙二丁　二八・六×二一・八糎

外題「日本書紀巻第八」（打付題・左傍　同内題）

本文墨付一〇丁　裏紙一丁　二八・六×二一・八糎

外題「日本書紀巻第十二」（打付題・左傍　同内題）

本文墨付一六丁　裏紙一丁　三〇・一×二一・四糎

内題「日本書紀巻第十七」（打付題・左傍）

本文墨付二〇丁　裏紙なし　三〇・一×二一・八糎

（いずれも外題は別筆か。巻第十七のみ表紙、朱点なし）

a「春満自筆本目録」写本　仮綴　一冊　楮紙共紙表紙

外題「日本書紀巻第一」（打付題・左傍）

本文墨付七二丁　遊紙前一丁　裏紙なし　三〇×二二糎

B「片仮名自筆本」写本　仮綴　四冊合綴　一冊　楮紙共紙表紙　袋綴

外題「日本書紀巻第四」（打付題・左傍）本文墨付一九丁　裏紙一丁

外題「日本書紀巻第五」（打付題・左傍）本文墨付二二丁　裏紙二丁

外題「日本書紀巻第六」（打付題・左傍）本文墨付三〇丁　裏紙一丁

二五・八×一八・八糎

外題「日本書紀巻第九」（打付題・左傍）本文墨付四二丁　裏紙一丁　遊紙後一丁

二四・七×一七・二糎

C1

「春満著述親盛本」写本　仮綴　一冊　楮紙共紙表紙　袋綴

外題「春満先生著述假名日本紀　第三」（打付題・左傍）本文墨付四二丁　遊紙前一丁　裏紙一丁

二四・二×一七・三糎

奥書「筑州物部敏文以本書写親盛」

C2

「春満著述親盛本」写本　仮綴

一冊　楮紙共紙表紙　袋綴

外題「東丸先生著述假名日本紀

第五六」（打付題・左傍）

本文墨付五六丁　遊紙前後各

一丁　裏紙一丁　二四・一×

一七・四糎

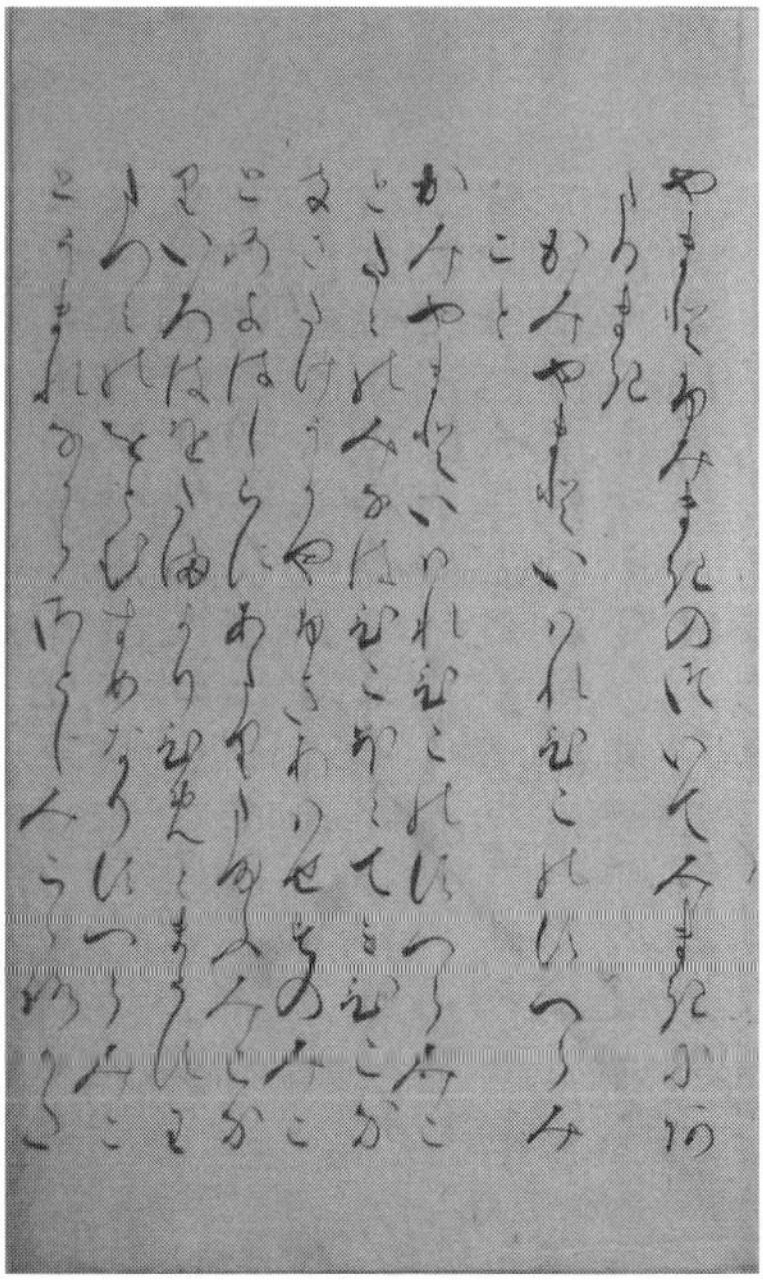

東丸神社蔵春満自筆「仮名日本紀」（総平仮名本）

奥書「親盛」

D「春満自筆本（総平仮名）」写本 仮綴 合綴 改装ボール紙表紙　原装楮紙共紙表改装

外題「假名日本書紀　第三巻　第十巻」（打付題・左傍）

二四・三×一七・三糎　袋綴

外題「假名日本書紀　第三巻」（打付題・左傍）本文墨付二一丁

外題「仮名日本書紀　巻第十」（打付題・左傍）本文墨付二七丁　遊紙前後各一丁

本稿では、これら荷田春満の「仮名日本紀」を書誌学的に整理した上で研究史上の位置づけを行うことにする。

二　春満の著述と『日本書紀』

調査で明らかとなった「仮名日本紀」の一部は、既にその存在が世に知られていたものも含まれている。今日、閲覧可能な荷田春満の著述目録を、まず示すことにする。

・「春満家蔵書目」（下田幸大夫に送った春満家蔵書目）

假字日本書紀　若干巻

・「京都府伏見稲荷羽倉信義所蔵（荷田春満翁以下著述并所蔵）書目」（無窮会蔵本）

日本書紀　五　冊

本書巻三、巻四、巻五、巻六、巻九ヲ全文總假字書ニセリ

日本書紀　　二　冊

校合本ナリ仲哀神功武烈繼體紀等アリ

・「『荷田東麿翁』著述目録」

日本書紀假名本謄写　残欠　二冊

このように、春満の「仮名日本紀」が存在することは、目録に採録する時点から知られていた。國學院大學の調査で明らかとなった「仮名日本紀」とこれらの目録を照合すると、ＡＢＣＤのすべてが目録に掲載されているわけではない。強いて言えば「京都府伏見稲荷羽倉信義所蔵書目」にみられる「日本書紀」五冊は冊数と残欠状況から片仮名本に相当する。しかし、今回の調査では巻三は確認できず、四冊となっているように、現在では必ずしもこれら目録とは一致しない。

春満の「仮名日本紀」の存在については川瀬一馬氏の『日本書誌學之研究』にも、[*2]

假名書きの日本紀は、江談抄河海抄所引及び金澤文庫の舊藏書目等にも見え、正慶元年寫本もあり、鎌倉以前の古寫本も存在したのであるが、現存の古寫本は、茲に述べる中御門宣秀自筆の神代巻（袋綴、一冊。）が殆ど唯一のものであつて、慶長以後の書寫になる比較的古い傳本も、管見に入るものは、僅かに傳舟橋國賢等筆本（三十巻完本、田中家藏。但し江戸初期の書寫である。）と、荷田春満自筆と認むべき安田文庫藏の一本（巻八至十一の二冊）等に過ぎない。

とあり、春満の蔵書目録以外でも、春満の「仮名日本紀」の存在は知られていた。川瀬氏の指摘によると、安田文庫に春満自筆の「仮名日本紀」が存在していたとある。安田文庫は戦災で消失しているが、川瀬氏が調査した時点では存在していたのであろう。春満の「仮名日本紀」は各地にその存在が確認できるようである。國學院大學による『新編荷田春満全集』が刊行される以前には、『荷田全集』第六巻の口絵に「春満自筆仮名日本紀」として写真が掲載された。[*3] これは先に挙げたDの「仮名日本紀」である。しかし、その内容が翻刻され『荷田全集』に納められることはなかった。したがって、存在は知られていたが、具体的にその内容までは殆ど知られていないのが現状である。

三　書写された「仮名日本紀」

荷田春満の門人たちの間においても、春満の「仮名日本紀」は広く受容されていたようである。次に挙げる書簡からは、「仮名日本紀」が書写された経緯が窺われる。[*4]

①一　内々かな日本紀可写候事最早両三年ニ罷成候へとも、彼是用事繁候故はか取不申候延、引ハ仕ともとて成就仕候様可仕候、いせ物語御儀候事も所持之書先年何心せく書入なと仕反古之儀に成候故、書改遣し可申と存候へとも、是以何角取紛延引仕候、月次会之両も失念不仕候得とも右之通ニて延引罷成候例候通、社用宮内方用事自分ニも書写候物なとかすかにうち置かたく、すくに貧窮之拙者儀渡世専壱難儀候へは、世事滞候ニ尽候ても心之深ヲ不得何事も心様に被成候、

②日本紀自第九巻至三十巻合十一冊差越申候乍御六ヶ鋪文字の誤仮名違等御改朱有之御書入被成可被下候奉頼

候第九巻神功皇后元年之紀迄ハ御在府中読習申候得共それより末いまた残り申候故任御約束御無心申進候尤いつニても不苦候貴様御障り共被仰達御改被下候様頼入存候以上

③一去冬私ニ御頼申進候古事記三巻之内二巻文學御改正賢案御加筆被下忝と存候
一日本紀仮名付等之儀ニ付而御返答之趣具承知忝存候以上

①〜③は、享保八年から十年頃（一七二三―二五）の間に書かれたと推測される、門人から春満への書簡である。①は門人の木村図書によるもので、内々に「仮名日本紀」を写す事になってから三、四年たったが未だ捗らない事を記している。また②は幕臣の下田幸太夫によるもので、『日本書紀』の文字遣いや仮名の誤りなどの訂正を乞うており、③は同じく下田の書簡で、春満の『日本書紀』に対する返答に礼を述べている。これらの書簡から、春満の『日本書紀』研究が門人へと広まっていたと同時に、春満の「仮名日本紀」が門人達に貸し出されていたことがわかる。

また杉浦比隈麿《ひくまろ》＊5の記した『古学始祖略年譜』には次のような記述がみられる。＊6

ことし国頭の子大学国満年廿歳、荷田大人へ修学のため上京して、文《元》文二年迄四ヶ年の間とゝまれり、国満大人に乞て仮名日本紀てふ書を写せり、三巻より二十八巻まで二十六巻也、一二神代上下神武下三十持統巻四巻は闕巻也、荷田家の書もしかり、春満先生家集一巻を写せり、又延喜式箚記三巻・大祓和解一巻を著せり、国頭延喜式略頌一巻・神家略頌一巻を著す、四月六日豊田郡大明神村松尾社祠官守屋丹波守重基、国頭の教子となれり、月並会あり比隈麿は春満の門人であった杉浦国頭《くにあきら》の四世の孫にあたる。『古学始祖略年譜』は、寛文九年（一六六九）の春満の誕生から説き起こし、天保十一年（一八四〇）に至るまでの約百七十年間を年表風にまとめた資料である。この資料の享保十九年（一七三四）の記事には、傍線を付したように、杉浦国頭の息子国満が春満のところで書写したものの中に「仮名日本紀」が含まれる。「一二神代上下神武下三十持統巻四巻は闕巻也、荷田家の書もしかり」と欠本があることは、門人に貸出が行われていた可能性を示唆し、これら書簡や資料から、春満の「仮名日本紀」はおおよそ享保期に頻繁に門人たちによって書写されていたと推測することが出来る。

四　春満の注釈に顕れる「仮名日本紀」

門人間で書写され広がっていた春満の「仮名日本紀」は、春満の『日本書紀』研究においても重要視されていたようであり、春満の『日本書紀』注釈の中に「仮名日本紀」の書名がみえる。[*7]

童子問曰、日本書紀に蕃屏の二字を、かくしとかなをつけたり。先生の書たまへるかな日本紀にハ、かきとしるしたまへり、いかにそや。
答曰、おなしこと也。きといふことを、くしともかきもしいひもする也。

童子問曰、日本書紀に武部の二字をたけるへとかなをつけたり。しかるに先生のかな日本紀には、定武部の三字の所かなハ、たけるへをさたむとしるしたまひ。武部君の三字にハ、たけるのきみとかきたまへり。そのたかひいかなることかや。

答曰、部の字の訓、古来より解かたきことにいひきたれり。先におみの義とこたへたり、一義にはかはねのことはにて、かはねと解する説もあり。定武部【の】(或)藤原部をさたむるたくひにては、かはねの解もよくあたれり。されハ定武部の所にてハたけるとはかり訓てハかなはす。武部君の三字にてハ、へといはすしてしもよくかなへり。日本紀より後々の紀にも部の字ハおほく、不訓古実故に武部君の所にては、たけるの君とかきたり。祝部の二字もほふりとのミよむたくひとしるへし。部の字ハへとも或ハともからとも、とものをともよみて、その心ハミなおなし□□。先にかきらす、あまたそのたくひ有につけ用る字とするへし。今物部なとをものゝふといへる古語の□にかなはす、文字の音になる也。濁音にへとよめハ、文字の音にもかよへとも和訓也。よりてへと云ハかはねの略。一説お【し】(み)の略辞。古来両義也。両義いまた一決せされとも、意ハおなしなれハ所見にしたかふへし。

童子問曰、崩薨の二字を日本書紀にハ和訓の差別なきに、先生のかな日本紀にハ崩の字をかみあかりとしるし、薨の字をかみさりとしるしたまへるハいかなる。

これは「語釈草稿」の紙背に残された「童子問」の草稿である。「童子問」は、童子と師承との問答形式による注釈であるため、ここでは春満が先生と称されている。傍線を付したように、問の中に「仮名日本紀」が見られ、しかも「先生の」と限定されている。『日本書紀童子問』は『日本書紀』巻三の一部が残るのみで*8、その他の部分は確認されていない。この草稿には、春満が著した「仮名日本紀」の訓読に対しての問答が展開されていることから、従来の『日本書紀』の訓読と春満の訓読は異なっていたことが理解できる。春満の訓読文は、春満の『日本書紀』研究を踏まえた上で著された独自文として見て良いだろう。門人達は、春満の『日本書紀』として「仮名日本紀」を重要視しており、春満の講釈に「仮名日本紀」が用いられていたことは間違いなく、門人達の研究にも活用されていたことが推測される。

五　春満の「仮名日本紀」の特徴

ABCDの「仮名日本紀」はいずれも端本であるが、現存する巻から春満の説を明らかにすることは可能であろう。これら「仮名日本紀」から、春満の神代巻に対する解釈と一致する訓読の一部を示す。

春満の訓読には、氏族名にその特徴の一つが表れている。春満の神代巻に対する注釈を収めた『日本書紀神代巻劄記』には、*9

神部、先「神トモノヲ」と訓ず。（中略）忌部と云ふ時はべと云ふ、べは音也。みな「トモノヲ」と云ふ。ト部、忌部は上世の誤りにてもあるべきか。既に此部の字の類は、皆十人とか五人とか、衆類有る氏にても、職にても、皆この部の字を用ひる也。先「トモノヲ」と訓ずるが善き也。

とあり、「部」を「トモノヲ」と訓むのがよいとしている。この説は他の春満による『神代聞書』や『師伝神代巻聞記　下』にもみえる説である。*10 例えば巻第六には鳥養部、誉津部、物部連といった氏族名が多く現れ、B「片仮名自筆本」やC「春満著述親盛本」などは「部」を「とも」「ものを」と訓読しており、この記述は、先の「童子問」の問答からも裏づけできる。したがってBやCの「仮名日本紀」は春満訓であると認められる。一方、自筆の二本のうち平仮名本は、BCほど顕著な訓み替えは見当らないが、「童子問」にあったように「崩」「薨」を区別して訓読している。また春満自筆で『日本書紀』本文を全て仮名書きで記すという非常に珍しい形態をとっている。『日本書紀』すべてを仮名書きに改める態度は、漢文体で書かれている『日本書紀』を「やまとことば」として捉え直しているともいえ、『日本書紀』に対する春満の解釈も鑑みられる。しかし、Aにはaの目録が備わっているほか、本文においても春満の特徴が確認できず、現存する流布本の「仮名日本紀」の系統に収められる一本であり、先の書簡や童子問に現れた表れた春満の「仮名日本紀」にも含まれない。*11 したがって、春満の自説が表れている「仮名日本紀」は、BCDということになる。

これまでの研究史では、春満の「仮名日本紀」は春満の著述とは見られず軽視されてきたといえる。研究史では植松安氏が、その著書『註釋　假名の日本書紀』の中で、春満の「仮名日本紀」について次のように述べている。*12

其十五は、京都伏見稲荷の祠宮羽倉氏藏に、羽倉東丸先生自筆のものがある。先生が、其の生前に、悉く藏書を燒かれた事は有名な話であるが、この書もまた其の災をまぬがるゝ事能はず、現存のものは、燒けのこり六十八枚を裏打して、巻子本にしたもので、展観して行くうちに

やまとふみまきのついではたまきあまりみ〇〇〇にあたるまきをはりぬ

の文字を見たから、二十何巻だかはわからぬが、恐らく全巻備つて居たものであらう。

三宅清氏はこの焼け残りの「仮名日本紀」について、*13

しかし假名日本紀は彼の著述といふに當らず、わざ〳〵死ぬからとて、焼き失わせなければいけない理由が

あるとは思われない。

と述べ、「仮名日本紀」を春満の著述とするのには否定的であったようである。しかし先の「童子問」に明らかなように、春満の「仮名日本紀」は従来の『日本書紀』の訓読文とは異なり、春満の自説が反映されたものとなっている。したがって春満の「仮名日本紀」は春満の著述に当たるとみてよい。この植松氏と三宅氏が取り上げた焼け残りの「仮名日本紀」は、現在も東羽倉家に所蔵されているが、焼け残りであるためいずれも保存状態はあまり良くない。*14 これと同様のものが一葉、國學院大學の河野省三記念文庫にも所蔵されている。*15 その一葉（半丁）の包紙には、次のようにある。

本書は東丸翁の
遺墨なることを證す
羽倉荷田信眞（印）
是は大貫真浦ぬしより予に贈られし
ものなるか今度河野省三ぬしの学位を
授けられたるよろこひに贈るなり
松本愛重

この春満遺墨は、末裔の羽倉信眞《はくらのぶざね》、伏見稲荷神社宮司などを歴任した大貫真浦《おおぬきまうら》の手

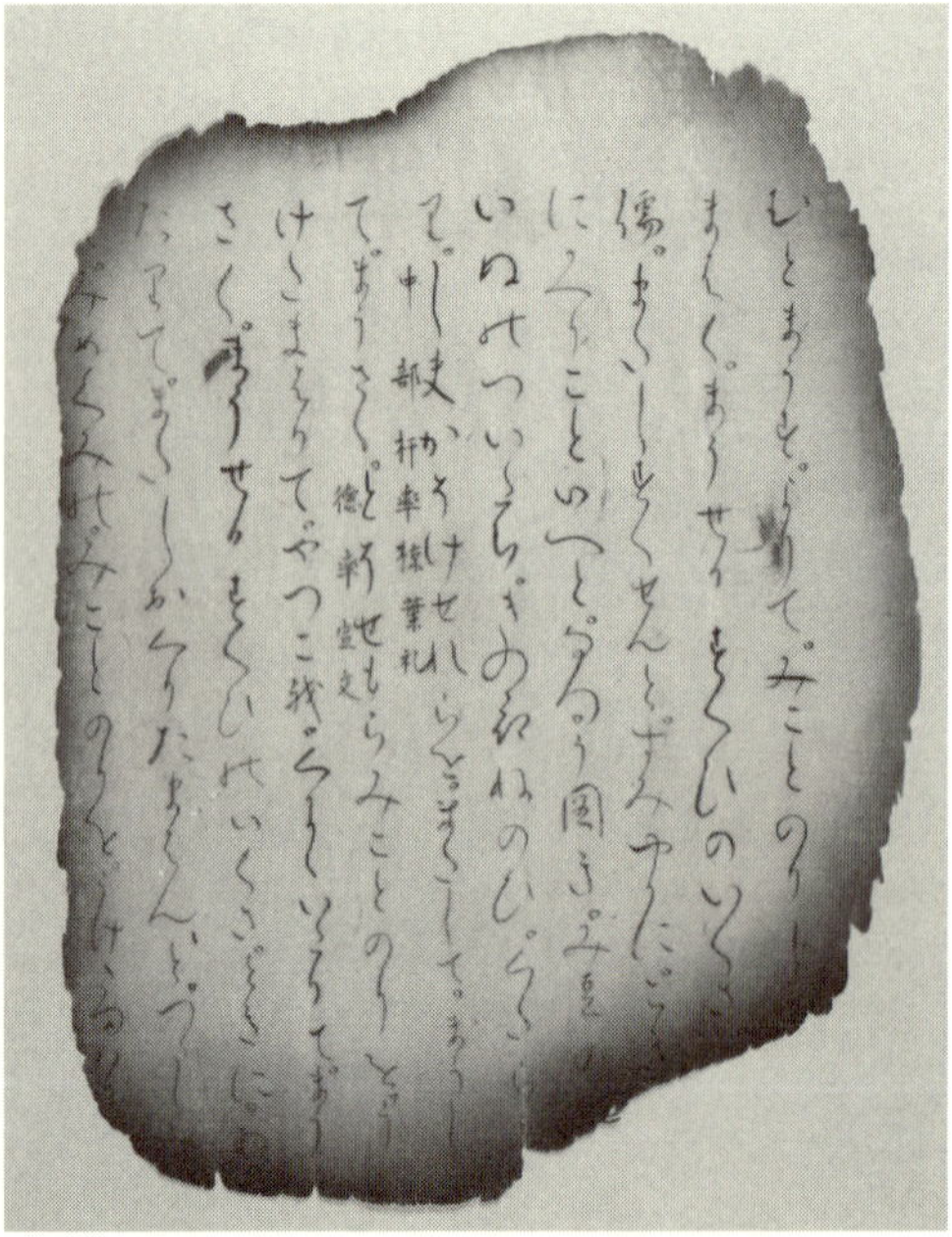
河野省三記念文庫蔵「仮名日本紀」断簡

を経て、國學院大學教授の松本愛重《たかしげ》が所持していた。それを河野の学位授与を祝して贈与されたことにより、河野省三記念文庫の所蔵となったのである。そしてこの遺墨の一葉には次のように記されている。（■は焦げにより判読不能箇所）

むとまうす。よりて。みことのりして■■■
まはく。まうせるすくひのいくさ。か■■
儒。またしらすくせんと。すみやかに。こき■
にかへりことといへと。なつ。う図き。み豆のえ
いぬのついたち。きのえねのひ。くたらよ
り。し夫かそけせれら《中部杆率椋葉礼》を。またして。まうし
て。まうさく。とそせもら《徳率宣文》みことのりを。う
けたまはりて。やつこ我。くにゝいたりて。まう
さく。まうせるすくひのいくさ。ときに。あ
たりて。またしおくりたまはんと。つゝしみ
■。みめくみの。みことのりを。うけたまハり■

この半丁十一行書きにされた一葉は、春満自筆「仮名日本紀」であり欽明紀九年の一部にあたる。これと同様の体裁を持つ「仮名日本紀」がC「春満著述親盛本」である。親盛本は、春満自筆ではないが、その外題が示すとおり春満の著述を写したものであり、春満の説が含まれた「仮名日本紀」である。焼け残りの「仮名日本紀」

同様の体裁を持つということは、親盛本と同系統の本が広く門人間で書写されていた可能性が高いことを示している。

六　春満著述親盛本の特徴

Cが「親盛本」と称される所以は、裏表紙に「親盛」とある事による。親盛とは大西親盛《おおにしちかもり》（元禄十六年（一七〇三）～安永七年（一七七八））のことであり、春満の門人である。親盛は稲荷社祠官安田親夏《ちかなつ》の三男として生まれ、同社祠官大西親友《ちかとも》の養子となり、本家筋である西大西家を継いだ。いつ頃から春満の門人となったかは不明であるが、数種の春満講述の筆写を行っている。また稲荷社の由緒を記した『稲荷谷響記』等の著述もあり、賀茂真淵との交流があったことからも知られている人物であり、春満門人の中心的存在であったと思われる。同社において最上官である稲荷社下社神主を務め、正三位にも叙せられている。

この親盛本には、書誌に示したように巻三に「筑州物部敏文以本書写　親盛」という奥書があり、これによると親盛本は筑州物部敏文の本を書写したものだという。筑州物部敏文とは、同じく春満の門人で青山敏文《あおやまとしふみ》（寛文十一年（一六七一）～宝暦四年（一七五四））という人物である。本姓は物部で大炊介と称した。筑前直方妙見社祠官で、烏丸光栄《からすまるみつひで》と荷田春満に学んで書や和歌を能くし、多くの著書があったという。いつ頃から春満の門人であったかは不明であるが、親盛とも交流が深かったのであろう。

この親盛本は平仮名を基本とする書写形態である。しかし濁音に関しては漢字をあて、清濁をはっきりと書き分けている。これは、自筆の焼け残りも同様である。この点が親盛本の特徴といえよう。

この親盛本の覚書に相当する切れが、この親盛本とは別に東羽倉家から発見された。その切れには次のように記されている。

今世に流布の仮名日本紀ハ凡五百年このかた世に行はるゝかなつかひを以書写せり、此仮名日本紀ハ予旧友筑前国直方多賀社神官青山大炊頭物部敏文といふ人、享保乃中つころ齢【古希に及ふと聞けり】（耳順に越たる年のころ）此稲荷山にのほり来て、東丸先生に随ひて古書を学へり、ある時先生語云古事記日本紀以下の国史万葉集倭名鈔等のかなつかひを覚悟し、正訓儀（ママ）訓借訓借音抔しらすハ、古書を見古語を解する事かたかるへし、今の世のかなつかひと上古の仮名遣と異なる事多し、これを覚悟あるへしと聞えけれハ、敏文古の仮名遣を覚悟せん為に、先生口つから伝へられ給ふを執筆して此仮名日本紀三十巻書紀【終】（畢）れり、扨て此書にかきくけこたちつてとはひふへほ等の濁音ハ濁音の字を用て書せり、此書大尾して先生の息女写留と全部書写あり、其後予敏文より乞うけて漸三巻五六巻合て弐冊書写せる内に、敏文の国本より帰郷あるへきよしにて帰郷あり、予亦公私の勤めにかゝりて余力なく書写せされハ、信満に此書を書写せんとこふ所、彼息女の方に〔此息女江戸神田神主家に嫁せり〕遣す由にて【容】（許）さす、終に年をむなしくせり、其遺恨いまた忘れし、古学を好む

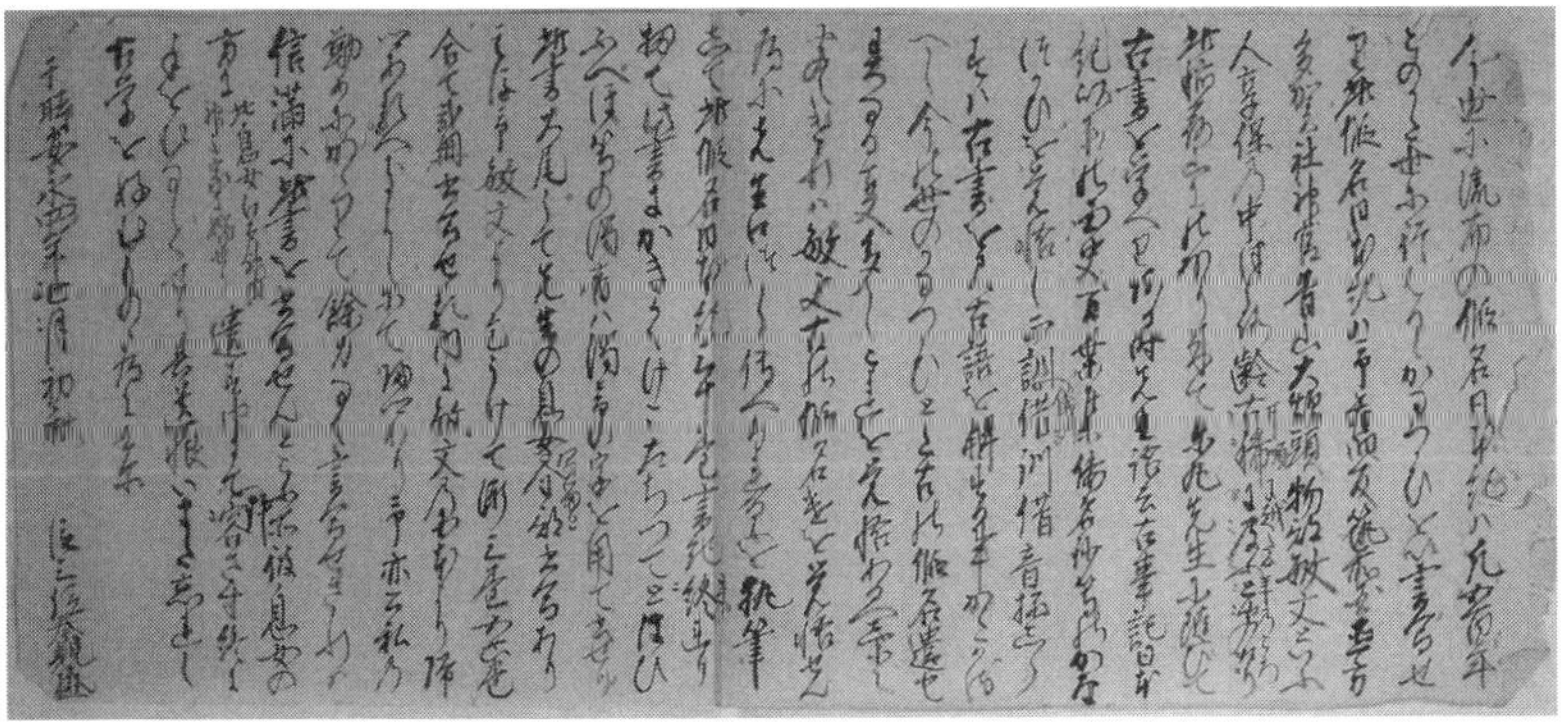

東丸神社蔵　「春満著述親盛本」覚書

もの丶為に云尓、
于時安永四年【七月】初秋　　　　　従三位秦親盛

この縦一七・三糎×横三四・八糎の切れには、親盛本の成立が書かれている。この内容から、親盛本は今回明らかとなった二冊（巻三と巻五・六）のみであり、刊記から親盛本の書写年代は安永四年（一七七五）頃であろう。この覚書はわずか二十七行の文章でありながら、見消を用い内容を訂正していることや、このような覚書を記すこと自体が、後世に残す意図があって書写されたものと考えられる。本来この覚書は親盛本の巻三、或いは巻五・六に付してあったものと推測され、親盛本の奥書を保証する資料である。

敏文が書写した「仮名日本紀」（以下、敏文本と称す）は全三十巻あったようであり、春満著述の「仮名日本紀」は、春満の娘である荷田直子《なおこ》の所にも揃っていたことが記されている。荷田直子はこの覚書にも記されているが、江戸神田明神の芝崎好紀《よしのり》に嫁ぎ、明和二年（一七六五）七月十四日に没している。この覚書からは先に触れた『古学始祖略年譜』と多少矛盾する点もみえるが、荷田家には全巻揃った「仮名日本紀」が存在していたことになる。また、焼け残りに他の巻が含まれている点からも、本来は荷田家に全巻が揃っていたと考える方が自然であろう。親盛は巻三と五・六を書写するも、敏文が国もとへ帰ってしまったために書写できず、残りの書写を信満《のぶまろ》に頼むところとなったが実現しなかった。信満とは春満の弟である宗武の息子、つまり春満の甥に当たる人物である。明和六年（一七六九）九月六日に六十二歳で没しており、この覚書が記されたときには、既にこの世にはいなかったということになる。残りの「仮名日本紀」の書写が実現しなかった理由は、直子の所に「仮名日本紀」を遣わさなくてはならなかったためだとある。しかし、親盛は春満の講述筆写を行うなど門人の中心であり、且つ稲荷社でも重要な位置に就いていたはずであるにも関わらず、その願いが荷田家に受け入れられなかったことにはそれなりの理由があったと思われる。このことに対し親盛が「其遺恨いまた忘れし」と記していることは、その内心が尋常でなかったことを示すであろう。

親盛本の特徴ともいえる、平仮名書き本文の濁音に漢字を当てることは、「かきくけこたちつてとはひふへほ等の濁音ハ濁音の字を用て書せり」とあるように、既に敏文本が用いていた方法であることを物語っている。これは、春満自筆焼け残りと敏文本、親盛本に共通することである。親盛本で濁音に用いられている文字は以下の通りである。

か行　が—我・賀・餓・峨
　　　ぎ—義・疑
　　　ぐ—具・愚
　　　げ—牙・霓
　　　ご—五・呉・吾

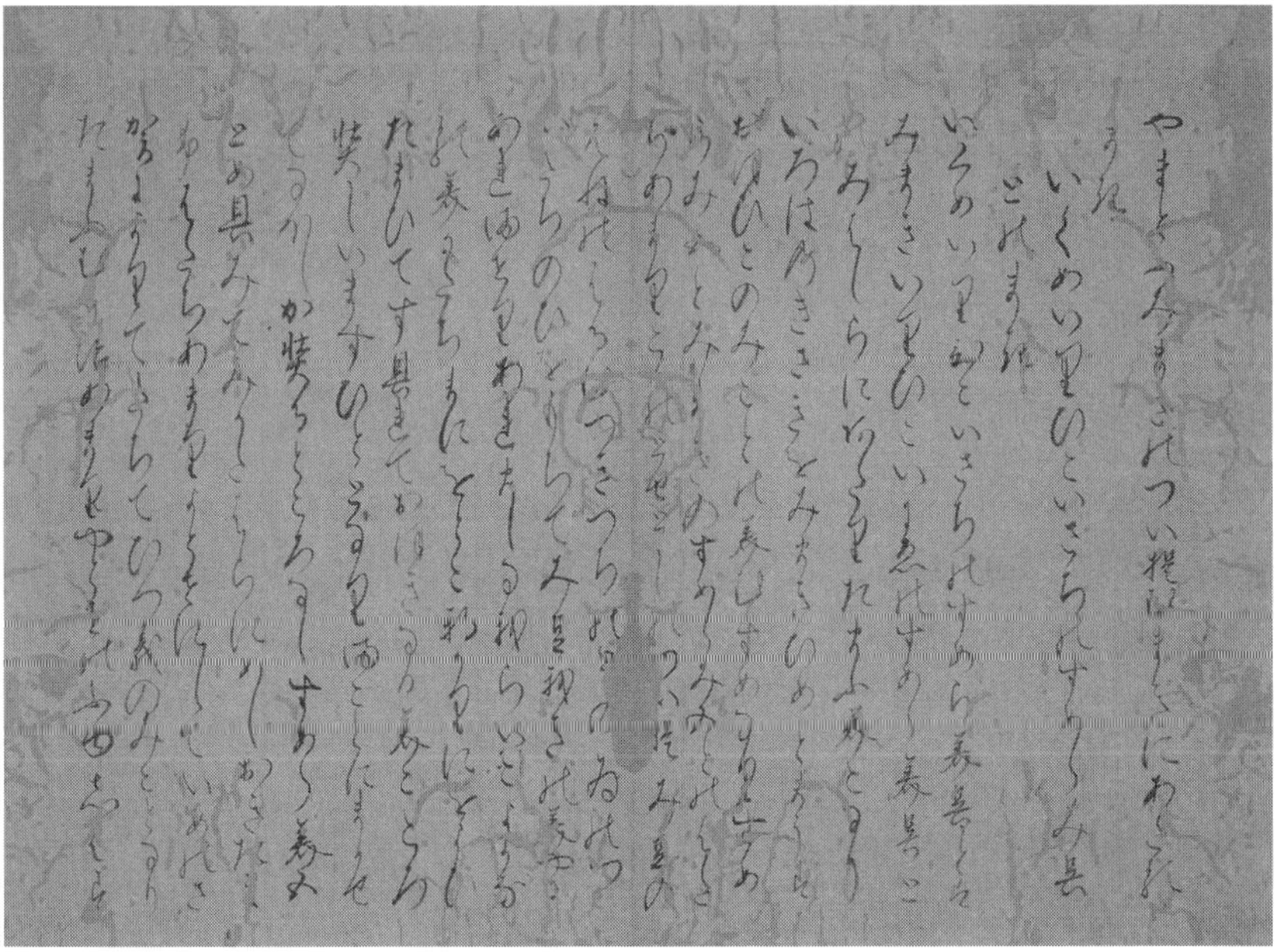

東丸神社蔵「春満著述親盛本」

さ行　ざ―坐・邪・奘　じ―自　ず―受・儒・数　ぜ―是　ぞ―序・層
た行　だ―陀・太　ぢ―治・泥・路　づ―都・図・豆・頭　で（て）―提　ど―渡・杼・妬
は行　ば―婆・盤　び―眉・備・寐・微　ぶ―夫　べ―弁　ぼ―暮・煩

これらの漢字は、いわゆる万葉仮名のように字音仮名として用いられている。[*16] これらは『日本書紀』に用いられている万葉仮名と重なるものも多いが、「霓」「五」「奘」「数」「盤」「暮」などのように、『日本書紀』以外の上代文献にも、濁音仮名として用いられていない字音仮名も使用されている。したがって、親盛本にみられる濁音の漢字は、清濁を区別するための表記法であり、上代文献に依拠した万葉仮名の使用ではない。文献に厳密であるはずの春満が、上代文献に見られない字音仮名を濁音に用いたことには疑問が残るが、この点は明らかではない。

七　おわりに

本稿では、東羽倉家の調査から明らかとなった荷田春満の「仮名日本紀」を取り上げ、その特徴をみてきた。春満説と認められる「仮名日本紀」には、『日本書紀』を読み下そうとする春満の態度があり、春満の訓読業は近世における『日本書紀』受容を考える上で価値が認められる。これまで、春満の「仮名日本紀」の存在は知られていたものの、その評価はあまり高いものではなかった。しかし、春満の「仮名日本紀」は、春満の『日本書紀』研究が反映された春満の著作として位置づけられ、門人達に与えた影響は大きかったと思われる。

春満は、『日本書紀』を全て仮名書きにしており、その態度は『日本書紀』を「やまとことば」として捉えていたといえる。そして、「春満著述親盛本」に表れているように、漢字を用い清濁を区別する態度は、音を重視していたためと理解できる。この態度は親盛に始まったものではなく、春満の自筆草稿の「焼け残り」にも、濁音漢字が当てられていることから、春満が『日本書紀』を訓読する際に清濁を混用しないよう注意していたことがわかる。春満は正訓・儀訓・借訓・借音などを知らないままに古語を理解する事は難しいだろうと語っている。また語釈の際も語通説を用い、その原義を解釈する。『日本書紀』研究の態度から、「仮名日本紀」の訓読の在り方へと繋がったのである。春満の「仮名日本紀」は新たに試みられた『日本書紀』の訓読文として位置づけられよう。

春満の「仮名日本紀」は、通行本とは異なった訓読が含まれている。今後は、春満の『日本書紀』注釈などからも検討し、どのような経緯で春満の訓読が発生したのかを検討する必要があるものと考える。春満の訓読文である「仮名日本紀」は、『日本書紀』研究史のなかに位置づけられ、近世における『日本書紀』の受容を考える上でも価値が認められるのである。

註

1　東羽倉家からは、この他にも寛文九年版『日本書紀』に春満の訓を書き入れたものも確認されている。「仮名日本紀」ではないため、本稿では考察を見送った。

2　川瀬一馬『日本書誌學之研究』（昭和四十六年、講談社、八五〇頁）。

3　官幣大社稲荷神社編纂『荷田全集』第六巻（昭和六年、吉川弘文館）。

4　東丸神社所蔵。科学研究費補助金　基盤研究（B（2））研究成果報告書『近世国学の展開と荷田春満の史料的研究』（平成十九年三月、國學院大學）において、①はA―1―2―157（559）「伊勢物語童子問」紙背、（享保十年）十二月十四日。②はA―3―11（890）「書状」、（享保九年）八月九日。③は、A―3―11（890）「書状」、（享保十年）正月五日に分類整理されている。なお、引用にあたる読点は筆者による。

5　杉浦比隈麿は、遠州浜松諏訪社の大祝で、遠州国学の始祖である杉浦国頭の四世孫。国頭は春満門下で中心的人物の一人であり、春満の姪雅子（のち真崎）と結婚している。遠州の賀茂真淵が春満門となったのも国頭との関係からによる。

6　『古学始祖略年譜』は弘化二年（一八四五）七月書写であり、遠州長上郡石原村（現在の浜松市）小栗広伴の校訂本である。浜松市立賀茂真淵記念館所蔵。『古学始祖略年譜』には、荷田春満とその門人の杉浦国頭の関係、さらには国頭が門人を増やしていく過程や方法が記されている。また国頭と賀茂真淵の関係や、本居宣長などの国学者のことが記されている。本論への引用は『静岡県史　資料編14近世六』（平成元年、静岡県、一三一頁）に拠る。

7　前掲註4。A―1―2―61（551）「語釈草稿（万葉童子問）」。春満自筆。翻刻に際し、句読点を適宜付した。

8　『新編荷田春満全集』第二巻（平成十六年、おうふう）に所収される、「日本書紀巻第三　童子問」が自筆本として確認されるが、巻三以外の「童子問」は確認できない。引用した草稿は景行紀に対する問答であり、『日本書紀』童子問は巻三以外も存在したようである。

9　官幣大社稲荷神社編纂『荷田全集《普及版》第六巻』（平成二年、名著普及会、六七頁）所収。

10　共に、『新編荷田春満全集』第二巻（平成十六年、おうふう）所収。

11　本書第二章第四節にて詳細に論じる。

12　植松安『註釋　假名の日本書紀』上・下（大正九年九月、大同館書店）、上巻（二六頁）。

13　三宅清『荷田春満の古典学』第二巻（昭和五十九年、国民精神文化研究所、四丁オ）。

14　前掲註4。A―1―2―31（38）「東丸大人燼餘遺墨」。

15　國學院大學河野省三記念文庫所蔵『荷田春満遺墨』（河野省三記念文庫目録二五四四）。写一枚。二三・七×一八・六糎。

16　この万葉仮名については、青木周平「東丸神社所蔵『仮名日本紀』の諸本」（『新編荷田春満全集』第三巻、平成十七年、おうふう、四八七頁）に指摘がある。

第四節　荷田春満自筆「漢字仮名交じり本」の位置づけ

一　はじめに

京都伏見の東丸神社が所蔵する資料の中に春満自筆「漢字仮名交じり本」「総平仮名本」「片仮名本」と「春満著述親盛本」の四種の「仮名日本紀」が確認された。[*1] 春満の『日本書紀』に対する研究は、巻一、二の神代巻が中心であり、神代巻以降の注釈はほとんど残されていない。そのため、これらの「仮名日本紀」は、神代巻以降の春満訓読を伝える上で重要な資料となる。これら春満の「仮名日本紀」は、いずれも完本ではないが、現存する巻から春満の説を明らかにすることは可能であると思われる。これら四種のうち三種は春満のものであると認められたが、[*2] 自筆「漢字仮名交じり本」には春満の訓読が確認できず、また現存する「仮名日本紀」の諸本系統に準ずる可能性が高い。

しかし、「漢字仮名交じり本」が春満の自筆である以上、春満が通行の「仮名日本紀」を見ていたことは間違いなく、春満にとって『日本書紀』を訓読文（仮名書き）に改める行為の出発点として考えられるであろう。そこで本稿では、「仮名日本紀」がどのような文献であるのかを確認した上で、春満自筆の「漢字仮名交じり本」が「仮名日本紀」の諸本のどこに位置づけられるのか、さらに諸本との関係から春満の『日本書紀』解釈の形成の一端を論じることにする。

二　「仮名日本紀」諸本

『仮名日本紀』またこれに類似する名を持つ書物が存在していることは、『日本書紀私記』や『釈日本紀』などの文献にみられることで知られている。『釈日本紀』巻一開題から対応箇所を引用する。*3

問。考二讀此書一、將下以二何書一備中其調度上哉
答。師説、先代舊事本紀、上宮記、古事記、大倭本紀、假名日本紀等是也。
又問。假名日本紀、何人所レ作哉。又與二此書一先後如何。
答。師説、元慶説云、爲レ讀二此書一、私所二注出一也。作者未レ詳。

この問答に類似したものは『日本書紀私記』（丁本）にもみられる。この問答では「仮名日本紀」は、『古事記』などと並び書名として扱われている。また、この『釈日本紀』問答は次のように続く、

又問。假名本元來可レ在。爲レ嫌二其假名一、養老年中更撰二此書一。然則爲レ讀二此一書也。不レ可レ謂二私記一。
答。所レ疑有レ理。但未レ見二其作者一云々。今案、假名本世有二二部一。其一部者、和漢之字相雜用レ之。其一部者、專用二假名倭言之類一。上宮記之假名、已在二舊事本紀之前一。古事記之假名、亦在二此書之前一。可レ謂三假名之本在二此書之前一。或書云、養老四年令三安麻呂等撰二錄日本紀一之時、古語假名之書

雖レ有二數十家一、皆以二勅語一爲レ先。然則假名之本尤在二此前一耳。

この問では、養老四年（七二〇）の『日本書紀』が成立する以前に、仮名書きの『日本書紀』があったとする。また、答からは仮名本といわれるものは二種あり、その一つは漢字仮名交じり文で、もう一つは専ら仮名表記にて和語の類を記しているという。『上宮記』の仮名表記は『旧事本紀』成立以前にあり、「古事記」の仮名表記もまた『日本書紀』成立以前にある。したがって、仮名本は『日本書紀』以前に成立していたとするのである。

しかし、この問答からわかることは、もはや既にこの時には『仮名日本紀』、あるいは仮名書きの『日本書紀』が存在していなかったということである。これまでの「仮名日本紀」の研究史は、これらの問答などから『日本書紀』に先行する仮名書きの史書の存在を想定する説や、『古事記』をこれに比定する説など、様々な議論が行われてきた。だが現存する「仮名日本紀」と称される文献はいずれも『日本書紀』を漢字仮名交じり或いは仮名書きに書き下し、あるいは抽出したものである。したがって、春満自筆「漢字仮名交じり本」も、現存する「仮名日本紀」諸本の流れの中にあるのである。現存する「仮名日本紀」の諸本については、植松安氏の『註釋　假名の日本書紀』[*4]や中村啓信氏『神道大系』[*5]の解題に詳しいが、春満自筆本の位置づけを明らかにするために、それら先行研究と新たな調査結果を踏まえつつ、諸本の一部を改めて系統づけし直す必要があると考える。

天野信景『塩尻』巻之十五に次のような記述が見られる。[*6]

或人のもとに、舟橋国賢自筆なる仮名日本記ありといふ、往て見はべりし、三十巻あり。十五巻は舟橋家、十五巻は藤波家の正筆のよし、証印も慥にあり。実に筆跡たゞならず見えはべりし。但し往古の仮名日本記といふ者にはあらで、舎人親王御撰の本うつし、かなにのべ書たるものにして、卜部家の訓点と見えはべる。

然れば官家にも古書は絶しと思はれ侍るのみ。

ここに登場する「仮名日本紀」は、「但し往古の仮名日本記といふ者にはあらで」とあるように、『日本書紀私記』や『釈日本紀』の問答に見られる『仮名日本紀』とは異なったものであろう。またこの「仮名日本紀」は舎人親王撰の『日本書紀』の写しを仮名書きに改めたものとして認識されており、卜部家の訓点が施されているようである。この『塩尻』にみられる国賢と種忠筆の「仮名日本紀」は現在、國學院大學が所蔵している。その書誌を記す。

伝国賢・種忠筆本　三十冊　國學院大學図書館蔵
外題「日本書紀」　二三・五×一六・五糎　胡蝶装（巻第三十は袋綴）

この伝国賢・種忠筆本には、巻第一から巻第十六の各巻の前遊紙などに「舟橋殿國賢朝臣」、巻十六巻から第十九巻までは「藤波殿種忠朝臣」といった極札が付してある。しかし、巻第三十には極札が無く、別筆にて補われている。したがって、残念ながら巻三十は欠本となり、『塩尻』の記された以降に失われてしまったようである。舟橋国賢とは、清原国賢のことであり、安土桃山から江戸初期にかけての清原氏の当主である。慶長六年（一六〇一）から舟橋と姓を改めている。清原家は吉田（卜部）家と関わり深く、互いに養子を送りあう浅からぬ血縁関係にあった家である。国賢は慶長十九年（一六一四）十二月に七十一歳で没している。一方、藤波種忠は藤波家の第三十四代当主である。藤波家は代々、伊勢神宮の祭主を世襲していた家であり、種忠も慶長四年（一五九九）二月に九十代目の祭主となっている。寛永二十一年（一六四四）十月に五十七歳で没している。

伝国賢・種忠筆本には奥書が無く、その由来を知ることは出来ないが、『塩尻』だけではなく『日本書紀』の注釈本である河村秀根・益根『書紀集解』[*7]（総論）にも、この「仮名日本紀」のことは記されている。

有二清原本一清原ノ國賢卿所二自寫一自二神代上紀一至二武烈天皇ノ紀一ニ引テ以稱二清本一ト有二大中臣ノ本一大中臣種忠ノ所二手寫一自二繼體天皇ノ紀一至二持統天皇ノ紀一ニ引テ以稱二中本一ト是ナリ也

この記述からも、伝国賢・種忠筆本の重要性が窺われる。この伝国賢・種忠筆本は植松氏や中村氏の先行研究でも明らかにされているように、「仮名日本紀」の大きな伝本の流れを有しており、最も重要な諸本に位置づけられる。

『書紀集解』を記した河村秀根自身も「仮名日本紀」の書写を行っている。その本は現在、名古屋にある鶴舞中央図書館の河村文庫に所蔵されている河村本である。

河村本　二十八冊（巻二十六・二十八欠）

鶴舞中央図書館河村文庫蔵

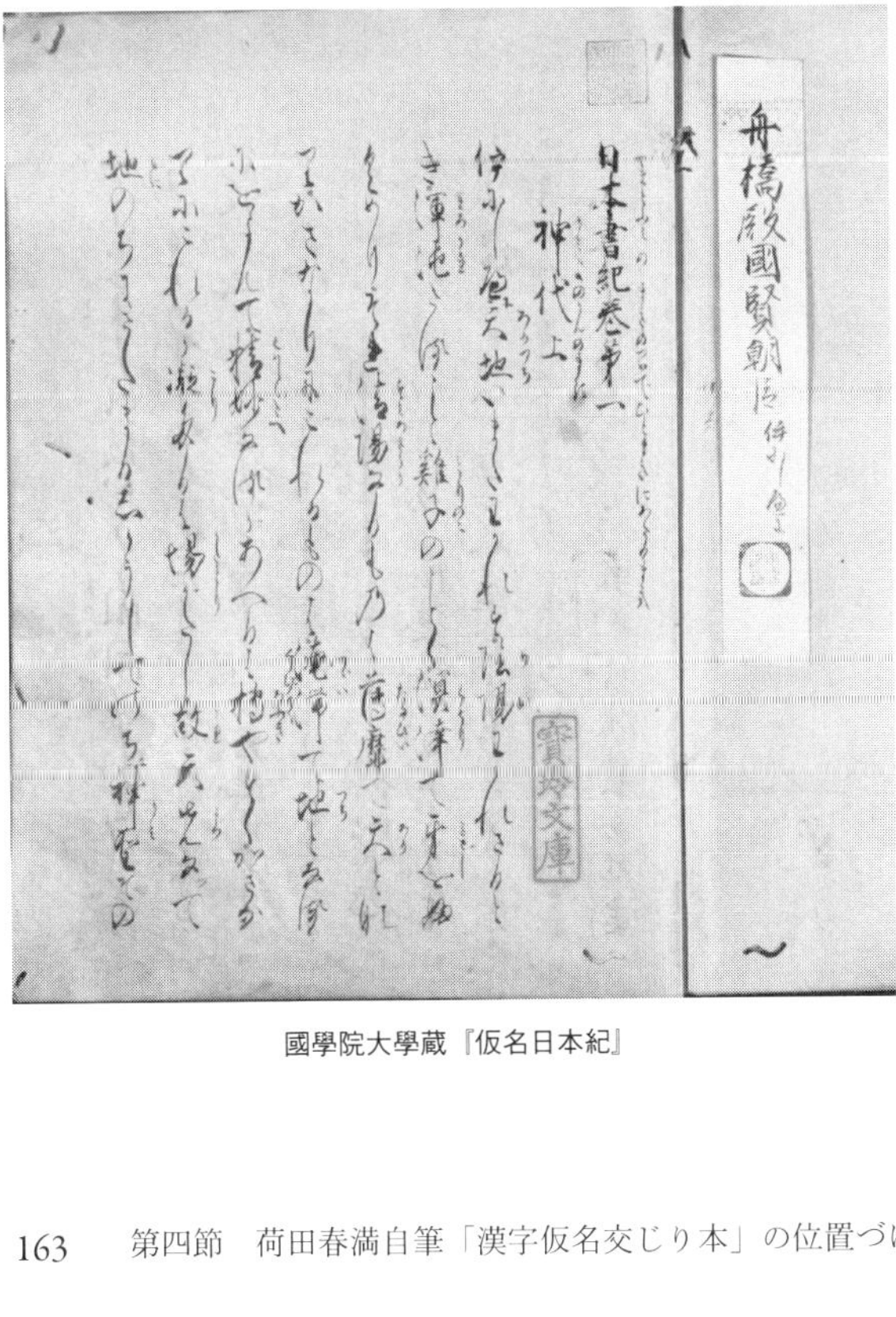

國學院大學蔵『仮名日本紀』

外題「日本書紀」　二六・六×一九・〇糎　袋綴

この河村本は、伝国賢・種忠筆本の極札まで模写していることから、伝国賢・種忠筆本と親子関係にある本と認定できる。伝国賢・種忠筆本と同様に、巻三十には極札の模写はない。河村本の巻二には、奥書として慶長勅版本『日本書紀神代巻』にある清原（舟橋）国賢による跋文が書写されている。この親本にない跋文を書写した態度は注目に値しよう。「仮名日本紀」も跋文も国賢の手によるものであるため、秀根は書写したとも考えられるが、慶長勅版本にある跋文を写本に取り込むという行為は、版本の後に写本が成立するという近世期ゆえに起こりえた事象である。したがって、「仮名日本紀」は上代文献の『日本書紀』を訓読したものであるが、その諸本は近世の枠組の中に位置づけられるのである。この河村本以降、慶長勅版の跋文を巻二の奥書として持つ諸本が多く見られ、河村本が国賢・種忠筆本に手を加え新たな諸本系統をつくったと見ることができる。そしてこの河村本には、巻三十にも次のような奥書がある。

日本紀三十巻者、借二熱田中村氏之蔵本一、自二寛延二年三月十一日一至二三年十二月十八日一書写之功畢、
河村秀根

この奥書から、この時すでに親本である国賢・種忠筆本の巻三十は欠本であったことがわかる。そのため『書紀集解』において「自二繼體天皇ノ紀一至二持統天皇ノ紀一」とあるが、河村秀根は種忠筆の巻三十を見ていない可能性がある。そして河村本は、現在巻二十六と二十八が欠本となり今日に伝わっている。

三　春満自筆本と三手文庫本

では春満自筆の漢字仮名交じり本は「仮名日本紀」の伝本のうち、どこに位置づけられる本なのであろうか。あらためて、この本の書誌を記す。

春満自筆漢字仮名交じり本　一冊（五冊合綴）　京都東丸神社蔵
外題①「日本書紀巻第四」　三〇・一×二一・四糎　袋綴
外題②「日本書紀巻第六」　二八・六×二一・八糎　袋綴
外題③「日本書紀巻第八」　二八・六×二一・八糎　袋綴
外題④「日本書紀巻第十二」　三〇・一×二一・四糎　袋綴
内題「日本書紀巻第十七」　三〇・一×二一・八糎　袋綴

春満自筆本は巻第四・六・八・十二・十七の五冊が紙縒で合綴されている。外題は別筆による可能性が高いが、本文は春満自筆として間違いない。外題があるものは共紙表紙であり、巻第十七のみ表紙は無い。また巻十七は各巻に見られる朱点や合点も本文に施されておらず、残欠本であることからも書きさしである可能性がある。朱点や合点は春満自筆本にだけ施されているものではなく、「仮名日本紀」諸本のほとんどに見られるものである。この朱点などからも自筆本は、「総平仮名本」「片仮名本」「春満著述親盛本」と違い、諸本系統の中の一本に位置づけられると見当がつく。他の春満の「仮名日本紀」は漢字仮名交じりではなく総平仮名、総片仮名、あるいは濁音にのみ漢字を当てるといった、その書きぶりに特徴があり、相対的にみても「漢字仮名交じり本」は諸本系統の中に含まれると推測できる。

この自筆の「漢字仮名交じり本」と同筆で『日本書紀』を項目立てにした、いわゆる目録が東丸神社にある。この目録は、「漢字仮名交じり本」と同様に本文と別筆で外題を記しているが、その外題は他の「漢字仮名交じり本」の外題と同筆である。したがって、自筆の「漢字仮名交じり本」と間違いなく対を成すものである。

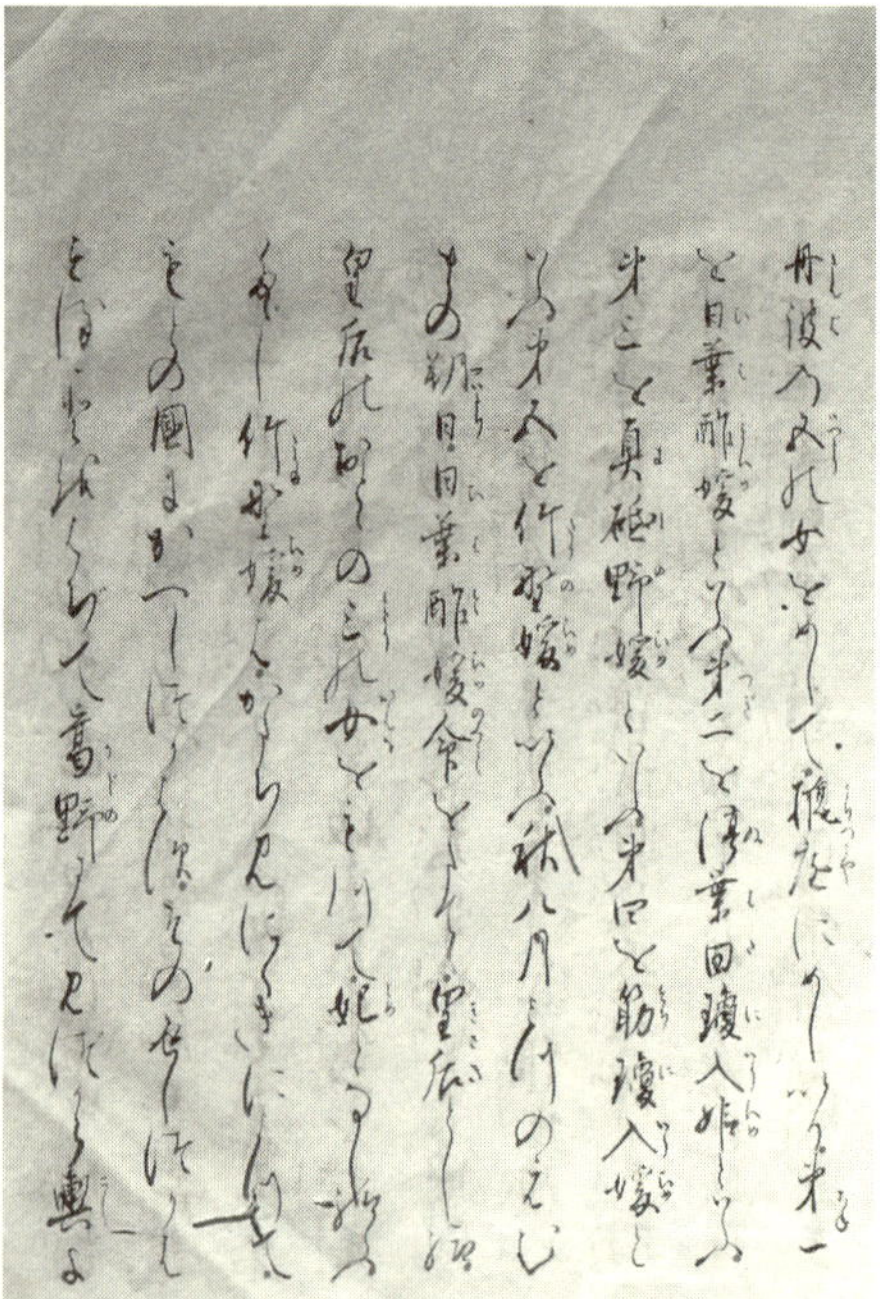
東丸神社蔵「仮名日本紀」（漢字仮名交じり本）

春満自筆本目録　一冊　京都東丸神社蔵
外題「日本書紀巻第一」　三〇・〇×二二・〇糎　袋綴

外題とその内容は一致しないが、この目録の寸法は漢字仮名交じり本の寸法とほぼ一致する。目録のはじめに「日本書紀巻第一　目録」とあるが内題と誤認され、外題に書き記されたのであろう。この点からも本文と外題の筆者は別人であろうと推測できる。目録の内容は巻第一の神代巻から巻第十五の仁賢天皇までで、各巻の記事を年月ごとに項目立てて列挙している。

先に挙げた伝国賢・種忠筆本は目録を有していないが、諸本の中には目録を有する系統も存在している。それは賀茂別雷神社蔵、三手文庫本といわれる一本である。三手文庫は今井似閑《じかん》がその蔵書を奉納したことでよく知られている。

三手文庫本　三十三冊（うち目録二冊）　賀茂別雷神社蔵
外題「假名日本書紀」あるいは「日本書紀」二五・五×一八・一糎　袋綴

三手文庫本は二冊の目録を有している。春満自筆本に付されていた目録は巻一から巻一五までと『日本書紀』三十巻のうちの半分であり、割注や書式、一丁あたりの行数なども三手文庫本の目録の上巻とほぼ一致する。つまり東丸神社の目録は上巻のみが現存していることになる。*8『賀茂別雷神社三手文庫今井似閑書籍奉納目録』には次のようにある。

（前略）
一　假名ヒ《字》日本紀目録　弐巻
（中略）
一　假名日本紀　卅三冊
右享保四年今井似閑先達寄進云々但第二神代下巻第卅持統巻不足、目六共同年神代卜巻一冊持統巻一冊以類本補之云々

『今井似閑書籍奉納目録』に記される後方の「假名日本紀　卅三冊」は他の目録本文とは違い、押紙（貼紙）であるうえに、本文とは別筆で記されている。三手文庫には三十三巻三十三冊あり、うち目録が二冊、別冊の巻二が一冊となっている。つまり先に目録にあがっている「假名《字》日本紀目録」は「假名日本紀　卅三冊」に含まれているのである。これら三手文庫所蔵の「仮名日本紀」全巻にわたり「賀茂三手文庫」の印はあるが、別冊の巻二には「上鴨奉納」「今井似閑」の印があり、入庫経路が異なっているものと予測がつく。

三手文庫蔵の「仮名日本紀」目録には、次の奥書が付いている。

> 右之目録者令披見以次手、所々略書
> 出也。定而可有失錯者也。
> 于時寛文元年辛丑年立冬之日　杉原出雲平盛安

奥書から、この目録の成立は寛文元年（一六六一）となる。したがって目録は「仮名日本紀」と同時に成立したものでないことは明らかである。春満自筆「漢字仮名交じり本」も具備する目録は寛文元年に成立したものであり、それ以降に春満が書写したということになろう。別冊の巻二があると記したが、そこには今井似閑による次のような奥書がある。

> さいつ比、加茂の清茂の縣ぬしのふかきめくみをかうふり、神庫の假字日本紀をひもとき侍りしに、第二第三十の二巻かけ侍りぬ。けにやあたひなき玉に疵つきたらん心地し侍りぬれは、類をもとめて闕たるを補はんと思へる事、日さしくなりぬ。こゝに青木永弘かひめおける所の神代紀二まきをかりて、第二を書写比校

> せしめ、神庫によせ、第二の巻を補ひ奉る物ならし。されと永弘か本は日本紀の趣をわざまへさる人の、真字の書を見て、假字に写しかへたるまてと見えて、句の下よりうへにかへる事もおほえす、又文字の誤なとも多く、紀の一躰をしらさる人のしわさとおもはれ侍る。すへて假字にほん紀は、二通りあるよしいひつたへ侍りぬれと、それにもあらさるにや。又直指抄はかな日本紀をもて抄出せるよし、先言耳に侍れは、かりそめに按讎せしめ侍れとも、全文をのせ侍らされは、くはしく考へしるすことあたはす。さるによりて、神庫によせ奉れる事、心ゆかぬ様に覚え侍れと、なきにはしかしとおもひて、清茂のぬしにいひあはせ侍りて、奉納せしめ、好本のいつるを下待侍る物ならし。時に享保四年戊亥四月上侯洛東逸民
>
> 今井似閑

今井似閑は契沖の高弟としても有名であり、この奥書にも名前が見える加茂清茂は学友であり、その関係から似閑は三手文庫に大量の蔵書を奉納したとされる。ここに記された奥書によると、加茂清茂に三手文庫本を見せてもらったときには、既に巻二と三十が欠本であったので似閑は「類をもとめて闕たるを補はん」と思い、青木永弘《ながひろ》が持っていた神代の巻二を借りて写したとある。青木永弘とは吉田流の神道家である。しかしこの書写した本は期待したものではなかったが「好本」が見つかるまでと、享保四年（一七一九）四月に奉納したとある。この別冊の巻二表紙には綴じ糸に付箋が結びつけてあり、「此本似閑奥書付他ハ三手文庫也」とあることからも、他の本とは系統を異にするものである。

もう一冊の巻二の奥書を見ると、巻末に河村本などと同様の慶長勅版本『日本書紀神代巻』にある国賢の跋文が書写されている。そしてその跋文に続き次のように記される。

此一巻三手文庫本闕巻
享保九年以類本写補之

これによると、この巻二は別冊を奉納した享保四年以降になって補われたことがわかる。同様に今井似閑が欠本としている巻三十にも、次のように奥書がある。

右此日本紀ハ少納言清原あそん国賢卿の仮名書の御本、山田氏所持のところ、世にたぐひ希《まれ》なるに依《よ》て、又一部をうつして後世《こうせい》に残《ざん》さんとして、予《われ》に是をうつさしむ。予《よ》老年《らうねん》素筆《そひつ》はゞかりありといへども、望《のぞミ》にしたがひ全部《ぜんぶ》三十巻、紙壮《しさう》すべて千百九十三丁一字のあやまりをたゞして、すでに享保戌《いぬ》のはる書写《かきうつし》おはんぬ。よむ人手跡《しゆせき》の劣《れつ》にかゝはらずして一字もちがひなきを勝《せう》とすへし。

享保三戊戌のとし
初春上旬
秦氏末流
香河景号書写年五十餘歳

此一巻三手文庫本闕巻
享保九年以類本写補之

この巻三十も、その奥書から享保九年（一七二四）に補われたものであることがわかる。この親本は、享保三年（一七一八）に国賢の「仮名日本紀」を写したとする奥書を持つ本のようであり、少なくとも三手文庫の巻二、三十は伝国賢・種忠筆本の系統に属することは間違いない。また補巻したということは、現存する巻二と三十はもとから三手文庫にあったものではないことを意味する。今井似閑が、三手文庫に書籍目録を奉納献上したのが享保六年（一七一八）のことであるから、それ以降に、巻二と三十は補われたことになる。そのようにみると、先に挙げた今井似閑の書籍奉納目録に「一　假名《字》（字）日本紀目録」と立項されていたのも、また別筆、押紙にて「一　假名日本紀　卅三冊」と注記があったことも納得できる。まず三手文庫本と目録は切り離して考えねばなるまい。そして、三手文庫の「仮名日本紀」は、当初巻二と三十が欠本であったが、享保四年に似閑が巻二を補い奉納し、似閑が目録を奉納した後の享保九年に巻二と三十が享保三年書写本をもとに補われたのである。現在の三手文庫本は、数年間を経て取り合わされたということになる。

現存する「仮名日本紀」諸本には、三手文庫本の巻二、三十にあった「此一巻三手文庫本闕巻／享保九年以類本写補之」の奥書を写す本が数本見られ、いずれも三手文庫本の書写本と認められる。その諸本をあげる。

学習院本　十二冊　内閣文庫蔵
外題「假名日本紀」二七・七×一八・六糎　袋綴

倉野本　十冊（目録一冊　巻第二欠）國學院大學蔵
外題「日本書紀」二七・一×一九・九糎　袋綴

鷹司家本　三十二冊（目録一冊）宮内庁書陵部蔵
外題「日本書紀」二六・四×一八・八糎　袋綴

藤森神社本　三十二冊（目録一冊）京都市藤森神社蔵
外題「日本書紀」二八・三×二一・〇糎　袋綴

（巻三十には「此一巻三手文庫本闕巻／享保九年以類本写補之」の奥書なし）

当然のことながら、これらの諸本はいずれも目録を有しており、三手文庫本系の諸本は目録を有する特徴がある。三手文庫本の奥書がなく目録を有する諸本はほとんどない。では、三手文庫の奥書はないが、目録を有する春満自筆本も三手文庫本系に属するのであろうか。

四　荷田春満と今井似閑

これまで、「仮名日本紀」に具備されている目録を手がかりに三手文庫本を中心として諸本系統を述べたが、先ほどから述べている三手文庫において欠くことのできない人物として挙げるべきは、やはり今井似閑である。先にも述べたように、今井似閑は契沖の高弟である。よって、春満自筆の「仮名日本紀」と三手文庫本に関わりがあったとするのであれば、今井似閑を介して契沖の学説などが春満に伝わっていた可能性があるということになろう。また後述する先行論が指摘するような、契沖の説を春満が受け入れていたという学説を補強する新たな観点になるやもしれない。

契沖と春満の学問のつながりについては、これまで度々論じられてきた。近年では上田賢治氏[*9]や松本久史氏[*11]が、春満の学問の系譜をめぐって契沖との関わりについて述べている。松本氏は契沖と春満の関係について、

両者の関係をめぐっては、大きく分けて三つの説に分類されるだろう。一つは晩年の契沖に春満が直接教えを受けたという説。二つは、両者は無関係であるとする説。三つは、直接教えは受けていないが、契沖の著

述から春満が影響を受けたという説である。

と述べて、これまでの両者の関係に対する説を大きく三つに分類している。第一の説は、契沖が没したのが元禄十四年（一七〇一）であり、その前年に春満が既に江戸に下向したため物理的に不可能であったことや、未だ契沖と春満の直接の関係を示す資料が発見されていないことなどから、現在は否定されている。第二の説は、春満の甥で後に養子となった荷田在満が『国家八論』において、次のように記していることによって提言される。*11

只近年に至りて津の国大阪の僧契沖といふ者、万葉古今より始て若干の歌書を釈す。其説猶十に一二は甘心し難き事ありといへども、広く古書を考へて千載の惑を一時に開けり。又予が養父春満といふ者、幼より古学を好みて、終に発明論破する所多く、衆人の視聴を改む。其説契沖と暗に合へる物にして、互いに長短あるものなり。只此両人、向来はいさ知らず、中古以来独歩すと云べし。

傍線を付したように、この「暗に合へる物」説は、春満に続く国学四大人の賀茂真淵、本居宣長、平田篤胤も否定はしていない。国学者系統に属する者は、契沖と春満がそれぞれ独自の立場をとっていたとする見方が多いようである。だが、それも春満の資料が明らかになることによって否定されてしまう。佐佐木信綱氏が『和歌史の研究』で、「東満の蔵書類をすべてみることを得たが、其中に、東満が契沖の和字濫要略二巻を写したもの、契沖の奥書のある難語拾遺を写したものなどがあることを発見した」と指摘し、*12資料から春満が契沖の著書を目にしていたことを示唆した。また昭和四年には『荷田全集』第二巻が出版され、その凡例で春満の自筆を含めた『万葉代匠記』（初稿本）二十七冊の存在が明らかにされ、春満が契沖の説を目にしていたことは間違いなくなった。

したがって現在では、契沖の著述から春満が影響を受けたという説が一般的である。久松潜一氏は、「万葉僻案抄を契沖の万葉代匠記に比し、伊勢物語童子問を契沖の勢語臆断に比すると、両者の説の一致するものが尠くない事を知る」と述べているように契沖と春満の学問の関係は、特に『万葉集』と『伊勢物語』で論じられている。[*13]契沖の『万葉代匠記』も『勢語臆断』も春満自筆の書写本の現存が確認できている。[*14]また久松氏は、

いかなる経路によつて春満が契沖の著書もしくは説を知つたかといふ点に至る時、私は契沖の門人殊に今井似閑等との関係を想起せざるを得ない。(中略)春満は京都の稲荷神社に居り、今井似閑も京都に住んでいたのである。この時と場所の密接な点は両者の交遊をも想像させるのであるが、(中略)春満は似閑と面識はあつたと考へられ、従つて似閑の書入した契沖の著書をも見たのではないかと思はれるのである。

と述べ、今井似閑が媒介となって契沖の説が春満に入ったと考えているようである。また、賀茂別雷神社と稲荷大社の位置の近さを考え合わせても不思議ではない。先に挙げた、三手文庫本と同様の奥書を持つ一本に藤森神社本があったが、これも稲荷大社の近くにある社であり、地理的関係の影響はあるであろう。その地理的関係は、社家としての人のつながりにまで波及する問題である。

春満自筆本と三手文庫本の目録は文献の一致を見たが、久松氏が示唆するようなことが「仮名日本紀」本文にも当てはまることであるのか、具体的に春満自筆本と三手文庫本の共通の巻である巻第六を用いて冒頭部を比較する。

《春満自筆本》
①みはしらにあたり給ふ子《みこ》
②むすめなり
③天皇
④歳次
⑤生《あれ》ませり
⑥岐嶷《いこよか》なる
⑦姿《みかたち》まします
⑧おとこさかりにをよんで
⑨倜《壮》　儻　大　度《すくれおほいなるみこ、ろさし》
⑩卒　性《ひと、なり》
⑪まことにまかせて矯　飾《なをしかさる》所なし
⑫天　皇愛《すへらみことめぐミ》て左右《もとこ》にめしをき給
⑬夢《ゆめ》の祥《さち》によてもて立て皇太子《ひつきのミこ》となり給

《三手文庫》
第　三　子《みハしらにあたりたまふみこ》
女《むすめ》なり
天皇の
としついで
生《あれ》まして
い《岐》こよこな《嶷》る
み《姿》かたちます
おと《及》こさ《壮》かりにして
す《倜》ぐれお《儻》ほひなるみ《大》こ、ろさ《度》し
ひ《卒》とと《性》なり
ま《真》ことに《任》まかせてなを《矯》しかざ《飾》る所なし
天皇めく《愛》ミて左《ミかたはら》　右《(右)もとこ》にめ《引》しおさたまふ
夢《いめ》の祥《さち》によて立て皇太子《ひつきのみこ》となし給ふ

この比較範囲は、垂仁紀即位前紀のみで広範囲ではないにも関わらず相違点が十三箇所も見られた。この比較から明らかなように、春満自筆本と三手文庫本に直接的な関係を見出すことはできない。つまり、春満自筆の「仮名日本紀」本文には、三手文庫本からの影響は無いということになる。したがって少なくとも「仮名日本紀」においては、『万葉集』や『伊勢物語』で指摘されているような似閑を介しての契沖との間接的な関わりはない。

また、三手文庫本が取り合わせ本であったことを考慮すると、目録だけ三手文庫本を写し、本文は別の親本を書写したとは考えにくい。春満自筆本の親本は三手文庫本とは別にあったということになろう。参考までに伝国賢・種忠筆本の対応箇所は次のようになる。

①ミはしらにあたり給ふみこ
②むすめなり
③天　皇《すへらみこと》
④としのついで
⑤生《あれ》ませり
⑥いこよこなる《岐嶷》
⑦みかたち《姿》ましします
⑧おとこさかり《壮》にをよんて
⑨すくれ《倜儻》おほいなるみこゝろ《大度》さし
⑩ひととなり《卒性》
⑪まこと《真》にまかせて矯《なをしかさる》　飾所なし
⑫天皇めくみ《愛》て左右《もとこ》にめしをき給
⑬夢の祥《さち》によてもて立て皇太子《ひつきのミこ》となり

これをみると、春満自筆本も三手文庫本も、完全に一致するわけではなく、いずれにせよ転写本となる。

五　春満自筆本と諸本

三手文庫本の他にも、春満の学問との関わりが指摘される本がある。それは紅葉山文庫本である。この指摘は青木周平氏によるもので[*15]、『出雲風土記　春満考』に付されている葉数と紅葉山文庫の丁数とが一致していることから、春満が官命により校訂した「官本出雲風土記」が現在の紅葉山文庫本であるとした。この指摘は、幕府の書物奉行と春満との関わりを明らかにするものであり、文献の行き来があったことを示すものである。「仮名日本紀」にも紅葉山文庫本がある。

紅葉山文庫本　三十二冊（うち目録二冊）国立公文書館内閣文庫蔵
外題「日本書紀」　二三・六×一七・八糎　袋綴

各巻に、「紅葉山本」と朱で押印されていることからも、紅葉山文庫本であることは間違いないであろう。巻二には、慶長勅版本の国賢の跋文が河村本と同じように書写されている。この紅葉山文庫本と春満本を比較すると、目録を有している点では共通しているが、本文においては腑に落ちない点が多い。仮名書きの本文はほぼ一致するのだが、変体仮名の親字がかなり異なっており、朱点の数も春満自筆本に比べ足りない。また春満自筆本に見られる合点においては、紅葉山文庫本には一箇所も付いていないのである。三手文庫本系統に比べ、本文は春満自筆本と近いといえるが、決して親子関係にある本ではない。したがって、紅葉山文庫本との関わりも「仮名日本紀」においてはないと言わざるを得ない。

春満自筆本の親本がどのような本であったかは未だ明らかにできないが、春満自筆本と朱書き、合点の位置などが一致し、また本文の漢字にふりがなを付す箇所と仮名本文に漢字を傍書する箇所が一致する一本がある。

藤波家本　十五冊（巻二十七・二十八欠）　宮内庁書陵部蔵
外題「假名日本書紀」　二一八・二×二〇・六糎　袋綴

中村氏の先行論では、この本は「帝室図書」と押印されていることから帝室本と称されている一本であり、目録は具備していない。この本は藤波家旧蔵本であり、現在は宮内庁書陵部蔵である。藤波家といえば、伝国賢・種忠筆本の藤波種忠の家であり、第四十三代の当主である言忠により明治四十二年に書陵部に献納された約一千百点の中に、「仮名日本紀」が含まれていたのである。しかし管見の限りでは藤波家本は春満自筆本よりも書写年代が下ったものとみなされる。また春満自筆本と比べると誤写が多くみられ、藤波家本が春満自筆本の親本の世代とは考えにくく、反対に春満自筆本と直接関係があるとも考えられない。しかし、藤波家旧蔵であることは考慮すべきであり、その一本と春満自筆本が同系統に属することは注目すべきであろう。また、この藤波家本には巻第二に慶長勅版本『日本書紀神代巻』にある国賢の跋文がなく、中村氏の解題では他の諸本と「外見上の特徴を見出し難く、これまでの諸本グループ分けに入らない」本として分類されている。そうであるならば、春満自筆本もこれまでの諸本グループには入らない一本になろう。実見に及んでいない諸本を植松氏や中村氏の解説によって補っても、「仮名日本紀」の諸本は圧倒的に慶長勅版本の国賢跋文を有する本が多い。跋文がないものは少数であり、それらの本は跋文が補われる以前の形態をとどめていると考えられる。この藤波家本と同様の一本がある。

京都府立図書館本　十五冊（巻二十七・二十八欠）　京都府立図書館蔵
外題「日本書紀」二七・〇×一九・九糎　袋綴

この一本も、藤波家本と同様に巻二十七と二十八が欠けており、目録もない。藤波家本と誤写や補入点の位置は同じであるが、春満自筆本や藤波家本と比べると朱点の数が足りない。装丁が藤波家本よりも比較的新しいため、恐らく江戸末期の書写本であり、藤波家本の転写本であろう。春満自筆の漢字仮名交じり本は目録を有するも、本文の相違から三手文庫本系ではなく、本文系統としてはこれらの諸本に近い。慶長勅版本の跋文を奥書に持たない本の系統であることも特異だが、その上、目録を有しているのは稀有なことといえよう。だが、春満自筆本の伝播経路などは不明な点も多く、今後の課題となろう。

六　おわりに

本稿では実見し得た東丸神社所蔵の荷田春満自筆漢字仮名交じり本「仮名日本紀」を中心に、諸本を比較して考察を行った。他の「仮名日本紀」の諸本系に属する漢字仮名交じり本には春満説は反映されていなかったが、目録を有する特徴から三手文庫本系統との関わりが想起された。三手文庫との関わりは今井似閑との関わりでもあり、これまでも指摘があるように春満が似閑の師である契沖の学説の影響を受けているかを確認する必要があった。しかし「仮名日本紀」には『万葉集』や『伊勢物語』などとは異なり、三手文庫を介しての関わりはみられなかった。『日本書紀』の語釈となれば、契沖の影響はあるかも知れない。だが、「仮名日本紀」に対しての契沖の影響はなく、春満自筆の「仮名日本紀」には別の影響を想定しなければならないであろう。『出雲国風土記』のように、幕府の書物奉行との関わりも想起されたが、ここにも「仮名日本紀」においては関係が見出されなかった。春満自筆本の位置づけは、今後さらに調査が必要である。

そもそも、三手文庫本も契沖の説が反映されているものではなく、大きな「仮名日本紀」の系統のなかに位置づけられ、伝舟橋国賢・藤波種忠筆本を中心に据えて考えていかなければなるまい。そして「仮名日本紀」は、いくつかの「仮名日本紀」の外題が示すように『日本書紀』として捉えていかなければならないであろう。現存する「仮名日本紀」諸本の発生は上代まで遡ることは出来ない。しかし、それは訓読文として理解することによって、『日本書紀』の訓読史として見ることが可能である。「仮名日本紀」は、三手文庫本巻二と別冊の奥書に「世にたぐひ希なるに依つて、又一部をうつして後世に残さんとして」「ひめおける所の神代紀二まき」などとあるように、『日本書紀』の訓読文としては稀なものであり、当時は秘本として位置づけられていたようである。そのような秘本を、借りて写すという行為には、学問のつながり、ひいては人のつながりが存在したはずである。諸本のつながりを明らかにすることは、学統をも明らかにすることにもつながろう。

註

1 本書、第二章第三節参照。
2 「仮名日本紀」は『新編荷田春満全集』第三巻（平成十七年、おうふう）所収。
3 『釈日本紀』の引用は、尊経閣善本影印集成27『釈日本紀 一』（平成十五年、八木書店、二〇頁）に拠る。一部の片仮名は常用に改め、句読点、返り点は適宜施した。
4 植松安『註譯　假名の日本書紀』上・下（大正九年九月、大同館書店）。
5 中村啓信『神道大系　古典註釈編二』日本書紀註釈上（昭和六十三年、神道大系編纂会）。
6 引用は『日本随筆大成 新装版』十三（昭和七年、吉川弘文館、三二三頁）に拠る。「紀」「記」の混用はそのままにした。
7 引用は『書紀集解』（阿部秋生解題・小島憲之本文補注、昭和六十三年、臨川書店、一九—二〇頁）に拠る。
8 神道書目叢刊二『賀茂別雷神社三手文庫今井似閑書籍奉納目録』（昭和五十九年、皇學館大學神道研究所）。
9 上田賢治『国学の研究—草創期の人と業績—』（昭和五十六年、大明堂）。
10 松本久史『荷田春満の国学と神道史』（平成十七年、弘文堂、二三頁）。
11 官幣大社稲荷神社編纂『荷田春満全集』第十巻（昭和十九年、六合書院、五四〇—五四一頁）に拠る。
12 佐佐木信綱『和歌史の研究』（大正四年、大日本学術協会、二九四頁）。

13 久松潜一『契沖伝』（昭和五十一年、至文堂、四二八・四三二頁）。
14 春満自筆『代匠記』は東丸神社所蔵、『勢語臆断』は宮内庁書陵部所蔵である。
15 青木周平「荷田春満の風土記研究―自筆稿本『出雲風土記考』を中心に―」（『風土記研究』第二九号、平成十六年九月）、同「『出雲風土記　春満考』（自筆稿本）と『出雲風土記考』（成稿本）」（新編荷田春満全集編集委員会『新編荷田春満全集』第三巻、平成十七年五月、おうふう）。

第五節　荷田春満と賀茂真淵の『日本書紀』研究——訓読研究を中心に——

一　はじめに

『日本書紀』研究はその成立以来、脈々と続けられてきた。まずは講筵というかたちではじまり、『日本書紀』の訓みについて講義された。中世においては、家々によって『日本書紀』の研究が行われてきた。なかでも卜部(吉田)家が『日本書紀』研究の中心であり、卜部家による研究成果が継承されていた。この卜部家登場以降の『日本書紀』研究は、少なからず卜部家の影響下にあるといって良いだろう。そして近世に入ると、『日本書紀』が総合的に解釈しなおされるようになった。また出版活動も盛んになり、『日本書紀』本文や注釈が刊行された。この『日本書紀』研究の動向について、垂加神道家の伴部《ともべ》安崇《やすたか》が次のようにまとめている。*1

古へ禁中にて日本紀の講を興行ありし事は、諸記に見へ侍る所は宜陽殿などにて竟宴の禮までありしとかや。愛成朝臣などは其講に預りし人也。古へより今迄、地下にて日本紀の講と云ふ事は不二聞及一。日本紀の内一二の巻をば神代巻と名付て、吉田の家にて萩原大納言殿、吉川惟足翁へ、望によりて講じ給ふと云。それも、吉田の家に數十年絶ぬるを萩原大納言起し給ふと云。林道春翁も神代を講ぜられたりといへども、傳なくして儒學の力にて推て一二の巻を講ぜられけると其講本にて見へ侍る。道春翁の講とし、書本にて有。慥に地下にては一二の巻の講は吉川惟足翁いざなひ被レ申、會津左中将正之公の御望にて講じ申され、其講本は惟足抄寫し本有。伊勢にては、出口信濃守延佳講じ初められ、其講を山本廣足と云門人録して板に出し侍る。垂加靈社は神武記迄を、毎毎門人へ講じ給ふ。いと尊く覺へ侍る。

これは元文三年（一七三八）に記された『病後手習』なる神道書である。ここで安崇は当時の『日本書紀』研究について述べているが、垂加神道家ゆえ登場人物にも偏りがあるものの時代性を捉えている。この安崇は寛文七年（一六六七）の生まれで、前節まで扱ってきた荷田春満とほぼ同年代の人物であり、その見解は当時の一般的な『日本書紀』研究理解と考えて良かろう。この記述からは、『日本書紀』を講義（研究）することが家の手を離れて、広く伝播していった概略がわかる。近世までは一部の人間に限って『日本書紀』は学ばれてきたが、近世へ入ると学問の裾野が広がったのである。

しかし、これら近世における『日本書紀』研究も、発生以来の研究の延長線上にある。いつの時代も『日本書紀』研究は内容を理解するための注釈活動が行われており、その第一歩が訓読作業であった。したがって『日本書紀』を訓読しようとする姿勢は、『日本書紀』を解釈することに直結するのである。

そこで本稿では、近世期において『日本書紀』がどのように訓読されていたかを確認し、その傾向を考察する。とりわけ前節までの考察の対象としてきた荷田春満の訓読と、春満の弟子で春満と同じく「国学四大人」に数えられる賀茂真淵の『日本書紀』研究から、訓読の立場を明らかにし、一人の『日本書紀』観を検討する。

二　春満の「仮名日本紀」

荷田春満は『日本書紀』を全て独自の仮名書きに改め、「仮名日本紀」を記している。「仮名日本紀」とは、植松安氏の整理分類によれば、[*2]平仮名本、漢字仮名交じり本、歌註本、釈日本紀および丹鶴本日本書紀引用本の四種に分かれるのであり、「仮名日本紀」と言ってもその形態は様々である。近年では中村啓信氏による「仮名日本紀」の研究があり、[*3]同氏は國學院大學蔵の伝舟橋国賢・藤波種忠自筆本『仮名日本紀』を翻刻し、その解題で植松安氏よりも多くの「仮名日本紀」を実見した成果を踏まえ諸本を系統づけている。これまでの「仮名日本紀」研究は、植松氏の分類でいう、「釈日本紀及び丹鶴本日本書紀引用本」が存在したか否かに議論が集中していたが、現存する「仮名日本紀」の類はいずれも『日本書紀』を漢字仮名交じり、或いは仮名書きに書き下し、或いは抽出したものである。中村氏は現存の「仮名日本紀」について、「仮名日本紀の現存写本は、書写年時を江戸初期まで遡らせるものは稀有であり、卜部家との直接の関わりを有つものも稀有である。つまり大部分は江戸中期以降の写本であり、日本書紀写本の伝来と密接する性格を持たないのである」と述べている。

これら「仮名日本紀」について、春満もその著書である『日本書紀或問』で「仮名日本紀の事」という一項を設けて次のように述べている。[*4]

或人問、釈日本紀に仮名日本紀ハ何人の作れるやといふ問有、今の世にも仮名日本紀といふ物有や、先生ハ見給へるやいなや。

答云、此事先生に問ひし時、釈日本紀の師説とていへる天慶の説にいはく、此書をよまんために私に所注出なり。作者いまた不詳とあれハ、釈日本紀の比まてハ正しきかな日本紀といふ物有たるなるへし。今世に伝ふる所の仮名日本書紀三十巻あれとも、皆かなちがひを書て古書にあらずとのたまへり。もし正しき古書の仮名日本紀あらば、訓読のたすけ是にすぎたる物なかるへし。おしいかな、いますてにたえてなけれハ訓読の証明かたき事をほしとのたまへり。

ここで春満が引く『釈日本紀』は巻第一にある次の問答である。*5

又問。假名日本紀、何人所作哉。又與此書先後如何。
答。師説、元慶説云、為読此書、私所注出也。作者未詳。

この『釈日本紀』の記事を受けたうえで春満は、現在伝わる「仮名日本紀」三十巻け古書ではないと指摘している。また「訓読の証明かたき事をほし」とし、春満が古訓を追求しようとしていたことがわかる。春満の「仮名日本紀」は、こういった古訓追究の姿勢をもとにして記されたと考えられる。したがって、春満の「仮名日本紀」の訓みは、春満の独自訓が含まれており、解釈が反映されている仮名書きの『日本書紀』と位置づけられる。

春満の「仮名日本紀」としては、自筆の「漢字仮名交じり本」「総平仮名本」「片仮名本」と「春満著述親盛本」の四種が確認されている。このうち「漢字仮名交じり本」については、前節で春満の訓読でけなく、國學院大學本系統の「仮名日本紀」の流れに属すことを述べた。一般的には、この系統のものを「仮名日本紀」と称す傾向にあり、先に引用した春満の『日本書紀或問』にあった「仮名日本紀」も恐らくこの類であろう。したがって、春満訓読の「仮名日本紀」は三種ということになる。なかでも「春満著述親盛本」を記した大西親盛は、春満晩年の重要な門人の一人であり、春満の晩年説を反映しているとして注目できる。そこには、清濁を混用しないために、意図的に濁音に漢字を当て訓読する特徴が確認できた。[*6]

三　賀茂真淵の『日本紀訓考』

春満は、『日本書紀』を「仮名日本紀」という形で訓読していた。一方、春満の門人である賀茂真淵は『日本紀訓考』という文献で、『日本書紀』の訓読作業を行っている。この『日本紀訓考』は、[*7]『賀茂真淵全集』第四と[*8]『増訂賀茂真淵全集』巻十一に収められており、その底本はともに無窮会神習文庫本（以下、無窮会本）である。この無窮会本は、内山真龍自筆本の模本で井上頼圀旧蔵の写本である。内容は『日本書紀』巻一から巻五までであり、本文と訓読文が並記されている。無窮会本の各巻には次のような奥書などがみえる。

〈巻一〉（巻尾）
右訓考。明和六年己丑年正月。始元日。竟十一日。
賀茂眞淵　七十三齢
文化五戊辰年八月六日。訓考終
藤原眞龍　六十九齢
〈巻二〉（巻尾）
右巻二古訓考。明和六己丑年正月廿七日終。七十三齢 賀茂眞淵
文化五戊辰年八月二十六日補写終。藤原眞龍六十九齢
〈巻三〉

神武紀訓考　文化五戊辰年四月十一日記　真多都　（巻首）
神武紀終　文化五年戊辰四月十一日考訓　（巻尾）

〈巻四〉（巻尾）
日本書紀巻第四　終　文化五戊辰年七月朔訓讀

これらによれば、少なくとも巻一、二は、賀茂真淵が七十三歳の時に著述したものを四十年の歳月を経た文化五年（一八〇八）に、弟子の内山（藤原）真龍が書写したということになる。真龍は真淵の門人で『出雲風土記解』等を記した人物として知られる。真淵は明和六年（一七六九）に没しているため『日本紀訓考』は最晩年の作にあたる。真淵自身が晩学であったため、『国家八論』関係以外の著書はほとんど五十歳以後に書かれ、主要な著述は六十歳以降に書かれている。

しかし、無窮会蔵の『日本紀訓考』には、巻三の巻首に「真多都」と真龍の名はあるが、真淵の名は併記されていない。これについて井上豊氏は、「巻三以下にも真淵の草稿があって、それをもとにして真竜が訓読を加えたものであろう」と述べており、[*9]巻三以降は真淵の注をうけて真龍が記したとされている。また真淵の訓読活動については、明和五年（一七六八）の五月一九日の粟田土満《ひじまろ》宛の書翰に[*10]「神代次に崇神大皇あたりまでの訓を御改置候は丶」とあり、この時点で巻五の崇神紀までは訓考が終わっていたとみられている。したがって、『日本紀訓考』は巻三以降にも真淵の意が反映されており、全巻に渡って真淵の晩年の訓読姿勢が反映されているものと考えられる。

『日本紀訓考』は、『国書総目録』によると無窮会本の他に宮内庁書陵部と國學院大學にあると記されている。宮内庁書陵部所蔵の一本は、外題に「日本書紀訓考　神代上」とあり、無窮会本の巻一にあたる写本である。書きぶりや奥書も無窮会本の巻一の奥書と一致し、兄弟本に位置づけられよう。一方、國學院大學には『日本紀訓考』の外題を持つ本は蔵されておらず、その代わりに「神代紀注」という写本がある。恐らく『国書総目録』は、この写本のことを記載したものと思われる。「神代紀注」の内容は『日本書紀』本文の隣に仮名で訓を付したもので、『日本紀訓考』よりはむしろ『日本書紀』の版本に近い体裁である。「神代紀注」には次の奥書がある。

右訓考明和六年正月始元日十一日竟
　　　　　　加茂縣主眞淵七十三歳
安永九年三月十六日書写労畢
　　　　　　狛宿禰諸成五十八歳
寛政二年二月廿八日訓点終此書千歳発明古今無如是訓釈
生子八十連属可置必阿難加志粉
　　　　　　　　　　　　藤原　昌保
近淡海彦根之住床山松居正平謹書

安永九年（一七八〇）の年号があり、真龍の奥書の文化五年（一八〇八）と比べると二十八年古いことになる。また奥書に、複数の名が見られることは、今後、内容と共に調査が必要であり、『日本紀訓考』と合わせて考えていかなければならないであろう。「神代紀注」は、『日本紀訓考』の神代巻に相当し、内山真龍だけではなく門人の間で真淵の『日本紀訓考』が流布していたとも考えられる。

『日本紀訓考』は内容を含め研究があまり進んではいないが、真淵が『日本書紀』の訓を明らかにしようとしていたことは間違いない。明和六年（一七六九）正月廿八日、鈴木梁満《やなまろ》宛の書翰には以下のように記されている。*11

一、神代巻の訓にいとわろき事多し、こは既にいふか如く古言をはよくしらぬ人の訓の亦りし故也、所々の訓註の◯〔有がイ〕如くによむへし、今の人々は字を追てよめど、古へは訓を本にて字はから文体に加えしなれは、古言を得、古文を得て後、文字を奴の如くつかひて、或は字を捨て、或は字よりも多く、或は言を少くなど訓こと也、是も万葉等を得て後はみつから知給ふへし、古事記の今訓いとわろき所多けれは、年月になほしたる本有、是はかの信幸また土万呂かたに有をかりて改められよ、そも又古書なれは塵を払ふが如く、見ることにわろき事も出来ぬれは、いまた必とはいひかたかれど、凡は古へにかなふへし、是をもて紀をもよみ給へ、紀にもおのれか訓あれと、いまだしき事有ば、今しばし、過ずはかしまいりかたし、此訓の事、おのれ四十年はかりの願いにて改めぬれと、猶清う定めかぬめり、文字も誤り多く、文もみたれて、前後せる所も落し所も少なからず、然るを後世の学者流は、本文をはそらに見やりて、空理を作りて強てその所々に加ふる故、よく論ふときは一つとして古へにかなへるはなし、多は儒仏の意也、いかでかわが朝の人代の古へをつくさずして、神代を伺ふ事を得んや、よりて己れは四十年願ひて人代を凡につくして神代に及へり、ことし七十三の齢にて身おとろへ、心しれ行ぬれは、今はせんすべなかれど、命の限りとして朝夕つとめ侍るのみ、

この書翰から、真淵が『日本書紀』の訓を改めようとしていたことが窺える。しかもそれが「四十年はかりの願い」であり、「命の限り」臨む作業であったのである。瀬間正之氏は真淵の書翰などから『日本紀訓考』に対して考察を加えている。*12 瀬間氏は、「明和年間になって、口本紀の訓に心血を注ぎ、とりわけ神代巻の訓に専念

していた。(中略)日本紀を訓むに当たって、具体的な方法としては、古事記を参照することを第一とする。(中略)古意を反映させようとする一貫した態度が見られる」と述べており、『日本紀訓考』を執筆するにあたっての真淵の『日本書紀』訓読に対する考えを明らかにしている。また瀬間氏は無窮会本『日本紀訓考』に不濁点が付されていることを明らかにし、濁って読んではならない語があったことを指摘している。この清濁を区別する意識は、春満にも通じるところがあり、近世における訓読意識の表れの一つといえよう。

四　春満と真淵の訓読法

これまで荷田春満と賀茂真淵の『日本書紀』の訓読に対する姿勢を、それぞれの著述から述べてきたが、「仮名日本紀」と『日本紀訓考』を比較検討することにより、その訓読姿勢の一部を明確にしたい。近世期における上代文献の訓の比較は、真淵と宣長の間で行われているが、[*13]春満と真淵では行われていない。今回の比較では、巻三の神武紀を取り上げることとする。この巻は、『仮名日本紀』と『日本紀訓考』に共通する巻の一つであり、巻一、二の神代巻に続く巻でもあるため、春満や真淵の神道説や神観念も反映されている可能性があるからである。具体的には巻三のなかでも、ニギハヤヒの登場場面を比較対象とする。このニギハヤヒは、巻一、二の神代巻以降で天から降ってくる唯一の存在であり、『古事記』や『先代旧事本紀』などの他の文献にも登場しており、人の位に属するか、神の位に属するかが文献によって異なる。ニギハヤヒは、『日本書紀』では「天神の子」とはっきり記述されているが、『古事記』では天つ神であるとは断言されておらず、天つ神の御子を追って天降りをしてきたとしか記されていない。一方、『日本書紀』では物部氏の祖神に位置づけられており、天の磐船に乗って降り、神武天皇に「忠効」をたてたとされる。また、降った地を「虚空見つ日本の国」と名付け「日本」の起源と結びついている登場人物である。そのため、このニギハヤヒは記載量は少ないといえども、日本神話においては重要な位置づけにあるといえる。

この巻三の場面を対象とするため、比較する文献は春満自筆「平仮名本」の『仮名日本紀』と親盛本『仮名日本紀』、『日本紀訓考』*14の三本となる。春満と真淵という師弟間の訓読の相違を明らかにするのはもちろん、親盛と真淵が親しい間柄であり同時代の人物であることから、これらの本の比較は極めて近い時期の学説比較となる。比較対象の巻三にはニギハヤヒの登場場面は三箇所あり、それらをABCとして比較・考察を行う。BCの場面においては春満自筆本は欠如しているため、比較は親盛本と『日本紀訓考』のみとなる。まずAの場面をみていきたい。ここは塩土老翁が天の磐船に載って降る者が恐らくニギハヤヒであろうとする場面である。

A 抑又聞於塩土老翁。曰、東有美地。青山四周。其中亦有乗天磐船而飛降者。余謂、彼地、必当足以恢弘大業、光宅天下。蓋六合之中心乎。厥飛降者、謂是饒速日歟。何不就而都之乎。

（『日本書紀』神武即位前紀）

「春満自筆本」

はたまた、しほつゝのをちにき、しにいはく、ひむかしによきくにあり。あをやまよもにめくり、そのなかにもまた、あまのいはふねにのりてとひくたるものありとわ

「親盛本」

ハたまた、しほつゝのを治にき、しく。いひしく、ひ賀しによきくにあり。あをやまよもにめ具れり。そのなかにまた、あまのいはふねにのりてと備く陀れるひとありと。

『日本紀訓考』

はたまた。志ほつゝのをぢにき、しく。いひしく。ひむがしによきくにあり。あをやまよもにめぐれり。そのうちにあまのいはふねにのりてとびくだりしかみありとい

れおもふに、かのくにハかならすもちてあまつひつきをのへひろめ、あめのしたにみちをるにたりぬへし。けたしくにのもなか、。そのとひくたるといふものハ、おかふにこれにきハやひか。なむそゆきてミやこつくらさらんやと。

あれおもふに、かのくにハ、かなら受もちてあまつひつ義をひろめの弁て、あめのしたにみちをるにたりぬ弁し。け陀しくにのもなかか、そのと備く陀れるひと丶いふは、これに義ハやひをいへるか。なにそゆきてみやこつくら邪らめや、とのたまへり。

へり。あれおもふに。そのくには。かならすあまつひつぎをひろめて。あめの志たにみちをるにたりなむ。けだしくにのもなかならむ。そのとびくだるかみは。にぎはやびをいふか。なぞゆきてみやこつくらざらんやとのり給へり。

四角囲みはニギハヤヒの名である。その名の訓みの違いもさることながら、傍線をしるした「者」という字に大きな違いがある。Aの場面には二箇所に「者」があるが、これを春満自筆本は「もの」、親盛本は「ひと」、『日本紀訓考』は「かみ」と訓読している。すなわち、『日本紀訓考』ではニギハヤヒが登場する前から、ニギハヤヒを神と解釈していたことは明らかである。この「者」の訓みを諸本と諸注釈書で確認すると、*15 はじめの「者」は、ほとんどが「モノ」と訓読しており、「カミ」と訓読しているのは『通釈』のみであり、次の「者」は全てが「モノ」と訓読している。春満自筆本は諸本に沿っており、「者」を「ヒト」「カミ」と訓読するのは特異であるといえる。親盛本が春満の晩年の説を受けているとすると、春満もニギハヤヒに対して人という解釈をしており、それを真淵の段階では神として解釈したと考えられる。

　では「者」という文字が、そもそも『日本書紀』において「カミ」や「ヒト」と訓読することが可能なのであろうか。「者」は使用頻度が高く、『日本書紀』に一千文字以上もあり、その用法の多くは助辞として用いられている。助辞の用法は除き「者」がどのように訓読されているか『校本日本書紀』を用いて確認すると、「カミ」や「ヒト」と訓読される場合がある。

まず巻一の神代上には、第六段一書第二に市杵嶋姫命を「是居干遠瀛者也」とする箇所がある。この「者」をほとんどの諸本が「カミナリ」「カミ」と訓読している。「モノナリ」という傍訓も見られるが、「モノ」とはっきり訓読しているのは一峯本のみである。この訓について『日本古典文学大系』の頭注は「者をカミと訓むのは底本の古訓」とし、「カミ」と訓読するのは古訓であったと指摘している。また市杵嶋姫命の直後の記事にみられる田心姫命も「是居干中瀛者也」とされており、同様に訓を付している諸本のうち「モノ」と訓読するのは一峯本のみである。第七段一書第一には、思兼神を「者」とするところがあり、同第二には天糠戸を「者」とするが、どちらも為縄本以外は全て「カミ」と訓んでいる。同第三には素戔嗚尊に対し衆神が「而見逐謫者」、つまり「追放されて責められている者である」と言っている箇所があるが、この「者」については、兼方本以下の諸本が「カミナリ」という訓と「ヒトナリ」という二つの訓を付している。

巻二の神代下でも、「カミ」か「モノ」かは諸本によって訓みが異なっている。第九段本書の「問当遣者」と葦原中国に誰を遣わすかを問う場面では、多くの諸本が「モノ」と訓むが、一峯本は「カミ」、丹鶴本は左傍に「ヒトニ」と訓を付している。葦原中国に派遣された天稚彦が死に、味耜高彦根神が天稚彦を「亡者」と称す所では、「亡」の訓に違いがあるものの「者」には諸本による異同はなく「ヒト」と訓している。天稚彦が平定に失敗した後に、高皇産霊尊が更に諸神に問う箇所では「選当遣於葦原中国者」とあり、訓を付す諸本では丹鶴本が「ヒト」、阪本本が「モノヲ」、一峯本が「カミヲ」としている。このように第九段本書においても、「者」には訓みの違いが見られる。第九段一書第一では、皇孫が降る前に戻ってくる「先駆者」を兼方本、水戸本、東山本、兼夏本、兼致本、阪本本、図書寮本が「モノ」とするが、兼方本、水戸本、東山本、兼夏本は「カミ」とも訓を付している。「ヒト」とするのは一峯本のみである。諸本による揺れだけではなく、同一本のなかでも右訓と左訓とで二通りの訓みが示されていることがわかる。また次の場面で、皇孫が天鈿女に「汝是目勝於人者」と言うところでは、熱田本以外「カミナリ」と訓んでおり、この場面では天鈿女に対し、一致して「者」を神として理解していたといえる。

このように諸本間でも「者」には訓みの異同が確認できるのである。したがって、親盛本や『日本紀訓考』が「者」を「カミ」「ヒト」と訓むことは不可解なことではなく、「者」の訓み方には、対象者をどのように理解していたかが現れているといえよう。諸本によっての訓みの傾向はあるものの、対象者の性格を加味した上で訓読作業は行われている。「者」は純粋には「〜である者」という働きがあるが、働きは同じであっても、その訓みを単に「モノ」とするか「ヒト」とするか、また「カミ」と訓んで神と扱うかは、解釈によって大きく異なってくる。つまり校訂者によって訓みが異なり、その訓みには校訂者の解釈が反映されているのである。

次にBの場面の比較に移るが、ここはニギハヤヒが神武天皇に忠誠の功を立てる場面である。

B　時長髄彦、乃遣行人、言於天皇曰、嘗有天神之子、乗天磐船、自天降止。号曰櫛玉饒速日命。饒速日、此云迩芸波椰卑。是娶吾妹三炊屋媛、亦名長髄媛、亦名鳥見屋媛。遂有児息。名曰可美真手命。可美真手、此云于魔詩莽耐。故吾以饒速日命、為君而奉焉。夫天神之子、豈有両種乎。奈何更称天神子、以奪人地乎。吾心推之、未必為信。天皇曰、天神子亦多耳。汝所為君、是実天神之子者、必有表物。可相示之。長髄彦即取饒速日命之天羽々矢一隻及歩靫、以奉示天皇。々々覧之曰、事不虚也、還以所御天羽々矢一隻及歩靫、賜示於長髄彦。長髄彦見其天表、益懐踧踖。然而凶器已構、其勢不得中休。而猶守迷図、無復改意。饒速日命、本知天神慇懃、唯天孫是与。

且見夫長髄彦稟性愎佷、不可教以天人之際、乃殺之。帥其衆而帰順焉。天皇素聞饒速日命、是自天降者。而今果立忠效。則褒而寵之。此物部氏之遠祖也。

（『日本書紀』神武即位前紀戊午年十二月）

「親盛本」

ときにな賀すねひこ、すなはちつかひをまたして、すめらミ呉とにまうしてまうさく、むかし、あめのかミのミこましまして、あまのいはふねにのりて、あめよりいたりい提ませり。な豆けてくしな陀まに義はやひのみことゝまうす。わ賀いろとみかしきやひめ（またのなハな賀すねひめ、またのなハとりみやひめ。）をとりてついにみこをうましむ。なを婆うましまてのみことゝまうす。かれに、われ、に義はやひのミことをもちて、きミとしてつかへまつる。それあめのかミのミこ、あにふたはしらまさんや。いかに層さらにあめのかミのミことなのりて、ひとのくにをう婆はんや。わかこゝろにおしはかりミるに、いつはりならむと。すめらミ呉とのたまはく、あめのかミのミこも

『日本紀訓考』

ときにながすねびこ。つかひをまたしてすめらみことにまをしけらく。さきにあまつかみのみこ。あまのいはふねにのりてあめよりくだりましき。みなをくしたまにぎはやびのみことゝまをす。これわがいもみかしきやびめ。またのなはながすねびめ。またのなはとみやびめにみあひまして。みこうみましき。みなをうましまでのみことゝまをす。かれあはにぎはやびのみことをきみとしてつかへまつるを。あまつかみのみこはいかでふたばしらあらむや。なぞもまたあまつかみのみことなのりて。ひとのところをうばひ給ふや。あれおしはかるにかならずいつはりならむとまをしき。すめらみことのりたまはく。あまつかみのみこもさはなり。ながつかふるきみ。まことあまつかみの

またさはにあり。いまし賀きミとするところ、まことにあめのかミのミこならは、しるしものあらむ。あいミせよと。な賀すねひこ、すなはちに義はやひのミことのあまのは婆矢《(ママ)》ひとつとかちゆミとをとりて、すめらミ呉とにみせたてまつる。すめらミ呉と、みそなはして、まことなりけりとのたまひて、かへりてミはかせるあまのは婆矢《(ママ)》ひとつとかちゆミとをもちて、な賀すねひこにミせたまふ。な賀すねひこ、そのあまつしるしをみて、ますますお治かしこまることをう陀く。しかれ杼もつはものす提にかまへてそのいきほひなか婆にやめむことをえ受してなほま杼へるはかりことをまもりて、ひる賀へる心《(ママ)》なし。に義はやひのミことハ、もとよりあめのかみのねもころにしたまふは、た陀あめミまこゝれあたへたまふといふことをしれり。かつかのな賀すねひこのひとゝなり、くすかしまにもとりて、をしへるにミたみのあひ陀をもちてす弁から邪ることをミて、すなはちころしつ。そのいくさをひきゐてまつろふ。すめらミ呉と、もとよりに義はやひのミことハ、これあめよりく陀れりといふ

みこならば。かならず志るしのものありなん。あれにみせてよとのり給へば。ながすねびこすなはちにぎはやびのみことのあまのはばやひとつとかちゆぎとをいだしてみせまつる。すめらみことみそなはして。まことなりけりとのりまして。またみはかせるあまのはばやひとつとかちゆぎとをみせ給ひしかば。ながすねびこそのあまつ志るしをみて。いよゝおぢかしこまりき。志かれどもつはものすでにかまへて。そのいきほひなかぞらにやまずて。まどへるはかりことをまもりてまつろふこゝろなし。にぎはやびのみこと。もとよりあまつかみのねもころにし給ふ。これあめみまと志りて。またかのながすねびこかひとゝなりくすかしくもとりかにしてさとしかたきをみし給ひてころしき。そのともがらをひきゐてまつろひたまひき。すめらみことももとよりにぎはやびのみことはあめよりくだりしかみなりときこしめすに。いまかくいさをしかりければ。ほめてめぐみたまひき。これものゝべうぢのおやなり。

ことをきこしめせり。しかしていまはたしてた陀しきまことをたつれ婆、ほめてめ具ミたまふ。これもの、弁のう治のとほつおやなり。

まず点線を付した「有」だが、親盛本は「ましまして」と本文自体に無い訓を補っている。しかし、この補訓は諸本にも見られる訓みであり、むしろ通行の訓みといえる。したがって、『日本紀訓考』の方が諸本とは違う訓みをしていることになる。次に「自天降止」だが、親盛本は「あめよりいたりい提ませり」としており、『日本紀訓考』は「あめよりくだりましき」となっている。この箇所を諸本によって確認すると、兼右本・寛文版本は「イタリイテマセリ」、穂久邇文庫本・北野本は「クタリイテマセリ」と訓を付している。諸注釈では、『通釈』『大系』『新全集』が「くだりいでませり」、『全書』は「ありいでませり」がある。この点について、『新全集』の頭注には「『止』は至るの意」とあり、「イデマセリ」と訓むほうが良いようである。また後半にある「是自天降者」については親盛本は「これあめよりく陀れりといふことを」と訓読しており、「くだる」としている。そしてそれに続く「者」は、親盛本は「といふことを」と「者」を訓読しておらず、『日本紀訓考』はA同様に「カミ」と訓んでいる。諸本・諸注釈書は、この箇所の「者」を「ということを」と訓読しているものが殆どであり、通行の訓読であるといえる。しかし、『新全集』のみはこの箇所の「者」を「カミ」と訓読している。『新全集』の底本は寛文版本であるが、この点においては訓み替えを行ったことになる。しかもその訓み替えは、『日本紀訓考』と同様の訓みであることは注目される。また固有名詞の訓みの違いでは、波線を付したナガスネビコの妹「鳥見屋媛」も「とりみやひめ」「とみやびめ」と異なっている。「妹」を「いろと」と訓むか「いも」とするかで違いがあるが、諸本は「イロト」で『全書』は「いもと」、『大系』は「いろも」、『新全集』「いも」となっている。「イロト」と訓むことは諸本にしたがったものである。またこの点においても『日本紀訓考』と『新全集』が同じ訓みをしているのは興味深い。そして「鳥見屋媛」だが、兼右本、北野本、寛文版本は「トリミヤ」と訓を付しており、諸注釈は「とみやひめ（びめ）」と訓んでいる。『古事記』には、

故、迩芸速日命、娶登美毗古之妹、登美夜毗売生子、宇麻志麻遅命。

と書かれており、名前は「トミヤビメ」となっていることから、『日本紀訓考』は妹の訓も神名も『古事記』に拠っているということになる。これは、瀬間氏が指摘しているように、真淵が『古事記』の訓みを尊重していたことが窺えるところである。また波線を付した「忠効」であるが、親盛本は「た陀しきまこと」とし、『日本紀訓考』は「いさをしかりければ」と訓んでいる。この「忠効」について、『大系』は「真心をつくすこと。晋書、楚隠王瑋伝に『懸レ賞開レ封以待二忠効一』とある」と注を付している。『新全集』にも同様の頭注があり「『効』は『功いさをし』の意（中略）古訓タダシキマコト」と加えている。したがって、親盛本の訓みの方が古訓ということになる。この箇所の諸本、諸注釈書の訓みは『新全集』以外は「ただしきまこと」であり、『新全集』のみ「ただしきいさをし」となっている。晋書の用例や『新全集』の指摘のように「効」と「功」が通ずるのであれば、「功」を「いさをし」と訓ませる用例が『日本書紀』にも確認でき、「いさをしかり」と訓むことは可能であろう。また『新全集』の訓みは『日本紀訓考』に比較的近く『日本紀訓考』を編むにあたり、真淵が漢籍の知識を備えていたとも考えられる。

続いてCの場面である。この場面は、神武紀三十一年の記事で、ニギハヤヒが「虚空見日本国」と国を名付けた場面である。

C 卅有一年夏四月乙酉朔、皇輿巡幸。因登腋上嗛間丘、而廻望国状曰、妍哉乎国之獲矣。妍哉、此云鞅奈珥夜。雖内木綿之真迮国、猶如蜻蛉之臀呫焉。由是、始有秋津洲之号也。昔伊奘諾尊目此国曰、日本者浦安国、細戈千足国、磯輪上秀真国。秀真国、此云袍図莽句儞。復大己貴大神目之曰、玉牆内国。及至饒速日命、乗天磐船、而翔行太虚也、睨是郷而降之、故因目之、曰虚空見日本国矣。

（『日本書紀』神武紀三十一年四月）

「親盛本」

ミそ自あまりひとゝせのなつぅ豆きのきのとのとりのついたちのひ、すめらミ呉め具りい提ます。よりてわきかミのほまのをかにの暮りまして、くにのかたちをめ具らしほせりてのたまはく、あなにや、くにえつ。うつゆふのまさきくにといへ杼も、なほあきつのとなめせる呉とくになりと。これによりて、は自めてあきつしまのなあり。むかし、い邪な義のミこと、このくにをな豆けてのたまはく、やまとはぅらやすのくに、ほそほこちたるくに、しハかみほ豆まくにと。またおほあなむちのおほミかみ、な豆けてのたまハく、たま賀きのぅちつくにと。に義はやひのみこと、あまの

『日本紀訓考』

みそとせあまりひとゝせ。うづきのついたちのひ。すめらみことわがきみのほほまのをかにのぼりまして。くにみ志給ひて。あなにや。くにみえつ。うつゆふのまさきくになれども。あきづのとなめせるなせりとのり給ひき。これによりてはじめてあきづ志まのなありけり。むかしいざなぎのみこと。このくにをやまとはうらやすのくに。ほそぼこのちたるくに。志わがみほつまのくにとなつけ給ひき。またおほなむちのかみのなづけ給ふは。たまがきのうらつくにとのり給ひき。にぎはやびのみこと。あまのいけふねにのりて。あまがけりて。このくにをみたまひて。くだりまし、と

いはふねにのりて、おほ磨らをめ具り、このくにをほせるにいたるにをよ備て、あまく陀りましき。かれ、よりてな豆けて、そらミつやまとのくにといふ。

き。そらみつやまとのくにとなづけ給ひき。

このCにおける特徴的な訓読は、まず『日本紀訓考』の「廻望国状」であろう。親盛本は「くにのかたちをめ具らしほせりて」とし、『日本紀訓考』は「くにみ志給ひて」と訓んでいる。「望」の訓については、兼右本は「オホセテ」、穂久邇文庫本「ヲセリ」、北野本「オホセ」、寛文版本「オセ」、『全書』「ほせり」『大系』『新全集』は「のぞみ」としている。この「望」は、『時代別国語大辞典』上代編に「おせる」で立項してあり、「日本書紀古訓にのみ見える語。ほかにホセルの訓がある」と古訓との指摘がある。*16「ほせり」と訓む親盛本には古訓の傾向があるということになろう。一方、『日本紀訓考』が「くにみ」と訓むことは、「廻望国状」を天皇の行為としての国見としてはっきりと意識していたと考えられる。また「翔行太虚也」も異なった訓みをみせている。親盛本は「おほ磨らをめ具り」とし、『日本紀訓考』は「あまかけりて」となっている。この『日本紀訓考』の訓みに近いものは諸本、諸注釈書には見あたらない。「太虚」は『文選』の孫興公「遊㆓天台山㆒賦」に「太虚遼廓而無㆑閡」とあり、注で「善曰、太虚、天也。」とある。おそらく『日本紀訓考』は「太虚」を「天」とみなし「天翔」として「あまかけり」という訓を導き出したのであろう。そのように解釈したのであれば、ここにも漢籍を踏まえた訓読作業の跡がみられるのである。

このCの場面にはおいては、「大己貴大神」の訓みにも違いがみられる。大きな違いは「大神」の「大」の字を補って訓むかということである。『日本紀訓考』は「大」の字を省いて「おほなむちのかみ」と訓読している。この訓は『日本書紀』の本文校訂にも繋がる問題である。『日本書紀』本文では、基本的に大己貴は「命」か「神」

で表記され、「大神」とする箇所はここのみである。兼右本が或本として補入点で「大」を補っているが、その他の諸本、諸注釈書は全て「大神」と表記している。無窮会本『日本紀訓考』の本文は「大己貴大神」の「大」を四角で囲み、傍書で「誤也」としている。したがって、『日本紀訓考』の訓みは本文校訂を経たものであり、本文校訂と訓読作業が並行して行われていたとも考えられる。

五　おわりに

春満自筆の『仮名日本紀』と親盛本、そして真淵が記したとされる『日本紀訓考』の比較を巻三の神武紀において行った。比較の結果、訓読の違いから、巻三に登場するニギハヤヒの解釈の違いが明らかとなった。他にも、文末の敬意表現などにも差が見られ、春満と真淵では訓読姿勢が異なっていることが窺われる。近世期の、しかも春満と真淵という師弟間での比較検討を通して、それぞれの態度が明らかとなった。春満本、親盛本は古訓を重んじつつも、従来の訓みを必ずしも継承してはおらず、これは荷田家の学問の一端としても考えられる。また真淵は、積極的な訓みを行っており、古訓を尊重するよりは、むしろ『古事記』を中心とした訓みを当てはめていた。春満から真淵へと移行する時期に、『日本書紀』よりも『古事記』を重んじる考えが起こっていったことを示すことにもなろう。春満と真淵とを比較し、訓読に違いがあったということは、作品としての『日本書紀』の解釈に違いがあったということになる。だが、互いに『日本書紀』の訓を明らかにしようとしており、清濁を意識するなど共通した行為もみられた。

春満の『日本書紀』研究は、訓読作業だけではなく多方面にわたって研究を行っている。その研究は、近世期の『日本書紀』受容史としても、また後の真淵や宣長の研究に先鞭をつけるものであったことからも重要な位置を占める。そのため、春満の研究姿勢や内容を明らかにすることは今後さらに必要になるであろう。

註

1 引用は『続々群書類従』第一（昭和四十五年、続群書類従完成会）に拠る。引用にあたり句読点を適宜施した。
2 植松安『註釋　假名の日本書紀』上・下（大正九年、大同館書店）。
3 中村啓信『神道大系　古典註釈編二』日本書紀註釈 上（昭和六十三年、神道大系編纂会、四五頁）。
4 引用は『新編荷田春満全集』第二巻（平成十六年、おうふう、三三五頁）に拠る。
5 引用は、尊経閣善本影印集成『釈日本紀』一（平成十五年、八木書店、一九頁）に拠る。句読点は適宜施した。なお、「日本書紀或問」にある「天慶」とは『釈日本紀』に拠ると『元慶』の誤りであろう。
6 荷田春満の「仮名日本紀」については、本書第二章三・四節参照。
7 國學院編輯部編、賀茂百樹校訂『賀茂真淵全集』第四（明治三十七年、吉川弘文館）。
8 賀茂百樹校訂『増訂　賀茂真淵全集』巻十一（昭和六年、吉川弘文館）。
9 井上豊『賀茂真淵の業績と門流』（昭和四十一年、風間書房、三九頁）。
10 書翰の引用は『賀茂真淵全集』第二十三巻（平成四年、続群書類従完成会、一四〇頁）に拠るが、旧字体を常用漢字に改めた箇所がある。
11 前掲註10（二六一頁）。
12 瀬間正之「賀茂真淵の日本紀観とその訓法—附、『日本紀訓考』の「不濁点」—」（『上智大学国文学科紀要』第二十三号、平成十八年三月）。
13 神宮皇學館史学会『校訂真淵宣長訓古事記神代巻』（昭和八年、神宮皇學館史学会）。
14 『日本書紀』本文は、日本古典文学大系『日本書紀』上（昭和四十年、岩波書店）、春満自筆本・親盛本は『新編荷田春満全集』第三巻（平成十六年、おうふう）、『日本紀訓考』は無窮会本に拠った。
15 諸本・諸注釈書の比較対象は、兼右本『日本書紀』（『天理図書館善本叢書　和書之部』第五十四巻、昭和五十八年、八木書店）、穂久邇文庫本『日本書紀』（『神道大系 古典編』、昭和五十八年、神道大系編纂会）、北野本『日本書紀』（『国宝 日本

書紀 北野本』昭和十六年、貴重図書複製会)、寛文九年版版本『日本書紀』(架蔵本)、飯田武郷『日本書紀通釈』(昭和五年、内外書籍)、武田祐吉『日本古典全書　日本書紀』(昭和二十三年、朝日新聞社)、坂本太郎 他『日本古典文学大系　日本書紀』(昭和四十年、岩波書店)、小島憲之 他『新編日本古典文学全集　日本書紀』(平成六年、小学館』である。本文中には二重鉤括弧にて略称で示す。

16 『時代別国語大辞典』上代編(昭和四十二年、三省堂)。

第三章　近代における『日本書紀』研究

第一節　武田祐吉の『日本書紀』研究——新出資料と著作を通して——

一　はじめに

武田祐吉は、國學院大學教授を務め、上代文学を中心とした研究を行ったことで知られる。特に『万葉集』研究において著名であり、『万葉集』全巻にわたる注釈書『万葉集全註釈』を著し、それら『万葉集』研究が評価され日本学士賞を受けた功績がある。武田は明治四十一年に國學院大學へ入学し学問の道へ進むことになるが、『万葉集』研究を始めたきっかけは卒業後に『校本万葉集』の校訂作業に従事したことによってであり[*1]、國學院在学中から『万葉集』研究を志していたわけではないようである。また武田の著作や論文を眺めると、武田の学問は『万葉集』のみに限定されるものではなく、『古事記』や『日本書紀』の研究も含め、幅広く上代文学を取り扱っている。

これまで武田の学問については、その著作や論文からしか知ることができなかったが、平成十九年の國學院大學の校舎改築に伴う図書館移転の際に、新たに武田に関する資料が発見された。これらの資料には、自筆原稿・講義メモ・ノート・カード・書簡・影印などが含まれており、武田の学問を知る新たな手だてを得ることとなった。これらの新出資料から、武田の学問の形成過程を窺うことができるであろう。

そこで本稿では、新出資料を用いながら、武田がどのような過程で上代文学研究へ向ってゆくのかを検証し、なかでも『日本書紀』の研究を取り上げ、その研究態度をみていくことにする。

二　國學院大學在学中の武田

武田祐吉は旧制中学の天王寺中学時代、折口信夫と同級であったことはよく知られている。武田は明治三十七年に中学を卒業し、折口はその翌年に卒業しているが、折口が國學院大學の予科へ進学したのに対し、武田は進学せずに上京している。武田の略歴を見ると、[*2] 國學院入学以前には度々転居をし、就職もしている。その詳細の一端は『國學院雑誌』の彙報にもあらわれている。[*3]

同君自ら記すところに依れば「明治四十一年の夏愛知県の亀崎である肥料問屋の簿記方を勤めてゐたのだが、将来の見込が無いと思つたので、かねての志望通り國學を以つて身を立てようとして國學院に入り」大正二年卒業して、翌年から三年間小田原中学に教鞭を執り五年以降東京帝大の嘱託を受けて、萬葉集校訂に従事、九年から本学に萬葉集を講じて居られる。

この記事は、武田が京都帝国大学から学位を授与されたことを報じたものの一部である。間接的資料ではあるが、これに拠れば、明治四十一年には愛知県の亀崎（現、愛知県半田市亀崎町）で肥料問屋の簿記方を勤めていたとある。しかし、注目すべきは「かねての志望通り國學を以つて身を立てようとして」國學院に入学したと、自ら述懐していることであろう。この時の述懐によれば、武田は「国学」を志して、國學院に入学したと考えられる。

國學院に入学した武田は学問に邁進した。その証拠に、武田は在学中に幾度か特待生となっている。特待生は、前年度の卒業式の際に数名発表されるもので、『國學院雑誌』によると以下のように武田の名前が見られる。*4

大学部国文科予科　第二年生　武田祐吉（明治四十二年七月）
大学部国文科　第一年生　武田祐吉（明治四十三年七月）
大学部国文科　第二年生　武田祐吉（明治四十五年七月）

このように三度、特待生となった武田は卒業時には最優等学生となり総代を務めている。『國學院雑誌』彙報記事によって武田の卒業式の該当部分を抜粋し掲げる。*5

「学事報告」新卒業生中学業操行共に優良なるもの大学部に一名師範部に二名あり其の最優等者大学部武田祐吉師範部平野壽作は皇典講究所総裁宮殿下より特に御賞品拝受の栄を荷へり。
「答　辞」卒業生総代　武田祐吉
「卒業論文」和歌抄集家の研究　武田祐吉

武田は、卒業式において皇典講究所総裁の竹田宮恒久王殿下*6より記念品を拝受し、答辞を述べている。また興味深いのは、研究の出発点とも考えられる卒業論文の題目が「和歌抄集家の研究」であり、この時点では、上代文学に根ざした研究ではなかったということである。武田が述懐した「国学」とは、國學院において「国文学」という形で、学問の基盤を形成していったのであろう。

最優等生で國學院を卒業した武田は、就職活動の末に神奈川県立小田原中学校教諭となる。しかし大正五年、三十一歳の時に依願退職し、東京帝国大学の『万葉集』校訂の嘱託となるのであった。[*7] この『万葉集』校訂の作業によって、佐佐木信綱や橋本進吉などの研究者と出会い、本格的に『万葉集』研究に携わる契機となるのである。ここで、ようやく上代文学研究という方向性が示されていく。また、この佐佐木との出会いは、後に武田が佐佐木の後任として國學院の『万葉集』の講義を担当することへも繋がっている。國學院の教員となった武田祐吉は、大正九年に國學院大學講師、大正十五年に教授となった。

そもそも、『万葉集』校訂の作業に加わるきっかけとなったのは、國學院大學教授で恩師でもある三矢重松の働きによるものであろう。新出資料に含まれていた次の書簡からは、[*8] その様子が窺われる。

貴翰拝見、
御方針変更の事、八代氏[*9]よりも一寸承居候、御勇断御尤ニ存候、乍併小生ハ一体平凡主義の男故今しばらく（両三年）教員生活被成候とも御損ハ有之間敷と存じ候、その精神ニて先日も御話申候事にて只今とも意見ハ同様に候ニ付、御変更方針ニハ賛成も不致、又反対して御とめ可申確信も無之候、就いて承度ハ
一、御希望の仕事といふハたとへバ如何なる風のものか、
二、収入ハ如何程の御見当か、
三、御残業として御さき被成候時間ハ如何程、
四、東京にても教師ハ御きらひか、
五、史料編纂の方などハ如何、
六、六国史国訳の方ハ真ニ御希望か、

等ニ有之、右御報相待候て更ニ可申上候、草々頓首
九月十九日　　　　　　　　　　　　　重　松
武田学兄侍史
ひさぎぞとうち喜びしかひもなく又きさゝけとおほせられつる
御病気折角御大事可被成候

大正四年に書かれたこの書簡は、武田が小田原中学校教諭からの転職を希望していたときのものである。この後に、武田は『万葉集』校訂の嘱託になっていることから、三矢は武田の相談を受け、職業を紹介していたことが窺われる。この書簡の中で、三矢は武田に六つのことを尋ねているが、そのうちの六つ目の質問では、「六国史国訳の方ハ真ニ御希望か」と尋ねている。この質問から、このとき武田は六国史の国訳、つまりは訓読文の作成を考えていたということになる。これは武田が『万葉集』校訂作業に従事する以前に、六国史に対して興味があったということにもなろう。武田は、六国史の訓読文をこの書簡から十五年ほど経った昭和七年に『国文六国史』として出版している。[*10] その後の武田の著作をみても六国史関連のものは『日本書紀』しかない。この書簡から、武田にとって『日本書紀』研究は、『万葉集』校訂作業に従事する以前から意識の中にあったと見て間違いないであろう。

三　武田による『日本書紀』関連の著作

三矢との書簡から、武田が早くから六国史に興味を示していたことが明らかとなった。武田は本格的に研究を

行うようになってからも『日本書紀』関連の著作や論文を発表している。後年になっては、國學院大學日本文化研究所で『日本書紀総索引』[*11]、『校本日本書紀』[*12]の編纂の立案、監修も行っている。武田の『日本書紀』関連の研究には、武田が校訂を行った『日本書紀』のテキスト類も含まれている。武田祐吉が校訂を行ったテキストは次の三本である。

・『上代文学集（校註日本文學類従）』　昭和四年十月　博文館
・『国文六国史　日本書紀』上下　昭和七年十月～　大岡山書店
・『日本書紀（日本古典全書）』　昭和二十三年一月～　朝日新聞社

一つ目の『上代文学集』は、『古事記』『日本書紀』『古語拾遺』「風土記」「佛足跡歌碑」『歌経標式』『琴歌譜』「祝詞」『続日本紀』『懐風藻』といった文献を書き下し、それぞれを抄録したものである。このうち『日本書紀』は、巻第一～第三のみ全文を収録し、その他の巻は抄録である。それらの底本には、巻二に図書寮本を用い、その他は「通行本」が用いられている。武田が用いた「通行本」とは、恐らく版本か活字本といった流布本の類であろう。この『上代文学集』は、武田の著作のなかでも早期のものであり、単著としては三冊目にあたる。またこの著作は、上代文献を網羅していたものとしても注目できる。

二つ目は先にも触れた『国文六国史』である。一つ目の『上代文学集』とは異なり、『日本書紀』全巻にわたっての訓読文が収録されている。この『国文六国史』は國學院大學教授であった今泉忠義との共著であるが、『日本書紀』は武田が担当している。このテキストの底本は、活字本である朝日新聞社刊の『六国史』が用いられている。朝日新聞社刊の『六国史』は、昭和三年に國學院大學教授であった佐伯有義が[*13]、寛文九年版本を底本として校訂したものである。この『六国史』を訓読したことから、書名が『国文六国史』となったとみられる。佐伯が校訂した本を利用して、武田が訓読文を作成した成立過程から、『国文六国史』は國學院の学問の影響下で成立した本としてみることもできる。

そして三つ目は、朝日新聞社の『日本古典全書』に収められている『日本書紀』である。これは昭和二十三年から刊行され、『日本書紀』全巻が六冊にわたって収録されている。先の二つは『日本書紀』の訓読文のみの収録であったが、『日本古典全書』は注釈本であり、『日本書紀』本文と注釈もあわせて掲載されている。この注釈本の底本は、巻一・二が彰考館本、巻十四は前田家本、その他はこの当時では最善本と位置づけられていた北野本が用いられており、いずれも『日本書紀』の古本系に属する写本である。古写本により本文を校訂する態度は、『万葉集』の校訂作業に従事していた、武田らしい姿勢ともいえる。また、この当時は複製本がさかんに出版された時期でもあり、ここで用いられている底本は、いずれも複製本が刊行されている。[*14] そのため文字の異同などを確認する際には、大いに役立ったと思われる。彰考館本の複製は、佐佐木信綱が代表を務める日本文献学会から出版されており、また貴重図書複製会が出版した北野本の複製は、國學院大學教授の宮地直一が解説を書いている。いずれも武田と関わりのある人物が関係しており、武田の学問を考える上でも注目される。

『日本古典全書』の成立においては、先述の新出資料から注目される事実が明らかとなった。それは『日本古典全書』の草稿であり、原稿として一紙に右側には訓読文として『国文六国史』が、左側には本文として佐伯有義の『六国史』が貼り込まれているものが確認できた。[*15] 『国文六国史』にはペン書きで訓読文が訂正されており、『六国史』の貼り込み上部には北野本との校異が書き込まれている。このように、『日本古典全書』は先行するテキストを下敷きとして作成されたことが明らかとなった。

『国文六国史』や『朝日古典全書』は、先行する佐伯の『六国史』を下敷きにしているとみられるが、当時の『日

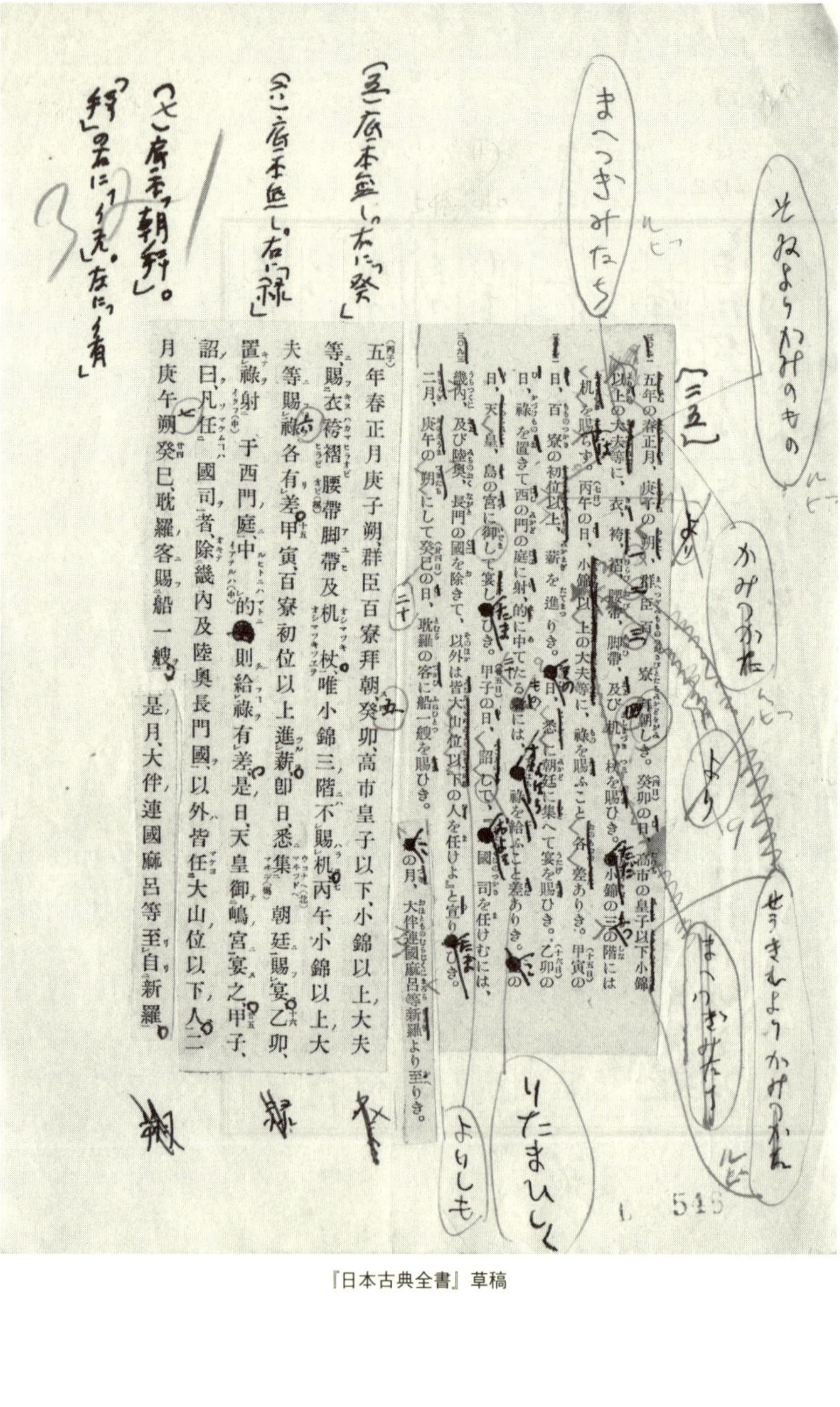
五年の春正月、庚子の朔に、群臣百寮拜朝しき。癸卯の日、高市の皇子以下小錦以上の大夫等に、衣、袴、褶、腰帶、脚帶、及び机、杖を賜ひき。唯小錦の三つの階には机を賜はず。丙午の日、小錦以上の大夫等に、祿を賜ふこと各差ありき。甲寅の日、百寮の初位以上、薪を進りき。即日、悉に朝廷に集へて宴を賜ひき。乙卯の日、祿を置きて西の門の庭に射、的に中てたる者には、祿を給ふこと差ありき。是の日、天皇、嶋の宮に御して宴しき。甲子の日、詔して、凡そ國司を任けむには、畿內及び陸奥、長門の國を除きて、以外は皆大山位以下の人を任けよと宣りき。二月、庚午の朔にして癸巳の日、耽羅の客に船一艘を賜ひき。

是の月、大伴連國麻呂等新羅より至りき。

五年春正月庚子朔、群臣百寮拜朝。癸卯、高市皇子以下、小錦以上大夫等、賜衣袴褶腰帶脚帶及机杖。唯小錦三階不賜机。丙午、小錦以上大夫等賜祿各有差。甲寅、百寮初位以上進薪。即日悉集朝廷賜宴。乙卯、置祿射于西門庭。中的則給祿有差。是日天皇御嶋宮宴之。甲子、詔曰、凡任國司者、除畿內及陸奥長門國、以外皆任大山位以下人。二月庚午朔癸巳、耽羅客賜船一艘。

是月、大伴連國麻呂等至自新羅。

546

『日本古典全書』草稿

本書紀』本文の出版物には他にどのようなものがあったのか、当時の出版状況を確認してみる。まず明治以降の『日本書紀』本文のテキストを並べると次のようになる。

国史大系（経済雑誌社校訂　経済雑誌社　明治三十年）
六国史（佐伯有義校訂　朝日新聞社　昭和三年）
新註皇学叢書（物集高見編　広文庫刊行会　昭和四年）
日本古典全集（正宗敦夫校訂　日本古典全集刊行会　昭和五年）
異説日本史　第十八巻（雄山閣編　雄山閣　昭和八年）
日本古典全書（武田祐吉編　朝日新聞社　昭和二十三年）

ここには、『日本古典全書』が刊行される以前のものを全て掲げた。明治に入り活字本の『日本書紀』が刊行されるようになるが、それらの体裁は漢文体の『日本書紀』本文に訓点を施すといった、それまでの写本や版本の体裁を踏襲するものであった。このように並べると武田のテキストは、昭和八年以来の刊行であり、戦後初の『日本書紀』のテキストである。さらに武田の『日本古典全書』は、注釈本として最も早い成立であり、その後の『日本書紀』テキストに先鞭をつけたともいえよう。

次に、『日本書紀』の訓読文の出版も同様にみてみたい。『日本書紀』は、本文に付された訓や返り点などによって訓まれてきたが、時代がくだり『日本書紀』本文を仮名書きに改めた訓読文が作られるようになった。『日本書紀』の訓読文の成立は、中世後期から近世にかけて登場した「仮名日本紀」にまで遡るが、近世期においては国学者たちの活躍もあり、『日本書紀』の訓読研究が進められた。明治期に入ってからの訓読文は、国学者の研究の延長線上に位置づけることもできよう。「仮名日本紀」以降の『日本書紀』の訓読文を並べると、次のようになる。

新訳日本書紀（飯田弟治編　嵩山房　大正元年）
日本書紀神代巻（島根県皇典講究分所編　松陽新報社　大正四年）
註釈仮名の日本書紀（植松安編　大同館　大正九年）
日本書紀神代巻（世界聖典全集　改造社　昭和二年）
岩波文庫（黒板勝美編　岩波書店　昭和三年）
上代文学集（武田祐吉編　博文館　昭和四年）
日本古典全集（訓読）（正宗敦夫編　日本古典全集刊行会　昭和七年）
国文六国史（武田祐吉・今泉忠義編　大岡山書店　昭和七年）

このように訓読文の出版物を並べても、武田の訓読文は『日本書紀』本文と同様に早い段階での出版であることがわかろう。また他の『日本書紀』訓読文や、他の『日本書紀』関連の文献が神代巻（巻一・二）のみに限定されることが多いなかで、武田は全巻にわたっての訓読を行っており、他の文献とは性格を区別せねばなるまい。

四　武田の『日本書紀』訓読法

では具体的に武田の『日本書紀』テキストの特徴を、訓読文を通してみていくことにする。武田の訓読文の三本と、武田の訓読文の刊行と年代が近い、岩波文庫[16]と日本古典全集[17]を比較対象とし検討を行うこととする。それぞれの『日本書紀』冒頭箇所を以下に掲げる。

『上代文学集（校註日本文學類従）』昭和四年十月　博文館

古《いにしへ》天地いまだ剖《わか》れず、陰陽分れざりし時、渾沌《まろか》りたること鶏《とり》の子《こ》の如く、溟涬《くぐも》りて牙《きざし》を含めりき。その清陽《すみあきらか》なるもの薄く靡《たなび》きて天となり、重く濁れるもの淹滞《とどこほ》りて地と為りき。精妙《たへ》なるが合ひ摶《あふ》ぐは易く、重《に》濁《ご》れるが凝《こ》り場《かたま》るは難し。故《かれ》、天先《まづ》成りて、地後に定まる。然る後に神聖《かみ》その中に生れ給ふ。

『国文六国史　日本書紀』上下　昭和七年十月～　大岡山書店

古《いにしへ》天《あめ》と地《つち》いまだ剖《わか》れず、陰《をむ》と陽《やう》と分《わか》れざりし時《とき》、渾沌《まろか》りたること鶏《とり》の子《こ》の如《ごと》く、溟涬《くぐも》りて牙《きざし》を含《ふく》めりき。その清陽《すみあきらか》なるもの薄靡《たなび》きて天《あめ》となり、重濁《にご》れるもの淹滞《とどこほ》りて地《つち》と為《な》りき。精妙《たへ》なるが合《あ》ひ摶《あふ》ぐは易《やす》く、重濁《にご》れるが凝《こ》り竭《かたま》るは難《かた》ければ、天先《あめまづ》成《な》りて、地後《つちのち》に定《さだま》りき。然《しか》ありし後《のち》に神聖《かみ》その中《うち》に生《あ》れ給《たま》ひき。

『日本書紀』（日本古典全書）　昭和二十三年一月～　朝日新聞社

古《いにしへ》天地のいまだ剖《わか》れず、陰陽《おんやう》の分れざりし時、渾沌《まろか》れたること鶏《とり》の子の如く、溟涬《くぐも》りて牙《きざし》を含《ふふ》めりき。その清陽《すみあきらか》なるもの薄靡《たなび》きて天と為《な》り、重濁《にご》れるもの淹滞《とどこほ》りて地《つち》と為るに及《いた》りて、精妙《たへ》なるが合ひ摶《あふ》ぐは易く、重濁《にご》れるが凝り堝《かたまる》は難ければ、天まづ成りて地《つち》後に定まる。然《しか》る後に神聖《かみ》その中《うち》に生《あ》れましき。

岩波文庫『日本書紀』　昭和三年一月　岩波書店

古、天地《あめつち》未だ剖《わか》れず、陰陽《めを》分れずあるとき、渾沌《まろかれ》《むらかれ》たること鶏子《とりのこ》の如く、溟涬《くゞも》りて牙《きざし》を含《ふく》めり。其の清《す》み陽《あきらか》なるものは、薄靡《たなび》きて天《あめ》となり、重く濁れるものは淹滞《つゞ》きて地《つち》となるに及びて、精しく妙《たへ》なるが合《あ》へるは摶《あを》き易く、重く濁れるが凝《こ》りたるは堨《かたま》り難し。故《か》れ天《あめ》先づ成りて地《つち》後に定る。然《しかう》して後、神聖《かみ》其の中に生《あ》れます。

日本古典全集『日本書紀（訓読）』　昭和七年七月　日本古典全集刊行会

古、天地《アメツチ》未だ剖《ワカ》れず、陰陽《メヲ》分れず、渾沌《マロカ》たること鶏子《トリノコ》の如く、溟涬《クヽモ》りて牙《キザシ》を含《フク》めり。其の清《ス》み陽《アキラカ》なるものは、薄靡《タナビ》きて天《アメ》となり、重く濁れるものは淹滞《ツヾ》きて地《ツチ》となるに及びて、精しく妙《タヘ》なるが合へるは摶《アフ》ぎ易く、重く濁れるが凝《コ》りたるは竭《カタマ》り難し。故《カ》れ天《アメ》先づ成りて地《ツチ》後に定まる。然《シカ》して後、神聖《カミ》其の中に生《ア》れます。

このように並べると、細かな訓読の違いの他に、文末表現が大きく異なっていることがわかる。例えば、一文目末を『岩波文庫』と『日本古典全集』は「牙を含めり」と訓んでいるが、武田の『上代文学集』『国文六国史』『日本古典全書』は、いずれも「牙を含めりき」と過去の助動詞「き」を用いている。現行の注釈書や訓読文をながめても、武田と同様に過去の時制として訓読するものは見当たらない。これは、武田の訓読文の特徴といえる。この他にも、武田の『日本書紀』訓読文には、敬語の補読なども多く見られる。このような武田独自ともいえる『日本書紀』訓読の態度は『日本古典全書』の解説にその理由がまとめられている。*18 武田はまず基本姿勢を次のように述べている。

日本書紀の本文は漢文体で書かれてゐる。これを如何やうに読むべきかといふに、数種の方法が考へられる。これに就いては、一、普通の漢文と同様に、達意を主眼として読むべきか、二、古伝本等に附せられてある訓に依つて読むべきか、三、本書成立当時の訓法を求め、これに依つて読むべきか等の方針の問題がある。このうち第二の、古伝本に附せられてある訓に依つて読むことは、実際に世上に行はれてゐる所であるが、それは要するに平安時代乃至鎌倉時代の語法及び語彙に依るものであつて、古風でも無ければ、達意でも無い中間的な訓であるから、採用し難い。古写本等に附せられてゐる訓は、参考としては貴重な資料であるが、これのみに頼つて読むことは無意義である。然らば、第一の達意に依るべきか、第三の古風に依るべきかといふに、これは両立するのであつて、読む時の目的に依つて、いづれでもよいのである。しかし達意を目的として読むにしても、字面や訓注の如き読み方に指定のあるものは、これに依る外は無いのであるから、その場合、木に竹を継いだやうな読み方の起ることも豫想されるのはやむを得ない。

先に触れたように、『日本古典全書』は『日本書紀』の古本系に属する北野本などを底本としているにもかかわらず、傍線部のように古写本にある古訓を採用しない方針を示しているのである。北野本には、訓が施されている箇所も多く、その訓は平安時代の訓を有しているとされ、訓読資料としての価値が認められている。また北野本には特異な訓読も含まれており、それらの訓読の評価も高い。しかし、『日本古典全書』の解説に記されている通り、『日本古典全書』には北野本の特異な訓ほど採用されておらず、実際に見比べても訓読文には北野本との共通性は窺えない。つまり、武田は本文のみを底本により、訓読文は武田自身によって新たに作られたと考えざるを得ない。また、武田は文末の時制に関して次のように記している。

さてなるべく純粋な国語に読まうとするに当つて、文の基調を為す問題として、まづ考へねばならぬのは、時の表示如何である。日本書紀の大部分は、過去の事実を記述して居り、これに僅少の、今は何何といふ現在の事実が附記せられてゐる。その現在の事に就いて記してゐる部分は、現在形を以つて読むとして、過去の事に属する部分を如何に読むべきかといふに、過去の形を以つてする読み方と、現在の形を以つてする読み方とがある。過去の事実に就いても、その時に於いて語るといふ立場に在つては、現在の形で読むことも誤とは為し難い。しかし伝誦に依る場合の如きは、多く過去の時を以つて読むべき徴証が存してゐる。

武田は、『日本書紀』の訓読を「なるべく純粋な国語」として読もうとしており、その点で「時の表示如何」を重視していたのである。武田は、時制に関して「多く過去の時を以つて読むべき徴証が存してゐる」として、『日本書紀』の訓注・『古事記』の表音文字・祝詞・宣命などの用例を挙げ、詳細に論じ解説している。例えば『日本書紀』の訓注には、「神祝祝之、此云二加武保佐枳保佐枳枳一」（神代紀）とあり、助動詞「き」を以て結んでいるものと「爰倭迹迹姫命、仰見而悔之急居」（崇神紀）のように動詞の終止形の形で結んでいるものがあることを示す。また『古事記』でも同様に「啼伊佐知伎也」や「神夜良比夜良比岐」（いずれも上巻）のように「き」を以て文を結ぶものとそうでないものを示している。そして、過去の語法を用いているものが多いことを示唆し、文末の時間表現の重要性について言及している。しかしながら、全部にわたって一定の法則によることは困難であり、訓法の不統一が許容されねばならないともしており、やや消極的な見解とも受け取れる。

五　本居宣長と武田の訓読法

今日でも武田と同じように『日本書紀』を訓読するものは他には見られない。近世期まで遡り「仮名日本紀」などをみても、過去の助動詞の補読は行われておらず、先行する近世から近代にかけての『日本書紀』の注釈書[*19]をみても補読は行われていない。いずれも『日本書紀』本文に訓仮名を付したり、語釈を加えたりしてはいるものの、時制に対する言及は見られず、文末表現の訓みまで明確にしていないものがほとんどである。しかし、『日本書紀』には武田と同じ過去の時制を意識した訓読文はみられないが、『古事記』には過去の助動詞「き」を用いる訓読文がある。それは、本居宣長の訓読である。武田の過去の時制、特に過去の助動詞「き」を用いて訓読を行う姿勢や、他の古典籍を根拠とした訓読態度は、本居宣長の態度を想起させる。宣長は、『古事記伝』の「訓法の事」という項目において、『古事記』の訓みについて次のように述べている。*20

全《モハラ》古語を以て訓《マ》むとするに、それいとたやすからぬわざなり、其故は、古書はみな漢文もて書て、全《マタ》く古語のまゝなるが無《ナ》ければ、今何《イツ》れにかよらむ、そのたづきなきに似たり、たゞ古記の中に、往往《ヲリヲリ》古語のまゝに記《シル》せる處々、さては続紀などの宣命《ミコトノリ》の詞、また延喜式の八巻《ノ》なる諸祝詞《ノノリト》など、これらぞ連《ツヅ》きざまも何《ナニ》も、大方《オホカタ》此方《ココ》の語のまゝなれば、まづこれらを熟《ウマ》く読習《ヨミナラ》ひて、古語のふりをば知《ル》べきなり、

ここで宣長は、漢文で書かれた文献を訓読する立場を取りながらも、その難しさを語っている。また、訓の根拠としては『続日本紀』に収められる宣命や『延喜式』祝詞を重視している。この態度は、武田と同様である。宣命は、用言の活用部分や助動詞・助詞を仮名書きにする、いわゆる宣命体であるため、当時の文体を知るための資料として適している。宣命や祝詞は、現在に即して語られる文章であるが、その中には過去の事実を語る部分が多いことから上代における祭祀の詞章が残されたものとして考えると、『古事記』や『日本書紀』の訓読の根拠となり得るものである。

では、宣長が実際に『古事記伝』の中で行っている訓読を例にとり、宣長の訓読態度をみることにする。『古事記』上巻の冒頭は次のように始まる。*21

天地初發之時、於㆓高天原成㆒神名、天之御中主神。訓高下天云阿麻。下效此。次高御産巣日神。次神産巣日神。此三柱神者、

並獨神成坐而、隠レ身也。

このうち傍線部を付した箇所の訓読を対象としてみていきたい。宣長の訓読と比較するのは、流布本として寛永版本、度会延佳の『鼇頭古事記』、宣長の師である賀茂真淵の『假名書古事記』である。*22

隠《カクシマス》レ身《ミヽヲ》也（寛永版本）

隠《カクシマス》レ身《ミヲ》也（鼇頭古事記）

ミかくりましぬ（假名書古事記）

隠　身　也《ミミヲカクシタマヒキ》（古事記伝）

このように、宣長に先行するテキストは過去の時制として訓読を施しておらず、また「き」の補読は、師真淵からの影響でもない。宣長より以前に、過去の時制に注目した訓読はなく、時制を考慮した訓読をするようになったのは宣長から出発しているといえる。『古事記』全体を通じ、宣長は一貫して過去の助動詞「き」を用い、過去の事象として『古事記』を訓読している。今日の『古事記』のテキストも宣長の影響下にあり、ほとんどが宣長の訓読を踏襲している。宣長から新しい『古事記』の訓読が始まったとみても良いであろう。

この「き」を用いた過去時制による訓読態度は、武田最初の『日本書紀』の訓読文である『上代文学集』には明確に凡例などが記されていない。しかし、時制を考えた武田の訓読姿勢は早くから意識されており、宣長の『古事記』の訓読の態度と共通する。それは武田が宣長の訓法を意識したことによると考えられるが、両者とも上代文献の訓読に対する考えが共通していたことを示している。漢意を排除した宣長は、漢字で書かれた『古事記』

を「やまとことば」として扱った。それによってうまれた訓読が、『古事記伝』や『訂正古訓古事記』であり、武田が『日本古典全書』の解説で、過去時制の根拠として宣命体などを用いている点などは、方法論として宣長に通じるのである。宣長が『古事記』を「やまとことば」として扱った態度は、『日本古典全書』の中で武田が述べるところの、「なるべく純粋な国語」として訓もうとした態度に重なりあうものとして理解できるのである。

六　おわりに

本稿では武田の著作に含まれるテキスト類から、その研究態度を見てきた。テキストの生成に当たっては、武田の『日本書紀』研究は、近代の『日本書紀』研究史上でも早期に位置づけられる。武田は『日本書紀』本文を整備するために、古写本を重んじる態度を取っていた。これは『万葉集』校訂作業の経験が生かされた結果といえる。しかし訓読文に関しては、それまでの訓読とは異なった武田の姿勢が見られた。この姿勢は、『日本書紀』を歴史書としてだけ見るのではなく、また漢文体をただ読み下すものでもなく、『日本書紀』を国文学の範疇で「純粋な国語」として扱ったことによる。『日本古典全書』の凡例にも、

日本書紀の本文は漢文で書かれてゐるので、これを漢字交り文に書き下すのは、一の飜譯である。漢文と国語とでは、語法上相違するものがあり、また漢文は概して短い文章で出来てゐるが、国語は比較的長い文章を使用することが多い。今いはゆる漢文読みを避けて、なるべく純粋の国文に近いものとして、古い語法に則つて書き下し文を作つた。もとより努めて原文に即して読むこととしたが、いきほひ、意譯にならざるを得ない場合も生じた。

とあり、『日本書紀』をいかに国文として捉えようとしたかが窺われる。
新出資料に含まれていた武田自筆の講義メモには次のような一枚がある。*23

日本書紀　研究のあと　　歴史的に
一、政治学方面　平安時代　平安→鎌倉
二、思想方面　　鎌倉室町
　　神代二巻を取扱ふ
三、歴史書方面　　近世
　　　　　　　　　現代　は多論
　そは本来の【面目】意義
　副へて　国家論
　　文学

この講義メモは、『日本書紀』の研究史を時代ごとにまとめたものと思われる。『日本書紀』は成立後、政治学方面、思想方面、歴史書方面から取り扱われてきた。武田は、歴史書方面からの研究は本来の意義であるとするが、そこには国家論や文学の要素が添加されていると考えていたようである。武田が目指した訓読文は、歴史書としての『日本書紀』ではなく、『日本書紀』に顕れる思想的なもの、文学的なものをより明らかにするための

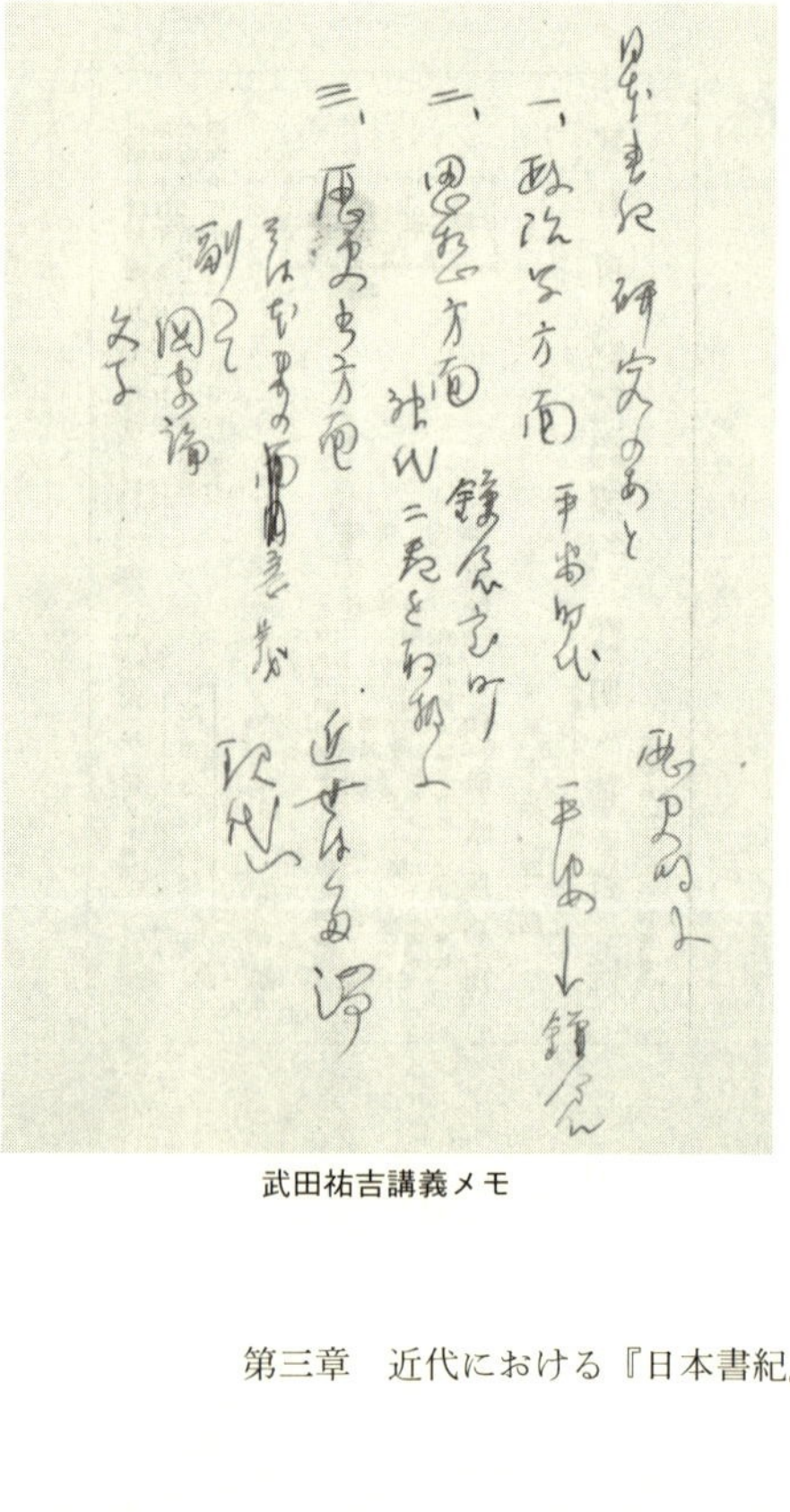
武田祐吉講義メモ

ものではなかっただろうか。そのために武田は『日本書紀』を「純粋の国語」として訓み下し、「純粋の国文」に近いものとして理解しようとしたのである。この結果、武田によるテキスト類は本文と訓読文は異なった考え方から編纂されたと思われる。

武田の訓読文に表れた時制を重んじる態度は、宣長の『古事記』の訓読と通じるものであり、武田は宣長の訓読方法と共通した考えを『日本書紀』に用いたといえる。そのため武田が校訂したテキストの訓読文は、決して独創的な訓読文ではなく、先学を踏まえた訓読文として見ることができよう。武田の『日本書紀』研究には、宣長などの先行説の影響が見られ、言い換えるならば、武田の訓読文は国学者の訓読態度を受け継いだともいえるのである。

註

1 拙稿「三矢重松と武田祐吉の関係—武田来簡を中心として—」(『國學院大學伝統文化リサーチセンター研究紀要』第一号、平成二十一年三月)。

2 武田祐吉の略歴は、『國學院雜誌』第五十九巻十・十一月号(昭和三十三年十一月)掲載の武田祐吉博士年譜・著作目録に詳しい。

3 『國學院雜誌』第三十七巻二号 彙報(昭和六年二月)「院友武田教授の學位受領」。引用に際しては、旧漢字は常用漢字に改めた。

4 『國學院雜誌』第十五巻七号 彙報(明治四十二年七月)・第十六巻七号(明治四十三年七月)・第十八巻七号(大正元年七月)彙報。

5 『國學院雜誌』第十九巻七号(大正二年七月)彙報「本大學記念式及卒業式」。

6 竹田宮恒久王 明治十五年(一八八二)—大正八年(一九一九)。北白川宮能久親王第一王子。妃は明治天皇の皇女昌子内親王。皇典講究所第二代総裁。

7　武田の就職活動については、註1にて論じた。
8　書簡の翻刻に際しては、適宜読点・改行を施した。
9　八代国治　明治六年（一八七三）―大正十三年（一九二四）。　歴史学者。東京帝国大学文科大学史料編纂掛であり、後に國學院大學教授を兼務。長慶天皇の即位問題を考証したことで知られる。武田も長慶天皇御在位に関して有力な史料を発見した功労により、御紋章附銀盃を下賜されている。この書簡当時、八代は東京大学史料編纂所におり、この書簡の五つ目の質問などは八代との関わりを想起させる。
10　武田祐吉・今泉忠義編『国文六国史』（昭和七年、大岡山書店）。
11　中村啓信編『日本書紀総索引』（昭和三十九年、角川書店）。
12　國學院大學日本文化研究所編『校本日本書紀』（昭和四十八年、角川書店）。
13　佐伯有義　慶応三年（一八六七）―昭和二十年（一九四五）。神職、神道学者。國學院大學教授。『古事類苑』の編纂等にも携わった。
14　彰考館本複製は昭和十九年に日本文献学会から、前田家本複製は昭和元年に大阪毎日新聞社から、北野神社本複製は昭和十六年に貴重図書複製会から出版されている。
15　その他、『日本古典全書』に関連する新出資料は、原稿用紙に書かれた原稿や校正原稿などが確認されている。
16　黒板勝美編『日本書紀』（昭和三年、岩波書店）。
17　正宗白鳥編『日本古典全集　日本書紀（訓読）』（昭和七年、日本古典全集刊行会）。
18　武田祐吉『日本古典全書　日本書紀』（昭和二十三年、朝日新聞社、一九―二〇頁、二一頁、四六―四七頁）解説。引用に当たって、旧漢字は常用漢字に改めた。
19　考察の対象としたものは、部分的であっても訓を付している注釈書とした。谷川士清『日本書紀通証』、河村秀根・益根『書紀集解』、粟田土満『神代巻葦牙』、鈴木重胤『日本書紀傳』、敷田年治『日本紀標註』、飯田武郷『日本書紀通釈』などである。
20　引用は『本居宣長全集』第九巻（昭和四十三年、筑摩書房、三三頁）に拠る。
21　『古事記』本文の引用は、西宮一民編『古事記　修訂版』（平成十二年、おうふう、二六頁）に拠る。
22　比較対象とした寛永版本と『鼇頭古事記』は架蔵本に拠り、『假名書古事記』は『賀茂真淵全集』第十七巻（昭和五十七年、続群書類従完成会）に拠る。
23　旧漢字は常用漢字に改め、翻刻した。また翻刻の【】は抹消を意味する。

第二節　折口信夫の「日本紀の会」と『日本書紀』研究

一　はじめに

国文学者であり民俗学者である折口信夫は、國學院大學の出身で、國學院大學教授や慶應義塾大学教授を務めた人物である。また、釈迢空というペンネームで歌人としても活躍した。折口の学問は、戦後の国文学研究に大きな影響を与え、時として「折口学」とも称され、民俗学を中心としながら幅広く展開した。折口の研究対象は、分野や文献によって細分化されたものではなく、「古代」そのものを対象とした総合的研究であり、その成果は今日も『折口信夫全集』などによってみることができる。

その折口信夫の学問・研究について論じる場合、折口の論理構築や折口自身の体験などに焦点が当てられる傾向にあり、これまでも様々な折口観・折口論・折口像が論じられてきた。このような研究は、確かに「折口学」追求のためには重要な視点であるといえる。しかし折口の学問の基盤には、具体的な文献や民俗の研究があったことは言うまでもない。したがって、折口の学問を検証するためには、まずは折口が扱った個々の文献や民俗を丹念に見ていく必要があろう。具体的に折口が扱ったものを見ることは、折口の方法論を明らかにすることへとつながり、「折口学」への過程を窺うことが出来ると考える。

研究者としての折口信夫は、武田祐吉と比較されることがしばしばある。これは折口と武田が旧制中学の同級で、互いに國學院大學教授となったことにもよろう。武田は主として文献学的方法を用いて研究を行い、研究対象は散文・韻文を問わず、上代を中心として時には他時代の文献の研究も行っているが、特に『万葉集』の研究においては評価が高く著名である。[*1] 折口も古代を考える上で、重視したのは古典文学作品であり、とりわけ上代の文学作品は折口説の論拠となっているものが多い。『万葉集』に関しては折口も『口訳萬葉集』『萬葉集事典』などの著作があるものの、武田とは異なり『古事記』『日本書紀』を正面から取り上げたものはあまり見あたらない。

しかし、『折口信夫全集』ノート編には「日本紀」として、折口の『日本書紀』講義がまとめられており、折口の『万葉集』以外の注釈活動の様子が窺われる。内容は神代紀から垂仁紀七年までであり、訓読・口語訳・語釈がまとめられている。あくまでこれは、折口の講義ノートであって著作ではないが、折口信夫の上代散文研究を考える上で、重要な手がかりとなる。そこで本稿では、折口の『日本書紀』講義を通して、著作にはあらわれていない、折口の『日本書紀』研究の態度を明らかとし、折口の学問を検証したい。また検証した結果を踏まえ、折口の学説が与えた影響についても考えることとする。

二　「日本紀の会」

『折口信夫全集』ノート編の第八・九巻に収められている『日本紀』は、折口の散文への研究態度を知る上で重要な資料といえる。[*2] このノート編の『日本紀』は昭和二十一年五月二十五日から二十六年十二月二十五日までの間、折口の自宅における私的な集まりである「日本紀の会」での筆記ノートを編集し纏めたものである。「日本紀の会」については、『三田の折口信夫』に次のように纏められている。*3

付　日本紀の会

昭和二十一年五月から昭和二十七年一月まで三十六回にわたって「日本紀の会」と称せられた会合での折口信夫の講義がある。この回（ママ）はもともと、戦後再び弟子たちが多く集まるようになって、面会日というべきものを決めようということになったとき、折口信夫がせっかく皆が集まるならば何か読んであげようと言い出し、折口春洋の研究を記念して『日本紀』の講読ということになり、会の名も「日本紀の会」と呼びならわされた。しかし、実際には『日本紀』の講義が三十六回のすべてに行われたわけではない。第七回の昭和二十二年一月二十六日からは『万葉集』の口訳を合わせ行うようになり、そのおりの健康状態などから、時々『万葉集』の口訳だけで終ることもあった。『日本紀』の講義としては昭和二十六年十一月十五日が最終回で、二十七年一月七日には河出書房の『日本古代抒情詩集』のための講義がそれに代えられた。

このように、「日本紀の会」は、折口の養子となったものの硫黄島にて戦死した藤井春洋の研究をたたえて戦後に発足したのであった。しかし、活動内容は『日本書紀』の講義に限定されるものではなく、『万葉集』の口訳などにも当てられていた。また折口の健康状態によって、当日の活動も様々であったようである。昭和二十一年は敗戦の翌年であり、折口は五十九歳であった。昭和二十七年まで会が続いたということは、折口の最晩年まで存続していたということであり、また、昭和二十七年一月以降、会が開かれなかったことは、折口の体力の衰えを物語っているともいえる。この「日本紀の会」については、ノート編第八・九巻の月報で池田弥三郎氏が「「あとがき」の周辺」として詳しく記している。*4

戦後、先生の周囲は、折口春洋氏の戦死により寂寥をきわめ、しかも、反対に、世間的には、先生はますます重い存在となり、先生の意に添わぬ人の出入りによって、先生の静閑が阻害されることが多くなった。そこで、昭和二十一年、戦時中より身辺にあった、石上堅・米津千之・今井武志、一月以降、つぎつぎに復員した、池田弥三郎・荒井憲太郎・高崎英雄（伊馬春部）等が相議って、出石における面会日を定めることになった。当時はまだ藤井貞文氏は未帰還、加藤守雄は消息不明のままであった。

ところが、面会日というだけでは先生は満足せず、せっかくみなが集まるならば、何か、特別に講義をしよう、ということになった。そして、折口春洋氏を記念して、テキストに、日本紀を選ぶことになった。

第一回は、二十一年五月二十五日午後三時より。わたしの記録によると、「天候、雨　時々豪雨」。会する者を記すと、

高崎英雄・石上堅・米津千之・今井武志・荒井憲太郎・橘誠・宮川淳・鈴木正彦・目崎正明・岡野弘彦・池田弥三郎

であった。そして、会の名を仮に「日本紀の会」として、近い将来に春洋氏を記念して、名を決定することにした。

ここから、戦後の折口を取り巻く環境や、春洋の死が与えた精神的影響が大きかったことが窺われる。ここに「わたしの記録」として池田弥三郎氏の日記から引用がみられるが、池田氏の日記には「日本紀の会」第一回の参加者について、次のような言及がみられる。*5

昭和二十一年

五月

二十五日　三時から「日本紀の会」第一回。この出席者は、十一名。十一名中、私を除いて、全部国学院の出身者。（以下略）

このとき折口は既に慶應義塾大学の教授であったが、第一回「日本紀の会」の参加者の多くは國學院大學の人間であり、「日本紀の会」における活動には折口の門人たちが集まっていたことがわかる。*0 ノート編に収載された「日本紀の会」の講義は、國學院出身の石上堅氏のノートがもととなっている。ノート編第八巻「あとがき」には、

本巻は、石上堅が、池田のノートを参照して、作成したものであって、本全集企画以前に、すでに詳細な草稿ができあがっていた。本文（『増補六国史』朝日新聞社蔵版）、その校異、『仮名日本紀』、その訓注、旧訓とその注、正訓（折口信夫の訓読）、その注、語釈、その他、という整然とした成稿で、一千五百枚に達していた。それを、本全集に収載するにあたり、量の削減のため、やむをえず、組織を簡にしたのが本稿である。本文は削除し、『仮名日本紀』は必要最少限にとどめて、多くを削除し、その部分の注は、語釈の中に組み入れた。それらの作業は池田が行なったが、しかも全部を第八巻一巻に収められるまでには縮小しきれず、一部は、第九巻につづけて収載した。

と、ノート編編纂の経緯が述べられている。このあとがきには、ノート編に収載された「日本紀」は、全集刊行

以前に出版される予定であったことが記されている。このことについては、ノート編第八巻の月報に「二十年むかしと今」として石上氏自身も述べているところである。*7

先生が亡くなられてから、当時、折口記念会長であった西角井正慶さんが、二十万円の費用を出すから、助手を使ってなりして、是非とも纏めてほしいと懇望された。私は、劇務の隙をぬすみ、夏はまい夏、新鹿沢の安い旅館に閉じこもるなど、血みどろな苦しい編纂を続け、ようやく二千五百枚に書きあげて、その約束をはたした。もちろん、費用の支出は、全くうけなかった。

石上氏が仕上げた原稿は高崎正秀氏が尽力するも、膨大なものゆえ、出版には至らなかった。この月報の記事には、出版された暁には掲載される予定であった「あとがき」が転記されている。その冒頭には、

○本書は、先生の大学御講義の速記ではなく、出石の御宅二階で、門弟子に、晩年の御秘伝を傾けられ、五年間、特に講ぜられたものです。
○本書は、かく整うまでに、まる四ヵ年の日子を費しました。

と、書き始められている。この他「あとがき」には「日本紀の会」が発足した状況について記されている。石上氏は『出雲国風土記』をやりたかったが、折口が「春洋の、追悼として、『日本紀講筵』をしよう」といったことや、「日本紀の会」で石上氏が毎回、池田氏のノートを借り、次回までに照合整理を続け果たしたことなどが記されている。この「あとがき」は、「先生七年祭能登墓参のち」に書かれている。折口は、昭和二十八年九月

三日に没しているので、七年祭とは昭和三十五年のことであろう。この頃に、本来であれば折口の『日本書紀』研究が世に出ていたことになる。

三　折口による『日本書紀』の解釈

折口の『日本書紀』に対する研究態度は、「日本紀の会」という名称が示すように、『日本書紀』の書名を『日本紀』として扱っていたことに表れている。これは、三田史学会刊行の雑誌『史学』に掲載された「日本書と日本紀と」に代表される意見である。[*8] 折口はこの論の中で、

てつとり早く結着を申すと、私の考へでは「日本書紀」は誤りである。「日本紀」が正しい稱へだ、と言ふ事におちるのである。

と述べている。この説は以下のように論じられる。先ず漢籍で「紀」という型があったことを指摘し、『前漢書』や『後漢書』ではなく、『前漢紀』とか『後漢紀』というべきものが日本へ渡来したと推理し、紀伝道と称される歴史学習の学問が成立したこととも関係するという。また、『続日本紀』に「日本紀を修む」と明記されていることの確認から、『漢書』から『漢紀』が発生したように、「日本書」なるものがあったのではないかと推察し、正倉院文書に「帝紀二巻日本書」とあることを指摘する。そして、正史として「日本書」を編修することになったときに、「帝紀二巻」が独自に整えられて「日本紀」となり、それが平安初期頃の博士らが、「書」「紀」を区別できなかったため「日本紀」が「日本書紀」として命名されたと述べる。

この「日本紀」と「日本書紀」の問題は、近世に伴信友の『日本書紀考』で「日本紀」が本来の名であるとしてから争点になっており、今日もなお解決できていない問題である。この折口説に対して、坂本太郎氏は、

　書と紀との相違をしっかりと把握した上での独創的な見解であるが、七世紀頃のわが知識人の間に、日本書という雄大な構想が立てられて実行されたかどうかは、頗る疑問としなければならぬ。しかし日本紀が本名で、日本書紀は博士たちの一知半解の物知り顔から起こった名というのは、信友の言い足りなかったことを説明したものとして意義が大きい。

と評価する。*9 この論文には、折口特有の直感的な論理構築はなく、考証学的に論じられていることが注目に値する。しかし、一般的には、折口の論は直感的な洞察や論理を飛躍させることによって、物事の本質を見いだす特徴が認められている。『日本書紀』の注釈活動にも、直感的な注釈と根拠に裏づけされた注釈の両方が指摘できる。

まず先に引用した、石上氏の月報を手がかりとして、具体的に折口の注釈姿勢を考察したい。月報の中で次のような指摘がある。

　先生はつねに、古書・古注などで、判然と誤謬であると認められるものは、遠慮なく訂正しておくことが学問的であるとされ、諸本に「宇介能美拖磨」とあるのを、「宇个能美拖磨」と正された例にならい、相当な箇所をあらためておいた。

この記述によると、折口は古書・古注によって本文を改めた場所が相当あるという。この「宇介能美拖磨」は、

神代上第五段一書第七にみられる「倉稲魂」の訓注箇所である。ノート編「日本紀」の折口の注釈は次のようにある。

倉稲魂、此を宇介能美拕磨と云ひ　この古注の「宇介」の「介」は、まちがっている。「介」はカイで、カは「个」の字なのであるが、そうなっている本はないようだ。カのためには「个」がよいのである。

石上氏の月報には「古書・古注など」によって改めたとするが、注釈の方には根拠らしいものは明記されていない。むしろ、「そうなっている本はないようだ」と諸本に用例がないことを述べており、折口の直感によって導き出されたと感じられる。だが、この文字の異同について再検証してみると、折口の指摘は誤っているとも言い切れない。『校本日本書紀』*10に拠ってこの箇所の校異を確認してみると、「介」を「个」とする諸本が確認できる。「个」とするものは、兼夏本・内閣文庫本（左小字「介」）・長仰本・両足院本・阪本本（小書）である。折口は「个」とする本がないと述べているが、兼夏本を筆頭に「个」とする諸本が現存している。この当時は、諸本を確認することは非常に困難な時代であったことは間違いなく、折口も兼夏本はもちろん写真版などを目にすることも無かったであろう。しかし、折口は直感で誤字の可能性を示唆しているのである。

この「介」と「个」の問題は、さらに別の問題を含んでいる。「介」は一字一音の万葉仮名（字音仮名）「か」として用いられているが、上代文献の中で万葉仮名として『介」を用いているのは『日本書紀』のみであり、「介」が「个」であるとすると、「介」という万葉仮名は存在しなくなってしまう。『日本書紀』講義の中で折口は、これ以降も万葉仮名として用いられている「介」をすべて「个」に改めている。この指摘は、確固たる根拠は見いだせないが、文献的にも決して誤りと言い切れない、折口の直感によって導かれた理解といえる。

折口の講義の中では、度々『日本書紀』本文が変更されている。例えば、同じく万葉仮名を用いた訓注に、「飄掌、此をば陀毗盧箇須と云ふ」という箇所が神代下の第十段一書第四の異伝にみられる。これに対して、

> 舟がユサユサすることを、カヒログという。手をそのごとくにすることを、タヒロカスといったのか。このような紀の古注は、日本語についての知識の少ない博士たちの仕事ゆえ、正確ではない。

と述べ、既に『日本書紀』の訓注として本文に取り込まれているものも、博士家達の古訓が入り込んだものとして一蹴している。これも根拠は明らかではないが、折口は本文に取り込まれている古訓すらもあまり尊重しない態度であったようである。

四　折口の訓読と「仮名日本紀」

では、『日本書紀』講義の折口の訓読態度はどのようなものであったのであろうか。折口の『日本書紀』の訓読態度を検討したい。まずはじめに、『國學院雑誌』における対談での折口の発言を引用する。*11

> 折口　此から輪講の題目にします日本紀の本文の訓み方は、出來るだけ漢文訓みで行つた方が本道ぢやないかと思ふ。ぜひとも國文脈で訓まねばならぬ場處は、ちやんと本文自身にその用意がしてあるのですから、そこはなるべく純國語式に訓むといふ風にして。

この発言が示すように、折口信夫は『日本書紀』は漢文訓で訓むことを本道と考えていた。この姿勢は、「日本紀の会」の講義においても同様であり、『日本書紀』の訓みについては、次のように述べている。

朝日新聞社刊『六国史』本など流布本の訓は、できるだけ日本風にくだいて訓んである。また、日本紀の本文の脇につけてあった訓を、独立させたものもある。すなわち、日本紀の原文、あるいは原文系統のもの、それに漢文の脇に訓み方をつけてあったもの、訓み方の部分のみ独立させたものと、こう三種がある。
今日行なわれている日本紀の本文は、このうちの二つを合わせた形で、漢文であって、しかも独立した仮名を、合わせてつけていくという形。もう一つの仮名のみのは、「仮名日本紀」という名で、幾種か伝わっている。そのうちの普通の本は、植松安氏が校訂して、上下二冊で出版した『註釈仮名の日本書紀』である。植松氏のだけがそう呼んでいるのであり、普通は、『仮名日本紀』というべきものである。今、見本として植松氏のものを掲げ、それに対して、漢文のままに訓むわたしの訓みを示してみる。それを普通の本の訓みと較べてみてもらいたい。

流布本の訓を折口は「日本風にくだいて」あるものとしていた。先に引用したノート編の「あとがき」からも明らかなように、「日本紀の会」では朝日新聞社刊『六国史』[*12]が基本のテキストとして用いられ、それと併用する形で植松安氏の『註釋假名の日本書紀』[*13]が用いられていたようである。折口が指し示すように、『仮名日本紀』と折口の訓みとを比較してみる。

［仮名日本紀］

いにしへに天地《あめつち》いまだわかれず、陰陽《めを》わかれざるとき、渾沌《まろかれ》《むらかれ》たること鶏子《とりのこ》のごとく、溟涬《くもり》《つぐもり》て牙《きざし》をふくめり。その清《す》み陽《あき》らかなるものは、たなびいて天《あめ》となり、かさなりにごれるものは、淹滞《つづゐ》て地となるにおよんで、精《くは》しく妙《たへ》なるがあへるは、搏《あふ》ぎやすく、重《かさな》り濁《にご》れるが凝《こり》たるは、竭《かたま》りがたし。故《かれ》、天《あま》まづ成《なり》て地後《つちのち》にさだまる。しからしてのちに神聖《かみ》その中《なか》に生《あれ》ます。故《かれ》、いはく開闢《あめつちのひらくる》はじめに洲壌《くにつち》のうかれ漂《ただよ》へること、たとへばなほし游魚《あそぶうを》の水上《みずのうへ》にうけるがごとし。時に天地《あめつち》の中に一物《ひとつもの》生《なれ》り状《かたち》葦牙《あしかび》のごとし。すなはち神となる、国常《くにのとこ》立尊《たちのみこと》と号《まう》す。（至って貴きを尊《そん》といふ。これよりあまりを命《めい》といふ。ならびに、みこと、いふ、下みなこれにならへ。）次に国狭槌尊《くにのさづちのみこと》、次に豊斟渟尊《とよくむぬのみこと》、凡《すべ》てみはしらの神ます。乾道《あめのみち》ひとりなす。このゆゑにこの純男《をとこのかぎり》をなせり。

［折口訓］

古《いにしへ》、天地《てんち》未《いま》だ剖《わか》れず、陰陽《いんやう》分れざるとき、渾沌たること鶏子《けいし》の如く、溟涬《めいけい》して牙《が》を含めり。其の清陽《せいやう》なる者《は》、薄靡《はくび》して天《てん》と為《な》り、重濁《ぢゆうだく》なる者《は》、淹滞《えんたい》して地《ち》と為るに及んで、精妙の合搏《がふはく》すること易く、重濁の凝塲《ぎやうけつ》することと難し。故《かれ》、天先づ成りて地後《のち》に定り、然《しか》る後に神聖其の中《うち》に生ず。故《ゆゑ》に曰はく、開闢の初《はじめ》、洲壌《しうじやう》浮び漂ふこと、譬へば游魚《いうぎよ》の水上《すいじやう》に浮けるが猶《ごと》し。時に天地《てんち》の中《うち》に一物《いちぶつ》を生ず、状《じやう》、葦牙《あしかび》の如く、便《すなは》ち化して神となる。国常立尊《くにのとこたちのみこと》と号す。（至貴《しき》を尊《そん》と曰ひ、自余《じよ》を命《めい》と曰ふ、並びに美挙等《みこと》と訓ず、下皆此《しもみなこれ》に倣《なら》へ。）次に、国狭槌尊《くにのさづちのみこと》、次に豊斟渟尊《とよくむぬのみこと》、凡そ三神なり。乾道《けんだう》独り化す。ゆゑに此の純男《じゆんだん》をなす。

この訓読文を比較してもわかるとおり、折口の訓読文は漢字をそのままに訓んでいる。この漢字をそのままに訓んでいく折口の態度は、一見すると『日本書紀』の講筵にはじまる訓読の歴史を否定しているようにも見受けられる。しかし、折口は講筵については、伝説を土台として系統づけていけば、日本紀ができた翌年の養老五年に、第一回日本紀講筵が行なわれている。このことを信ぜぬ人がいるが、信じぬのはいけぬ。国史が編纂されたときには、それを訓んで講義して聞くというのは、当然なのである。天子、皇族、貴族、役人など身分のある者に聞かせるのがあたりまえで、聞かせるために編纂されたのであるから、講筵があったのは疑われぬことだ。これが、『養老私記』であり、『釈日本紀』の中にある。この『養老私記』のできたときに、同時に読まれた日本紀の訓み方が本筋になり、しだいに改められたのが、各種の『仮名日本紀』の訓み方なのである。

として、講筵の存在は肯定し、講筵から訓読文が発生したことは認めているようである。しかし、折口は次のように続ける。

ただいまのでは、どこまで養老のものを伝えているかわからぬ。平安朝どころか、奈良朝ばなれした訓み方もあるゆえ、独立している単語の訓み方は、時代的だが、句、文の訓み方のうえに、日本的のものをみるのは、無理である。それは動脈硬化となっており、漢字は、熟語のものほど多い。日本語は、漢語と妥協して訓めぬ。直訳の訓み方にもならぬのであるし、純粋な日本の訓み方でいうと、不自然なものになる。

このように、今日伝わる『仮名日本紀』の訓読が奈良朝の訓読としては考えられないと折口は述べるのである。*14 確かに今日伝わる「仮名日本紀」の諸本は、平安朝までも遡ることはできず、中世から近世の成立にかかるものが多い。*15 折口は講筵に始まり、『日本書紀私記』や『釈日本紀』といった先行する訓読を軽視していたわけではなく、講義に用いた「仮名日本紀」の訓読が、完全に『日本書紀』成立時の訓みではないため、漢字をそのままに読んだのである。つまり折口は、講筵の記録や古写本といった文献に残された訓読に信頼を置いていなかったに過ぎず、訓読をしないからといって、決して日本的なるもの自体を排除しようとしていたのではない。折口は訓読文に左右されない日本的なものを『日本書紀』に想定していたと考えられる。

その証拠に、「仮名日本紀」の訓読を必ずしも講義の中で全面否定はしていない。

この条の『仮名日本紀』訓みも、苦労して訓んでいるが、とんでもない訓み方をしている。しかし、現在でも、紀の訓みは、こうした訓み方から離れるとわからなくなる。

この注のように、訓読文を否定しながらも、訓読文が存在しないと『日本書紀』の内容を理解することが難しいとするのである。「この条の『仮名日本紀』訓みは、すべてよく訓んでいる。読んでいて快い」や「この『仮名日本紀』訓みは、上手。この訓み方の技巧はすぐれている」といった注も見られ、「仮名日本紀」の訓読に肯定的な態度も示している。

「日本紀の会」において、漢文体で書かれた『日本書紀』をそのままに訓む折口の姿勢は、訓読することで漢語の意味を理解していた訓読史とは、一線を画していたといえる。講筵に始まったとされる訓読は、訓読することによって内容を理解しようとするものである。つまり、訓読作業は注釈活動の一環として行われてきた。しかし、折口は注釈と訓読とを別け、『日本書紀』を考察しようとしたのである。そのために、標準的な漢文訓みを行っても、注釈においては「仮名日本紀」の訓を肯定することもあったのであろう。

五　折口の「まれびと」訓

「日本紀の会」においては、漢文的な訓みをしながら『日本書紀』の講義を進めていた折口であるが、折口の訓みを眺めると、標準的な漢文訓みの範疇には収まらない折口の特徴的な訓が見受けられる。それは「まれびと」訓である。折口は『日本書紀』巻第二（神代下）第十段本書の海宮遊幸章にある「有一希客者」を、「一《ひとり》の希客者《まれびと》有り」と訓読する。これについて対応する語釈では、

　「希客者」は、マレビト。来客者であり、マレビト神である。

と述べている。この訓読は、明らかに折口の「まれびと」論が反映された上での訓読である。「まれびと」論そのものについての論考は他に譲るが、「まれびと」訓が『日本書紀』訓読にあらわれたことについては、折口が想定する「古代」との関わりについて考える場合に、重要な手がかりとなろう。

　奈良朝まで遡れない訓読はとらないとする折口であるが、「まれびと」訓は文献成立時にあった言葉として捉えているようである。[*16]

　客をまれびとと訓ずることは、我が國に文獻の始まつた最初からの事である。從來の語原説では「稀に來る人」の意義から、珍客の意を含んで、まれびとと言うたものとし、其音韻變化が、まらひと・まらうどとなつたものと考へて來てゐる。形成の上から言へば、確かに正しい。けれども、内容——古代人の持つてゐた

用語例——は、此語原の含蓄を擴げて見なくては、釋かれないものがある。

折口は初期の学問的業績であり、主著にも位置づけられる『古代研究』のなかでこのように述べている。文献が始まった最初から「まれびと」といぅ訓があったとする折口は、マレビトが「まらひと」「まらうど」と音韻変化したと説明している。そのため、『日本書紀』の「稀客者」を漢文のようには訓まず、「まれびと」と訓読したのである。この第十段本文にみられる「客」と同様の用例は、一書第一にも見られる。一書第一には「有一貴客」「客是誰者」「在此貴客」とあるが、折口は「一《ひとり》の貴客《まれびと》有り」「客《まれびと》」「貴客《まれびと》」と訓読している。そもそも、第十段本書と一書第一にあらわれる「客」とは、すべて海宮を訪れた彦火火出見尊のことを指している。彦火火出見尊は天つ神であり、アマテラスの系譜に連なる神である。この彦火火出見尊を見た美しい人が、その父母（父）に報告するときに「客」として表現しているのである。折口の口訳をみると、第十段本書は「珍しい人」と訳されているが、一書第一ではより積極的に「一人のまれびとが来ております」とそのままに訳している。一書第一の口訳では、『日本書紀』本文に「客」は用いられていなくても主語として「まれびと」を補い口訳を整えている箇所も見受けられる。第十段本書よりも一書第一の方が「まれびと」としての解釈が際立っている。

「まれびと」について折口は次のように定義づけている。*17

まれと言ふ語の溯れる限りの古い意義に於て、最少の度数の出現又は訪問を示すものであつた事は言はれる。ひとと言ふ語も、人間の意味に固定する前は、神及び継承者の義があつたらしい。其側から見れば、まれひとは来訪する神と言ふことになる。

海宮を訪れる彦火火出見尊は、この定義に基づいた存在として解釈されていたのである。しかし、海宮遊幸章には、一書第四にも「客」の用例がみられるが、「まれびと」とは訓読されていない。本書と一書第一と同様に、海宮を訪れた火折尊（彦火火出見尊の亦名）が「一客《いっかく》」として表現されているのであるが、訓読文では「一客」と漢文読みになっており、口訳でも「一人のお客」とされ「まれびと」とは解されていない。どのような条件に基づいて「客」を「まれびと」として訓読し解釈していたかは、不明な点もある。しかし、「客」を「まれびと」と訓読し、彦火火出見尊を「まれびと」と解釈する態度は、折口独自の解釈から発生したことは間違いない。

そもそも厳密に「まれびと」という用語を、古典作品などには見いだすことはできず、また、「まれびと」もしくは「まれびと神」という用語自体は折口の創出ではないことが池田弥三郎氏によって指摘されている。[*18] 折口も「まれびと」を説明する際に引用している「仏足石歌」には、「まらひと」なる語が認められる。[*19]

久須理師波　都祢乃母阿礼等　麻良比止乃　伊麻乃久須理師　多布止可理家利　米太志加利鶏利
（薬師は　常のもあれど　賓客の　今の薬師　貴かりけり　賞だしかりけり）

この「麻良比止」のマラがマレの音韻交替形と見られている。『和名類聚抄』にも「賓客」を「末良比止」とよんでいる。また『古今和歌集』に、

あだなりと名にこそたてれ桜花年にまれなる人もまちけり（六十二）

という例があるものの、[*20] 折口が示す「まれびと」「まらひと」といった用例を、折口が示すように上代まで遡ら

せることは現状ではできない。[*21] したがって、折口の訓読論に従うなら、養老の訓読に遡れないのであれば漢文読みをすべきであろう。

折口は『日本書紀』の「客」を「まれびと」として解釈したが、もちろん『日本書紀』の「客」を「まれびと」と訓読する古写本はなく、「まれひと」や「まらうと」という訓が付されるのみである。現行の諸注釈書の訓読も、底本とした諸本の訓に従うものが殆どである。しかし、折口と並び称される武田祐吉が手がけた『日本書紀』の訓読文は、諸本とは異なり「客」を「まれびと」と訓読する箇所が多いことが指摘できる。武田が手がけた『日本書紀』全巻の訓読文は、昭和七年の『国文六国史』と昭和二十三年の『日本古典全書　日本書紀』があるが、[*22]『日本書紀』には七十四例の「客」のうち、『国文六国史』では三十六カ所も「まれびと」と訓読している。『日本古典全書』では訓が付されていない箇所もあるので、『国文六国史』ほどの数は確認できないが、大半は「まれびと」訓で通されている。これは、折口説の影響と見て間違いなかろう。武田祐吉は『日本書紀』本文を「純粋な国文」に近づけようと漢文読みを避け、古い語法に則って訓読文を作成している。[*23] この態度は、漢文読みをとった折口とは正反対の態度である。しかし、その武田の訓読文に折口の「まれびと論」の影響が認められるということは、武田が「まれびと」なる訓を、和語として認知していたということであろう。折口の「まれびと」訓は、「日本紀の会」の中だけで通用した訓読ではなく、同世代の武田にも認められ採用された訓読だったのである。

六　おわりに

本稿では、「日本紀の会」における折口の『日本書紀』講義による解釈を検討した。そこには、折口の直感による本文校訂や折口「まれびと」論から生じた訓読など、折口独自の解釈が確認された。しかし、それらは一概に独創的な仮説とはいえず、検証すると新たな解釈として検討すべきものも認められる。折口は、『古代研究』の「追ひ書き」において、自己の研究について次のように述べている。[*24]

我々の立てる蓋然は、我々の偶感ではない。唯、證明の手段を盡さない發表であるに過ぎない。世の論證法も、一種の技巧に過ぎない場合が多い。ある事象に遭うて、忽、類似の事象の記憶を喚び起し、一貫した論理を直觀して、さて後、その確實性を證するだけの資料を陳ねて、學問的體裁を整へる、と言つた方式によらない學者が、ないであらうか。(中略) だから、立證すべき信念と、その土臺となる知識の準備とを、信頼して良い學者の立てた假説なら、その解釋や論理に、錯誤のない限りは、民俗學上に、存在の價値を許してよいと思ふ。これを更に、必然化する事は、論者自身或は、後生學者の手でせられてもよいはずである。

このように、「日本紀の会」における折口の講義も一見すると「証明の手段を尽くさない」解釈のように思われる。しかし、折口は『日本書紀』という文献資料の中に古代を求めつつ、その上に文献の表面的現象に捉われない、新たな視点を設けた結果、折口の独自説が講義にあらわれたのである。その端的なものとしてあらわれたのが、それまでの訓読史にとらわれない折口の「まれびと」訓であったのである。新たな視点から発信された折口の学説は、たとえ仮説であったとしても、折口の信念と知識に裏づけされたものであったのであろう。「日本紀の会」での『日本書紀』解釈は、「追ひ書き」で述べられるように、今日に再検証することによって、その真価が認められるものなのである。

本稿で明らかにしたのは、折口信夫の『日本書紀』解釈の一部である。当時の文学研究を折口が牽引していたと言われるように、折口の学説が、他の研究者に与えた影響は大きい。「まれびと」訓は、同世代の武田祐吉にも影響を与えていた。折口は文献を扱いながら、文献の範疇を超える視点を有している。この従来と異なった視点は、本稿で明らかにしたもの以外にも『日本書紀』解釈に認められるはずである。これまで、折口の『日本書紀』研究は論究されることは少なかったが、折口の論考や学説には『日本書紀』が根拠となっている場合が多く、今後さらに折口の『日本書紀』研究や解釈を明らかにする必要があるだろう。

註

1　武田祐吉は、『萬葉集全註釈』に代表されるように『万葉集』関連の著作が多く、昭和二十五年には万葉集校訂の研究及び万葉集研究に対して、日本学士院賞が授与された。

2　『折口信夫全集　ノート編』第八・九巻（昭和四十六年、中央公論社）。第八巻には『日本書紀』巻第一～三、第九巻には巻第四～六までが収められる。第九巻には「日本紀」の他に、祝詞・神功皇后紀輪講・万葉集巻四口訳が収められる。

3　池田弥三郎編集『三田の折口信夫』（昭和四十八年、慶応義塾大学国文学研究会、四七七頁）所収、「折口信夫　講義講演目録（三田関係）」大正十二年—昭和二十八年に拠る。

4　池田弥三郎「「あとがき」の周辺」14・16（『折口信夫全集　ノート編』第八・九巻月報、昭和四十六年十・十二月、中央公論社）。

5　池田弥三郎『まれびとの座』（昭和三十六年、中央公論社、一二四頁）に拠る。池田の日記には、第一回以外の「日本紀の会」についての言及も見られる。例えば昭和二十六年六月二十三日には、「日本紀の会だが、日本紀の講義をやめ、先生は寝たまま口訳万葉」とあり、「日本紀の会」の活動と折口の健康状況を記すものもある。

6　「日本紀の会」は以下の日程で開催された。

昭和二十一年

五月二十五日　六月十五日　七月四日　七月二十日　十月六日　十二月十四日

昭和二十二年

一月二十六日　二月十五日　三月八日　四月二十六日　六月七日　七月六日　十月十七日　十一月二十九日

昭和二十三年
二月十四日　三月二十日　五月二十九日　七月十日　十月九日　十一月二十一日　十二月十八日
昭和二十四年
一月二十九日　四月二十三日　十月十五日
昭和二十五年
二月十八日　五月二十一日　七月一日　十月十四日　十二月二日
昭和二十六年
一月二十八日　二月十七日　五月三日　六月二十三日　十月二十七日　十二月十五日
昭和二十七年
一月七日

7　石上堅「二十年むかしと今」『折口信夫全集　ノート編』第八巻月報（昭和四十六年十月、中央公論社）。

8　折口信夫「日本書と日本紀と」『史学』第五巻第二号（大正十五年六月、慶應義塾大学文学部内三田史学会）。後に『古代研究』第二部　国文学篇（昭和四年、大岡山書店）に収められる。

9　日本古典文学大系『日本書紀』上・解説（昭和四十二年、岩波書店、四頁）。

10　國學院大學日本文化研究所『校本日本書紀』（昭和四十八年、角川書店）。

11　折口信夫・西角井正慶・藤井貞文・鈴木棠三・波多郁太郎・藤井春洋・高崎正秀「神功皇后紀輪読」『國學院雑誌』第四十六巻第二号（昭和十五年二月、國學院大學）。昭和四十三年二月には高崎正秀の解題が付されて、『國學院雑誌』第六十九巻第二号に再録された。また『折口信夫全集』ノート編第九巻にも収められる。

12　佐伯有吉編『増補 六国史（日本書紀）』（昭和十五年、朝日新聞社）。

13　植松安『註釋 假名の日本書紀』（昭和十五年、大同館書店）。

14　武田も古写本について同様の見解を持っている。本書第三章第一節参照。

15　本研究第二章第三・四節で述べた。

16　折口信夫「國文學の發生（第三稿）」『古代研究　國文學篇』（昭和四年、大岡山書店）。引用は『折口信夫全集』第一巻（昭和四十年、中央公論社、三頁）に拠る。

17　同前掲註16（五頁）。

18　池田弥三郎『折口信夫―まれびと論』（昭和五十三年、講談社）。

19 引用は、日本古典文学大系『古代歌謡集』（昭和三十二年、岩波書店）に拠る。
20 『古今和歌集』の引用は、新編日本古典学全集『古今和歌集』（平成六年、小学館、五一頁）に拠る。
21 確実な「まれびと」は『徒然草』にみえる「まれ人の饗応なども」（二三一段）であり、稀に来る客人を指している。
22 武田祐吉・今泉忠義編『国文六国史』（昭和七年、大岡山書店）。武田祐吉『日本古典全書　日本書紀』（昭和二十三年、朝日新聞社）。
23 武田の『日本書紀』訓読については、本書第三章第一節を参照。
24 折口信夫「追ひ書き」（『古代研究　民族學篇』第二（昭和五年、大岡山書店））。引用は『折口信夫全集』第三巻（昭和四十一年、中央公論社、四九九―五〇〇頁）に拠る。

結論

本書は、「国学」において『日本書紀』がどのように研究されたかを論じたものである。本書における「国学」とは、中華文明に対して自国を意識したことによっておこった学問と定義し、大陸の学問が上代文献の研究に与えた影響を論じるものであった。「国学」は大陸の方法論が日本に持ち込まれた時に生じたものであり、「近世国学」のように時代を特定すべき用語や概念ではないのではなかろうか。文献に対する大陸の影響は、漢字が日本にもたらされたことを起点とする。すべて漢字によって書かれている上代文献は、その文献の発生と同時に国学的なものであったと見るべきだろう。それは上代文献の成立が漢文漢字を用いながらも和語を表現する行為であったからである。

『日本書紀』は『万葉集』や『古事記』とは異なり、純粋な漢文体で書かれているとされ、漢語としても和語としても理解できる文献であった性格が強い。そのため、漢語と和語が『日本書紀』のなかに共存しており、それらは訓読という方法によってつながっていたのである。『日本書紀』は正史として、書き記すことと訓まれることとが密接に関わり合っていたため、成立の翌年から講筵として注釈活動の必要があった。そして講筵をもとにして「日本書紀私記」が成立し、『日本書紀』の内容理解がはかられたのである。この講筵にて講義を行った人物は、主に中国史を教えた紀伝道や儒学を教えた明経道の博士家の人物であった。そのため、大陸の文化を学ぶための方法が『日本書紀』研究に転用されたと考えられる。つまりは大陸からもたらされた方法を講筵で用いることが『日本書紀』の研究の初発だったのである。ただし、大陸からの方法論は講筵のみにあったのではなく、「日本書紀私記」に続いて成立していく注釈活動の中にもあった。中世において成立した『日本書紀纂疏』の注釈には漢籍や仏典を根拠とするものが多くみられた。続く卜部家による「日本書記抄」は「抄物」の範疇にあり、「日本書紀抄」は、五山禅僧との関わりから生まれた注釈であった。大陸からもたらされた漢籍や仏典を中心に注釈が多く施される中で国書たる『日本書紀』にも「抄物」が成立したのは、その方法が『日本書紀』注釈に適応した方法だったからである。近世に入ってからは、大陸の文化を相対的に理解することで、日本固有の学問という概念から『日本書紀』が研究され、大陸文化と比較されることにより日本の独自文化が強調されてきた。つまり、『日本書紀』本文に含まれる和語と漢語の交渉から、『日本書紀』研究は展開したのである。その和漢交渉の歴史を国学として考えれば、時代は限定されるべきものではなく、またイデオロギーでもない。『日本書紀』という例によって述べるならば、『日本書紀』に描かれる世界を知ることが「国学」としての営みである。そして、それを知る方法として文献をどのように理解するかを考えるのもまた「国学」ということになろう。

『日本書紀』において国学とは、文献そのものの中にも、また研究方法の中にも存在している。本研究では『日本書紀』成立から近代までの『日本書紀』研究史を、「国学」の観点から再検討し、三章十本の論考によって構成されている。個々の論考の概要と結論は以下の通りである。

第一章「近世国学までの『日本書紀』研究史」では、『日本書紀』成立から近世までの研究状況を通して、国学的なものをどのように取り出すことができるかと、その研究方法について考察した。

第一節「上代文献の訓読と『日本書紀』研究」では、『日本書紀』が漢文体で書かれていることから、和語と漢語の関係を訓読という観点から考察した。そして漢字を使用することは東アジア文化圏に参加することを意味しつつ、上代文献において訓読は漢文を読み解くための方法ではなく、和語を漢語で表現するための方法であるとした。『日本書記』研究のはじめに位置づけられる『日本書紀』講筵の方法は、紀伝道・明経道によってもたらされた漢唐訓詁学に連なるものであり、既にこの時に中華文明の注釈方法が『日本書紀』研究に応用されたことを述べた。また『日本書紀』そのものの内側に対外的なものと対内的なものが存在していることから、国学的な意識は文献の発生とともにあるとした。

第二節「注釈史と「日本書紀抄」の成立」では、『日本書紀』の注釈方法は継続されてきたものであり、『日本書紀』の注釈書には類書としての機能が取り込まれたと論じた。そして、注釈書の「日本書紀抄」に着目し「〜抄」と名付けられる注釈書の機能を明らかにした。そこでは本来の「抄撮の学」の範囲を超え、客観的に出典を記さずに注釈だけが強調され重きが置かれていた。また「日本書紀抄」の成立には、卜部（吉田）家の研究活動とともに五山禅僧との学問的関わりがあったことを指摘した。これは当時の大陸の注釈方法が、五山文学を介して持ち込まれ、「日本書紀抄」として『日本書紀』注釈が応用されたことを示すとした。そして、中世までの注釈活動の継承、さらに近世への注釈の影響を明らかにした。

第三節「「日本書紀抄」にみる注釈の継承と展開」では、吉田家における「日本書紀抄」の発生と展開を、現存する諸本から考察した。なかでも〈後抄本〉は、それまでの「日本書紀抄」とは異なり『日本書紀』本文を抄出せず、卜部家の『日本書紀』本文を注釈内に明記していた。このことより聞書としての注釈から、文献注釈への転換があったことを指摘した。また、諸本の形態から家学の知識財産として伝授される「日本書紀抄」から、講義を行うために利用される「日本書紀抄」へと、注釈の伝来方法が変化したこともあわせて述べた。

第二章「荷田春満の『日本書紀』研究」では、近世の『日本書紀』研究を、国学の祖とされる荷田春満の業績を中心に、その方法と展開を論じた。

第一節「荷田春満の『日本書紀』研究と卜部家」では、中世と近世の『日本書紀』研究のつながりとして、荷田春満と卜部家の説を『先代旧事本紀』論、「一書」論、「凡三神」論、訓読法の四点を通して比較検証した。その結果、卜部家の説は春満へ直接的に伝授されたほかに、卜部家の文献を介しての影響も認められた。これは、春満の学問が中世的な伝授による注釈の枠組みから、文献を介した近世的な研究方法へ移行したこと意味すると結論づけた。また訓読を中心とした春満の解釈方法は、春満の文献解釈の上に成り立っているものであり、『日本書紀』本文の表現や先行論を踏まえた実証的学問であると述べた。

第二節「青年期における荷田春満の『日本書紀』研究」では、東丸神社蔵『神代聞書』の翻刻から、荷田春満の青年期の研究のあり方や先学との関係を論じた。翻刻から内容を検討した結果、晩年の春満説とは異なる主張が多々あり、時代を考慮したうえで春満の学説やその著述を扱う必要があることに言及した。春満は青年期に、奥村仲之の『日本書紀』講義を代講しており、『神代聞書』の説には仲之からの影響が認められた。その影響関係は、代講を行っていることや前節にも触れた「伝授」との関わりから師承関係によるものと考えられる。しかし、後に春満が門人たちに自説を説いたり注釈を著す態度は、伝授を超え、開かれた学問としての継承活動の変化と捉えられる。春満の青年期の説を確認することで、学説と学問方法の変化をみた。

第三節「荷田春満の「仮名日本紀」」でも、荷田春満の『日本書紀』研究のうち訓読作業を取り上げ、近世の注釈活動の考察を行った。本稿では、東羽倉家の調査から明らかとなった、荷田春満の「仮名日本紀」の特徴を検討し、その特徴を論じた。そこには『日本書紀』全文を読み下そうとする春満の研究姿勢が認められ、『日本書紀』を「やまとことば」として捉えていた態度が明らかとなった。春満は『日本書紀』を訓読する際に、清濁を混用しないように、音に注意して訓読しており、それが「仮名日本紀」の記述態度にも反映されていた。したがって春満の「仮名日本紀」を彼の著作とし、近世に編まれた『日本書紀』の新たな訓読文として位置づけた。

第四節「荷田春満自筆「漢字仮名交じり本」の位置づけ」では、東丸神社所蔵の荷田春満自筆「漢字仮名交じり本」の「仮名日本紀」を中心に、諸本を比較し考察を行った。「漢字仮名交じり本」に春満説は反映されていなかったものの、目録を有していることから、諸本としては三手文庫本系統と関わりがあることを指摘した。「仮名日本紀」の諸本系統を確認したことで、『日本書紀』訓読文として「仮名日本紀」を捉え、國學院大學蔵の伝舟橋国賢・藤波種忠筆本を中心に据えて考えていかなければならないことを述べた。また「仮名日本紀」は、『日本書紀』の訓読史のなかで検討する必要性があると述べた。

第五節「荷田春満と賀茂真淵の『日本書紀』研究」では、荷田春満と賀茂真淵の『日本書紀』研究態度を、それぞれの訓読作業から明らかにした。比較は『日本書紀』巻第三の神武紀を対象とし、それぞれの訓読態度の違いからニギハヤヒの神格の解釈にも違いがあったことを明らかにした。他にも、文末の敬意表現などにも差が見られ、春満と真淵では訓読の姿勢に異なった態度があることを検証した。ただし、清濁を意識するなど共通した点もみられた。春満は、古訓を重んじつつも従来の訓みを必ずしも継承してはおらず、また真淵は積極的な訓みを行い、『古事記』に準じた訓読姿勢があった。これら二人の訓読は、それぞれの研究の立場を反映しており、近世期の『日本書紀』受容の一端が示された。

第三章「近代における『日本書紀』研究」では、近代の研究者として、武田祐吉と折口信夫を取り上げ、両者の『日本書紀』研究の方法と態度を論じた。これは、近代において「新国学」なる用語が提唱されたことにも関連して、「国学」が近代人文学形成において、どのように機能したかを合わせて考察した。

第一節「武田祐吉の『日本書紀』研究」では、武田祐吉に関する新出資料などから武田の学問形成を確認し、そこから武田の『日本書紀』関連の著作が成立する過程を論じた。そして著作の内容を検討し、武田の研究姿勢と成果を明らかにした。その結果、武田の『日本書紀』訓読文には、時制を重んじる態度があり、それまで刊行されている『日本書紀』の訓読文や近世の「仮名日本紀」とは一致しない訓読文であることを指摘した。しかし、時制を重んじる態度は本居宣長の『古事記』の訓読に通じるものであり、その在り方は、宣長と武田の方法論が「やまとことば」として『日本書紀』を捉えている点で一致しており、武田の訓読は国学者の方法を踏まえたものとして位置づけられると論じた。

第二節「折口信夫の「日本紀の会」と『日本書紀』研究」では、折口の主催した「日本紀の会」における『日本書紀』講義の解釈の特質を検討した。そこには、折口の直感による本文校訂や、あるいは折口の「まれびと」論から生じた訓読など、折口独自の新解釈がいくつも確認された。これら折口の説は、従来の研究史・訓読史にとらわれないものであり、たとえ仮説であったとしても、折口の信念と知識に裏づけされた説であると論じた。

以上が各論考の結論である。本書では「国学」という学問のおこりを、『日本書紀』の成立とともにあるとして、上代から近代までの研究史を検証した。そして「国学」という学問が、上代文献をどのように研究し、何を明らかにしてきたかをみてきた。その結果『日本書紀』研究の方法は、紀伝道・明経道によってもたらされた訓詁学、五山禅僧によってもたらされた注釈学という、いずれも大陸の方法論が用いられていたことが明らかとなった。これら大陸の方法論は、文献を学ぶために行われた「抄撮の学」に始まっている。古の文献から各種の資料を集め、抜き書きすることで類書が作成され、類書は抄物へとつながり文献理解の一助を担った。この方法論は、大陸で作成された文献とともに日本にもたらされ、『日本書紀』研究に利用された。『日本書紀』に描かれる神代から続く日本の姿を知ろうとするために、中世においては大陸の方法論と卜部家の神道説とが合致し、研究が進められた。また中世においては、卜部家に代表されるような家々が中心となって『日本書紀』研究を進めていった。卜部家から『日本書紀』研究の影響を受けた明経博士の清原家でも『日本書紀』研究が継続されていた。後陽成天皇の命によって慶長四年（一四九九）に刊行された『日本書紀神代巻』には、清原国賢の跋文があり、清原家が『日本書紀』研究の家として位置づけられていたことを示している。また清原国賢は、藤波種忠とともに仮名書きの『日本書紀』を著し（國學院大學本「仮名日本紀」）たが、これも広く受容された。これまで、漢文体で書かれた『日本書紀』は、漢籍や仏典類と同様に本文に訓点や傍訓を付すことで読まれてきた。しかし、この時期から『日本書紀』には仮名書きの訓読文が作成されるようになったのである。この出版と訓読文によって『日本書紀』は広まっていくこととなり、これが中世から近世への大きな変化であるといえよう。

近世に入るとそれまでの研究方法と成果が受け継がれたが、方法論としてはより文献学の様相を増していった。それは『日本書紀』の内容理解のために、中世以来の方法論に基づいた研究を行う一方で、漢籍に依拠した解釈が進められた結果、『日本書紀』の出典論などに成果がもたらされた。そして出版と訓読文の広がりによって、多くの人たちが『日本書紀』を読むようになり、学問の裾野が広がった。近世では、儒学者と国学者による『日本書紀』研究が展開されたが、一部の儒学者は、本文校訂を行い訓点を施し『日本書紀』本文を刊行している。また、国学者たちは訓読作業を進め、「和語（やまとことば）」としての『日本書紀』を読み解こうとした。荷田春満も、『日本書紀』を正しく訓読しようとした。この活動は賀茂真淵にも継承されていき、それぞれの研究成果を反映した訓読文が生まれた。しかし、真淵に続く本居宣長は『古事記』に比べほとんど『日本書紀』研究を行わなかった。近世期の途中までは、『日本書紀』研究が古典研究の第一であったが、宣長の登場により、その座は『古事記』に奪われることになる。

国学隆盛の時代に、真淵も宣長も研究の中で「漢意《からごころ》」を排除することを述べる。「漢意」があることで、本来の日本の姿が見えなくなるというのである。しかし、上代文献の成立や『日本書紀』の研究史を理解していたとするならば到底そのようなことは主張できないであろう。これまで述べてきたように国学者が用いた方法は、大陸の文化によりもたらされたものである。それを知りながら、あえて漢意を排除しようと唱えたことは戦略的に当時の儒学を意識した発言であったと考えられる。本研究で指摘したように、真淵が『文選』を根拠として『日本書紀』の訓読を行っていることからも、唱えた本人たちは本質的には実践していない。恐らくこのような発言が、「国学」をイデオロギーとして捉えられることとつながってくるのであろう。『日本書紀』研究の初発が和漢の交渉にあったように、近世においても儒学と国学の分野に関係なく『日本書紀』は必要とされていた。それは儒学・国学いずれもが、日本の起源を説く『日本書紀』の価値を認めていたためであり、共通した活動として研究が行われていた。

江戸期の学者たちによって『日本書紀』研究は成果を上げ、近代へと入っていった。近代においては、それまでの学問大系が細分化され、『日本書紀』研究は国文学あるいは国史学が担うこととなった。近代人文学のうち国文学の分野においては、武田祐吉や折口信夫が一時代を牽引したことはいうまでもない。しかし、それぞれの『日本書紀』研究を検証すると、訓読の立場には違いがあった。武田は『日本書紀』を本来の姿である歴史書として捉えながらも、訓読文が「純粋な国語」になることを目指していたが古訓を採ることは少なかった。それは古写本に残されている訓点資料が『日本書紀』成立時のものではないという判断からであり、したがって同じ典籍の中に残されている文字資料でも本文と訓では扱いを異にしていたのである。つまり本文に対しては古写本から原点に遡り得る作業を行い、訓読に対しては当時の訓法を求める立場を取った。これは本文も訓も、『日本書紀』成立時を目論見ながらも論証方法は異なっていたのである。一方で折口の訓読は、本文のうち漢語として理解できる部分はそのままに読んでおり、武田がほぼ訓読するのに対して折口の立場はいささか異なっているようにも見える。また「まれびと」訓のように、折口の直感や経験に基づいた訓読もあり、それまでの研究史にはない見識もあった。いわゆる「折口学」の範疇に含まれる解釈といえよう。民俗学から展開する「折口学」は、ときに「新国学」と称された。しかし、これまでの『日本書紀』研究史が文献学として成立していたことを鑑みると、この「新国学」の概念は同一線上には並べることはできない。よって「新国学」という表現は、それまでの国学を理解したうえで、それを批判的に捉えたからこそ生まれた概念とも考えられる。近代においては近世国学を踏まえ更なる学問の進展を目指したが、『日本書紀』研究からみれば連続する研究史の流れの中に今日の研究があることはいうまでもない。そのように考えると、折口の訓読や研究の態度は、紀伝道・明経道の訓詁学によらない講筵以前の『日本書紀』を目指した可能性も含まれる。近代人文学形成における、武田と折口の『日本書紀』

研究には、『日本書紀』研究史を受容した時点から遡って『日本書紀』を捉えるか、『日本書紀』成立時で捉えるかに視点の違いがあった。武田は文字資料と言語資料とを区別して考えており、折口は恐らく現存する資料や研究史にとらわれない、『日本書紀』成立時に立脚した訓読などを考えていたのであろう。

各論考で取り上げた研究が、なぜ『日本書紀』を研究せねばならなかったかという問題までは言及するに至らなかった。また、上代から近代へ通観したために、取り上げることの出来なかった研究史もある。これらは、後考を俟つとともに、今後の課題としたい。ただ「国学」から上代文献を研究する場合、一般的には『古事記』を中心に論じることが多い中で、『日本書紀』をもって国学を論じたことは、宣長以前の研究史を正しく評価することにもなろう。本研究では方法論や研究史に国学を求めたが、国学者が行ったように、『日本書紀』などの文献には古代日本の姿があり、国学的立場からそれを求める行為も国学といえる。したがって今後は、文献に含まれる古代を、国学的観点から明らかにする作業も同時に進めなければならないであろう。

参考文献一覧

上田賢治『国学の研究―草創期の人と業績―』（昭和五十六年、大明堂）
内野吾郎『江戸派国学論考』（昭和五十四年、創林社）
『新国学論の展開』（昭和五十八年、創林社）
『文芸学史の方法―国学史の再検討―』（昭和四十九年、桜楓社）
遠藤光正『類書の伝来と明文抄の研究―軍記物語への影響』（昭和五十九年、あさま書房）
岡田莊司『「兼倶本」「宣賢本」日本書紀神代巻抄』（昭和五十九年、続群書類従完成会）
久保田収『中世神道の研究』（昭和三十四年、神道史学会）
小林千草『日本書紀抄の国語学的研究』（平成四年、清文堂出版）
『清原宣賢講「日本書紀抄」本文と研究』（平成十五年、勉誠出版）
鈴木　淳『近世学芸論考―羽倉敬尚論文集―』（平成四年、明治書院）
中村啓信『日本書紀の基礎的研究』（平成十二年、高科書店）
松本久史『荷田春満の国学と神道史』（平成十七年、弘文堂）
三宅　清『荷田春満』（昭和十五年、国民精神文化研究所第四十四冊・昭和十七年、畝傍書房）
『荷田春満の古典学』第一巻（昭和五十五年、私家版）
第二巻（昭和五十九年、私家版）
柳田征司『室町時代語資料としての抄物の研究』上下冊（平成十年、武蔵野書院）

『神道大系』論説編二十三　復古神道一（昭和五十八年、神道大系編纂会）
古典注釋編　日本書紀註釋　上（昭和六十三年、神道大系編纂会）
中（昭和六十年、神道大系編纂会）
下（昭和六十三年、神道大系編纂会）
『新編荷田春満全集』全十二巻（平成十五年～二十二年、おうふう）
『荷田全集』全七巻（平成二年、名著普及会）
『荷田春満全集』全四巻（昭和十九年、六合書院）
『武田祐吉著作集』全八巻（昭和四十八年、角川書店）
『折口信夫全集』（新版）全三十七巻別巻三巻（平成七～平成十四年、中央公論社）

初出論文一覧

※既発表の論文は本研究に収めるにあたり大幅に加筆・訂正した。

序論　書き下ろし

第一章　近世国学までの『日本書紀』研究史

第一節　上代文献の訓読と『日本書紀』研究

原題「上代文献を訓読するということ―『日本書紀』を中心として―」(『万葉集と東アジア』1、平成十八年三月、國學院大學大学院万葉集と東アジア研究会)。

第二節　注釈史からみた「日本書紀抄」の成立

「『日本書紀』注釈と「抄物」」(『万葉集と東アジア』3、平成二十年三月、國學院大學大学院万葉集と東アジア研究会)と口頭発表「「日本書紀抄」の成立―「～抄」の発生と注釈史を中心に―」(全国大学国語国文学会夏季大会、平成二十年六月、於和洋女子大学)をもとに執筆。

第三節　「日本書紀抄」にみる注釈の継承と展開

原題「清原宣賢「日本書紀抄」の注釈法と伝播―諸本の比較を通して―」(『神道宗教』第二二二・二二三合併号、平成二十三年七月、神道宗教学会)。

第二章　荷田春満の『日本書紀』研究

第一節　荷田春満の『日本書紀』研究と卜部家

原題「荷田春満の『日本書紀』研究と卜部家との関わり」(『古事記年報』第五十号、平成二十年三月、古事記学会)。

第二節　青年期における荷田春満の『日本書紀』研究―東丸神社蔵『神代聞書』の翻刻を通して―
原題同じ（『新国学』復刊第三号（通巻七号）、平成二十三年十月、國學院大學院友学術振興会）。
第三節　荷田春満の「仮名日本紀」
原題「荷田春満の仮名日本紀―東丸神社所蔵「春満著述親盛本」を中心に」（『新編荷田春満全集』第三巻、平成十七年五月、おうふう）。
第四節　荷田春満自筆「漢字仮名交じり本」の位置づけ
原題「荷田春満自筆漢字仮名交じり「仮名日本紀」の位置づけ―諸本との比較から―」（『文学研究科論集』第三十四号、平成十九年三月、國學院大學大学院文学研究科）。
第五節　荷田春満と賀茂真淵の『日本書紀』研究―訓読研究を中心に―
原題同じ（『國學院雑誌』第一〇七巻第十一号、平成十八年十一月、國學院大學）。
第三章　近代における『日本書紀』研究
第一節　武田祐吉の『日本書紀』研究―新出資料と著作を通して―
原題同じ（『國學院大學伝統文化リサーチセンター研究紀要』第二号、平成二十一年三月、國學院大學伝統文化リサーチセンター）。
第二節　折口信夫の「日本紀の会」と『日本書紀』研究
原題同じ（『國學院大學伝統文化リサーチセンター研究紀要』第三号、平成二十一年三月、國學院大學伝統文化リサーチセンター）。
結論　書き下ろし

あとがき

多くの方々との出会いなくして本書の刊行はあり得なかった。そもそも、私が國學院大學に進学したきっかけは、高校時代の恩師が国語にしか興味を示さない私を見かねてのことだった。進学したばかりの頃は『源氏物語』や『平家物語』を学びたいと強く思っていたが、体育会系の部活動に所属したため、当初の思いとは裏腹な学生生活を送っていた。そのような時期に履修したのが故青木周平先生の『古事記』の授業であった。これまで私の選択肢にはなかった上代文学と出会うことで、その後の学問の方向性が決定づけられたのである。

卒業論文と修士論文では『古事記』の神話を扱った。しかし、その研究過程において直面したのが、『日本書紀』と研究史の問題であった。本居宣長を境として、『古事記』と『日本書紀』の扱いが一変しており、研究史を正しく理解するためにも『日本書紀』の位置づけが重要なのではないかと考えるようになった。この問題意識は近世期から上代文献を見据える、いわば国学から上代文献を考えるという観点を私に与えてくれた。折しも当時、國學院大學百二十周年記念行事の一環として、『新編荷田春満全集』の刊行準備が進められていた。私は修士二年時から、その作業を手伝わせていただいていたこともあり、青木先生と相談し博士課程からは『日本書紀』の受容史研究を始めることになったのである。

『新編荷田春満全集』刊行に伴う東羽倉家の調査に参加させていただいたことは、私の財産となった。本書における荷田春満関連の論考は、すべてこの調査をもとにしている。編集委員長の根岸茂夫先生には、歴史学のみならず文書調査の基礎的なことを学ばせていただき、同委員の鈴木淳先生には、調査や大学院の講義で国学（和学）について学ばせていただいた。同委員の松本久史先生には、神道学や荷田春満の研究について御示唆いただいた。また東京大学の白石愛助教には、慣れない近世文書の読みを何度となく御教示いただいた。この他にも、荷田春満の研究を通して、さまざまな方々と交流を持つことで専門外の知識と経験を得ることができた。さらに、資料調査や翻刻にあたっては東丸神社の松村準二宮司に寛大なるご配慮を賜った。本書の資料掲載や翻刻についても、同様のご配慮を賜ったことについても御礼申し上げる。

荷田春満調査に参加させていただく一方で、博士課程から宮内庁書陵部図書寮文庫で保存管理の仕事に従事させていただいた。多くの古典籍を目の当たりにしながらの作業は、典籍の取り扱いを習得することはもちろん、書誌学について多くを学ぶこととなった。作業を通して、文献専門官の中村一紀氏や櫛笥節男氏からは、書誌学だけではなく文献調査の礼儀もあわせて御指導いただいた。また同僚の原美鈴さん、長澤慎二さんには休憩時間などに研究の相談などもさせていただき、本書に収めている論考についても貴重なご意見を頂戴した。

勤務先としては、平成十九年から、國學院大學研究開発推進機構伝統文化リサーチセンターで研究員として雇っていただいた。機構長の阪本是丸先生には折に触れて学問について多くを学ばせていただいた。とりわけ、国学や國學院の学問についてご意見を伺えたことは、後進の私にとって指針となるものであった。センターでは、多くの先生方、研究員の方々から絶えず学問的刺激を受けた。この刺激が、専攻分野を超えた「国学」研究へと繋っている。また、近代人文学形成から武田祐吉博士の業績を研究する機会を与えていただいたことにより、武田博士の学問や上代文学研究ばかりでなく、国学や國學院の学問に対して考えていかなければならないと、一層強く思うようになった。武田祐吉の薫陶を受けた中村啓信先生からは、大学院の講義以来、御世話になり続けているが、青木先生が亡き後、中村先生からのご指導は、私に多くの課題を与えてくださっている。

青木先生は、箸にも棒にもかからない私を研究会へ入れてくださり、大学院への進学も許可してくださった。荷田の調査に参加させていただいたのも、伝統文化リサーチセンターでご一緒させていただいたのも、青木先生の御指導がなければ叶わなかったであろう。私は大学院に入りたての頃は、足手まといの院生であったことは間違いない。青木先生の手に余ることもよくあり、そのときには兼任講師の故鈴木啓之さんが、いつも叱咤激励してくれた。鈴木さんには、研究室、学会、酒席、拙宅と昼夜を問わず御指導いただいた。夜通しの指導という名の論議は私を大いに鍛えてくれた。お二人からは、研究者がどうあるべきか、何を読むべきか、何をすべきかなど、いつも私の至らない点を御指摘くださった。今日の私の研究は、このお二人の存在なしにはあり得なかったであろう。お二人が亡くなってから賜った学恩に報いたいと研究を続けてきた部分もある。本書が、その恩返しになればと思う。しかし、私がこのような研究を上梓したことを知ったら、さぞ驚かれ、また叱責されるであろう。あるいは大笑いされるかもしれない。お二人に餞できるよう、今後も研究に邁進していきたい。

本書は、平成二十二年度に國學院大學大学院に提出した学位請求論文『国学における上代文学研究の方法』に大幅な加筆・修正を加えたもである。主査として審査くださった辰巳正明先生、副査をお引き受けくださった近藤信義先生、城崎陽子先生に厚く御礼申し上げる。辰巳先生には、博士課程より指導教授としてお世話になり、いつも学問に対して新たな視点を提示していただいた。先生のお導きのお陰で多くの論考をまとめることができた。本書刊行の道筋を立ててくださったのも先生の御配慮によるものである。また本書は、平成二十三年度國學院大學大学院課程博士論文出版助成をいただき上梓することができた。刊行を引き受けていただいた笠間書院、池田つや子社長と橋本孝編集長には深く謝辞を申し上げる。また、やっかいな校正作業には研究室の後輩である荒木優也、井上隼人、森淳、加藤千絵美、大谷歩、小野諒巳の諸氏の手をわずらわせた。この場を借りて御礼申し上げる。

最後に、気ままな進学と上京を許してくれたうえに、心配をかけ通しだった両親と妹に感謝し、本書を誰よりも応援してくれた祖母の御霊に捧げたいと思う。

平成辛卯廿三年　師走

見えない小雪が降った信夫の郷にて　　渡邉　卓

事項索引

著者紹介

渡　邉　　卓（わたなべ　たかし）

昭和54年7月　福島県福島市に生まれる
平成14年3月　國學院大學文学部日本文学科卒業
平成20年3月　國學院大學大学院文学研究科日本文学専攻博士課程後期単位取得満期退学
平成21年4月　國學院大學研究開発推進機構伝統文化リサーチセンター研究員　現在に至る
平成22年4月　國學院大學文学部兼任講師　現在に至る
平成23年3月　博士（文学・國學院大學）学位取得

『日本書紀』受容史研究――国学における方法

平成24（2012）年2月29日　初版第1刷発行

著　者　渡　邉　　卓

発行者　池　田　つや子

発行所　有限会社　笠間書院

〒101-0064　東京都千代田区猿楽町2-2-3

電話　03-3295-1331（代）　Fax　03-3294-0996

NDC分類：913.2　　振替 00110-1-56002

ISBN978-4-305-70579-2

印刷／製本：新日本印刷

（本文用紙・中性紙使用）

落丁・乱丁本はお取りかえいたします。

出版目録は上記住所までご請求ください。

http://www.kasamashoin.co.jp